Ingrid Noll

Selige Witwen

Roman

Diogenes

Umschlagillustration:
Georges de La Tour,
›Le Tricheur à l'as de carreau‹,
erste Hälfte 17. Jh. (Ausschnitt)
Foto: Giraudon, Paris

Immer wieder höre ich, wie man abfällig über junge Erben urteilt. Die Leute haben ja keine Ahnung, wie mühsam es ist, an den Nachlaß eines reichen Mannes zu kommen. Mit kaum 20 Jahren hatte Cora einen Millionär geheiratet, und wir hatten sofort unsere gesamten Talente dafür eingesetzt, ihn so schnell wie möglich unter die Erde zu bringen. Coras Reichtum gründet auf Mut, Kreativität und der Gewißheit, in mir eine ebenbürtige und schnell entschlossene Freundin zu haben.

»Ohne dich hätte ich es zu nichts gebracht«, hatte sie in einem ihrer seltenen Anfälle von Dankbarkeit geäußert. Große Worte sind aber gar nicht nötig, weil wir durch so manche gemeinsame Schandtat fest zusammengeschweißt wurden. Im stillen befürchte ich allerdings, daß unser heimliches Laster zur Sucht werden könnte.

Letztes Jahr im Juni war es in Florenz ziemlich heiß. An einem schwülen Samstag beschlossen wir, unseren neuen Ferrari zu testen und aufs Land zu fahren. In bester Laune verließen wir Coras Florentiner Stadthaus; mit von der Partie waren unsere mütterliche Freundin und Haushälterin Emilia, ihr stotternder Freund Mario und mein kleiner Sohn Béla. Cora chauffierte uns über die Superstrada in die berühmte Region des Gallo nero, wo wir Wein und Oliven-öl kaufen, gut essen und tief durchatmen wollten.

In Castellina in Chianti bestellten wir Gnocchi mit Rucola-Soße und gebratene Perlhühner. Abends ging es in unserem Lieblingslokal stets hoch her; diesmal gab es am Nachbartisch eine lebhafte Diskussion über den plötzlichen Unfalltod eines Engländers und den Eilverkauf seines Hauses. Immer mehr Gäste mischten sich in die Unterhaltung ein. Ein junger Handwerker geriet derart in Coras Bann, daß er ihr prahlerisch zuflüsterte, die Schlüssel zum Podere des unglücklichen Engländers zu besitzen. Nachdem er unsere Neugier durch seine märchenhaften Erzählungen geweckt hatte, fuhr er uns mitten in der Nacht über steile Wege durch die mondbeschienene Einsamkeit einer verträumten Berglandschaft. Emilia und Mario waren mit Béla im Auto nach Florenz zurückgekehrt, während Cora und ich das leerstehende Haus besichtigen und dort übernachten wollten.

Nach kurzer Fahrt öffnete sich ein automatisches Tor, und wir holperten über eine mit Kieselsteinen ausgelegte Auffahrt.

»Nobel«, meinte Cora.

Im Dunkeln betraten wir eine noch leicht sonnenwarme Terrasse und lauschten mit Entzücken dem Gesang dreier Nachtigallen, der durch einen Chor von Fröschen und Grillen begleitet wurde. Im fahlen Licht schimmerten Weinberge, die letzten Glühwürmchen schwebten um Hecken und Büsche, der süße Duft von Geißblatt und Lavendel erfüllte die Luft. Dino schlug vor, eine Runde im Pool zu schwimmen, was wir jedoch ablehnten. Der Junge wußte genau, daß wir keine Badeanzüge dabeihatten.

»Was soll es kosten?« fragte Cora, wies mit dem Daumen

auf das Haus, hörte sich die Antwort an und schnippte ihre Zigarette gedankenverloren über die Terrassenbrüstung. Auf deutsch sagte sie zu mir: »Das ist ja fast geschenkt für so ein Riesengrundstück. Dann hätten wir endlich einen Swimmingpool, Maja. Florenz im Hochsommer, das ist die Pest. In der Stadt war es doch wahnsinnig heiß in den letzten Tagen.«

Der junge Italiener konnte sie zum Glück nicht verstehen.

»Ein netter Junge«, sagte Cora. »Er erwartet sicher, daß eine von uns zum Dank mit ihm ins Bett steigt. Wenn du vielleicht die Güte hättest...«

Dino zeigte uns zwei Gästezimmer. »Cora und ich können im Doppelbett schlafen«, schlug ich vor. »Bist du so lieb, Dino, und bringst uns morgen früh zur Bushaltestelle?«

Inzwischen wußten wir, daß er Elektriker war. Das Doppelbett fand er aus strategischen Gründen nicht gut, aber er versuchte, die momentane Enttäuschung zu verbergen. Sein mädchenhaftes Gesicht verzog sich nur wenig; bestimmt hatte er als Kind – noch ohne das Ziegenbärtchen – wie ein Barockengel ausgesehen. Am besten gefielen mir seine dichten, langen Wimpern.

Er sei müde und werde ebenfalls hier übernachten, schließlich müsse er am morgigen Sonntag nicht arbeiten, sagte er. Dann könne er uns nach dem Frühstück das Anwesen bei Tageslicht zeigen und uns anschließend zurück nach Florenz, bis vor die Haustür, fahren. Jedenfalls wünsche er eine gute Nacht. Mit diesen Worten, einem Kuß für Cora und einer flüchtigen Umarmung für mich, verzog er sich in eines der Schlafzimmer.

Als wir ihn los waren, schlug Cora vor, endlich den Pool zu testen. Es war eine besonders helle Nacht, so daß wir auf dem gepflegten Rasen den Weg gut finden konnten.

Zu unserer Enttäuschung war das Schwimmbad abgedeckt, und es gelang uns nicht, die automatische Aufrollung der Plastiklamellen in Gang zu bringen. Nackt, wie wir inzwischen waren, wurden wir unerwartet von einem Scheinwerfer angestrahlt. Dino hatte die Außenbeleuchtung eingeschaltet und erschreckte uns wie Faun die Nymphen. »Ihr müßt diesen Schlüssel nach rechts drehen«, sagte er mit listiger Hilfsbereitschaft, trat an eine Steinmauer, hob den Schutzdeckel einer Steckdose hoch und zeigte uns den verborgenen Schlüssel.

Durch die Zauberkraft des elektrischen Stroms wickelte sich die Abdeckung langsam, geräuschlos und stetig wie bei einer Sardinenbüchse auf und gab das Wasser frei. Es war angenehm temperiert.

Zu dritt schwammen wir ein paar Runden. »Bevor er vor Geilheit platzt«, sagte Cora, »sollten wir ihm eine kleine Lehre erteilen!«

Ich hatte wenig Lust, den hübschen Jungen leiden zu sehen, wußte auch nicht genau, was sie im Schilde führte. Wahrscheinlich wollte sie ihn mit meiner Hilfe so lange unter die Wasseroberfläche tunken, bis er Todesangst bekam. »Er hat uns bis jetzt überhaupt nicht zu berühren gewagt«, sagte ich. »Was heißt *uns*«, behauptete sie, »*ich* hatte bereits die Ehre.«

»Wenn er jetzt abdampft, sehen wir hier in der Pampa ganz schön alt aus«, sagte ich.

Cora hatte ein Einsehen. Nach dem Schwimmen schickte

sie den abgekühlten Dino mit autoritärer Stimme ins Bett, und er verschwand ohne Widerrede.

Als ich wach wurde, war es noch sehr früh. Ich verließ das Ehebett und die schlafende Cora, zog Slip und T-Shirt an und huschte auf die Terrasse. Der Blick verschlug mir fast den Atem. Wie im Paradies, dachte ich, der schönste Teil der Welt liegt zu meinen Füßen: die Toskana. Grüne Berge vereinigten sich in der Ferne mit dem ersten Graublau des Himmels. Mein Blick schweifte über Weinberge und Bauernhöfe, deren Einfahrten von Zypressen gesäumt waren; die Luft war würzig, von einem leichten Wind belebt, denn das Haus lag erhöht.

Der im Tau schimmernde Rasen forderte meine Füße geradezu heraus, barfuß durch das Gras zu wandern. Das Licht war noch ganz weich, doch die Sonne verhieß einen heißen Tag. Was hatte Cora gestern von Kaufen gesagt? Im Duft der Rosen, umgaukelt von Schmetterlingen, stellte ich mir Béla vor, wie er unbesorgt in einem Garten voller Wunder herumspringen konnte.

Einzig der Pool konnte zum Problem werden. Ich durfte meines kleinen Sohnes wegen die Abdeckung nur dann entfernen, wenn wir gemeinsam baden wollten. Konnte Béla zur Sicherheit schon mit dem Schwimmenlernen beginnen – oder war er noch zu klein?

Unter welchen Umständen war eigentlich der ehemalige Besitzer verunglückt? Und war ein derart abgelegenes Haus nicht gefährlich für zwei junge Frauen? Nun, mit Cora an meiner Seite brauchte ich weder Tod noch Teufel zu fürchten.

Plötzlich fröstelte ich und beschloß, wieder ins warme Bett zu kriechen und noch ein Stündchen zu schlafen, denn es war erst kurz vor sieben.

Mein Platz war besetzt. Neben oder besser gesagt auf Cora lag Dino, ob von ihr herbeigelockt oder aus eigener Initiative, war mir nicht ganz klar. Jedenfalls waren sie im Augenblick zu beschäftigt, um mich überhaupt wahrzunehmen. An ähnliche Situationen gewöhnt, griff ich mir wortlos die Wolldecke, die vom Bett geglitten war, und kuschelte mich im Wintergarten in einen Liegestuhl. Zum Schlafen war ich allerdings nicht mehr in der Lage. Ich fühlte mich ausgeschlossen. Anscheinend amüsierten sie sich auf meine Kosten, denn ich hörte immer wieder meinen Namen und gleich darauf fröhliches Gelächter. War es meine äußere Erscheinung, die mit Coras blendender Figur verglichen wurde?

Es war und ist nichts Neues, daß die Männer mich kaum beachten, wenn sie an meiner Seite auftaucht. Wie kann mein hellbraunes glattes Haar mit ihrer roten Löwenmähne konkurrieren? Meine grauen Augen mit ihren grünen? Wer es gut mit mir meint, nennt meine Gestalt »klein, aber fein«, während Cora mit Attributen wie Traumfrau oder Rasseweib bedacht wird. Dazu kommt, daß sie stets in aufregenden Farben schwelgt: rosa-orange-gelb oder blaugrünschwarz. Mein Stil wird von ihr als Eisbecher-Kombination verspottet, denn ich liebe karamel, vanille und zimt. Von weitem werde ich wahrscheinlich völlig übersehen.

Irgendwann hörte ich Dinos Wagen über die Kieselsteine fahren. Cora bequemte sich aus dem Bett, machte vor meinem Lager ein paar possierliche Dehn- und Streckübungen und fragte: »Sauer?«

»Hat dein Romeo schlappgemacht?« konterte ich.

»Er will uns ein anständiges Frühstück zubereiten. Hat er jedenfalls versprochen«, behauptete Cora.

Sie sollte recht behalten. Nach etwa einer Stunde röstete uns Dino ungesalzenes toskanisches Brot, das er in Öl tauchte und mit Knoblauch einrieb, und machte einen passablen Espresso. Aus der Küche seiner Mutter hatte er Pecorino mitgebracht, Tomaten und Basilikum pflückte er im Garten.

»Seht mal, was ich im Bücherschrank gefunden habe«, rief Cora aus der Bibliothek, während ich wie eine gute Hausfrau die drei schmutzigen Becher von der Terrasse in die Küche trug, »den Decamerone! Giovanni Boccaccio hat bereits vor 650 Jahren die gleiche Begeisterung für die Schönheit dieser Landschaft empfunden wie wir.«

Aus einem ledergebundenen, mit Goldschnitt versehenen Buch las Cora uns eine ganze Weile lang vor; sie begann mit der Pestepidemie in Florenz, vor der eine Gruppe junger Adeliger auf ein idyllisches Landgut floh. »*Der Garten machte den sieben Mädchen und ihren Kavalieren so viel Freude, daß sie sich einmütig gestanden, sie wüßten sich nicht vorzustellen, daß ein irdisches Paradies, wenn das möglich wäre, anders aussehen könne als dieser Garten, und sie seien außerstande, eine Schönheit zu erdenken, die ihm hinzugefügt werden könnte.*«

Wir nickten anerkennend. Cora zitierte: »Die Villa im Decamerone *lag ein wenig über die Ebene erhaben, auf einem kleinen Hügel.* Boccaccio könnte doch genau dieses Anwesen gemeint haben...«

Dino und ich bezweifelten das. In der Toskana waren Häuser auf einem kleinen Hügel fast die Regel.

Schließlich besichtigten wir unter Dinos Führung das gesamte Anwesen. Es gab drei überdachte Wagenstellplätze, drei Schlafzimmer mit drei Bädern, ein separates Gästehaus – »für Emilia und Mario« bestimmte Cora – und eine vorzüglich ausgerüstete Küche. Am besten gefiel uns der Wintergarten, der, ebenso wie die Terrasse, den Blick auf weites Land freigab. Im Anschluß an den Rundgang ließen wir uns in die behaglichen Korbsessel fallen.

»Wieso hat man gerade dir die Schlüssel anvertraut?« fragte ich Dino.

Sein Großvater sei der Gärtner dieses Anwesens, erwiderte er, und habe seinem einzigen Enkel den lukrativen Job verschafft, regelmäßig die Technik zu überwachen. Dino mußte sich um das Tor kümmern, er war auch für die Wartung des Schwimmbads mit Massagedüse, Gegenschwimmanlage und automatischer Abdeckung verantwortlich. Stolz zeigte er uns einen Fernseher mit einer Unzahl von Programmen. Der Engländer habe sich, sein Faible für aufwendige Elektronik einmal ausgenommen, nur durch wenig nennenswerte Spleens ausgezeichnet. »Einmal war er ganz verzweifelt über seinen defekten Computer, denn er verbrachte Stunden mit seinem Lieblingsspielzeug. Ich sagte gleich, daß ich zwar elektrische Leitungen legen könne, aber von Rechnern keine Ahnung hätte. Ein Spezialist kam extra aus Mailand, dabei gibt es auch hier in der Nähe genug Computerläden. Nach dem Tod des Engländers hat der

Commissario den PC leider beschlagnahmt; vielleicht glaubt er, wichtige Hinweise auf der Festplatte oder in der E-Mail-Korrespondenz zu finden«, sagte Dino.

»Was meinst du mit Hinweisen? Wie alt war der Engländer? Hatte er Familie? Und vor allem – wie ist er überhaupt umgekommen?« fragte Cora.

Ein Mann Anfang Fünfzig, war die Antwort, ohne Familie, aber mit einem Lebenspartner, der ihn gelegentlich hier in Italien besuchte.

Im Dorf nannte man den Engländer *il barone*. Er war stets großzügig, was die Bezahlung der Angestellten und Trinkgelder betraf. Darüber hinaus war *il barone* sehr geistreich, belesen, kunstinteressiert, dabei aber nicht unsportlich. Täglich schwamm er morgens und abends seine Bahnen. Gerade deswegen blieb sein plötzlicher Tod für alle, die ihn kannten, ein Rätsel. Eines Morgens hatte Dinos Großvater Umberto die Abdeckung des Schwimmbads entfernt, um mit einem Spezialstaubsauger den Grund zu reinigen. Im Wasser trieb der tote Engländer.

»Er kann sich aber nicht eigenhändig zugedeckt haben«, sagte ich sofort, »es ist doch unmöglich, vom Wasser aus den Schlüssel zu bedienen!«

Dino grinste. »Kluges Kind. Hat die Polizei auch schon festgestellt. Leider wissen wir im Dorf nicht genau Bescheid, was der Commissario aus Siena bis jetzt herausgefunden hat, denn die Presse wird nicht informiert. Die Polizisten haben jedenfalls den ganzen Medizinschrank ausgeräumt und den Inhalt einkassiert; nun wird gemunkelt, daß man bei der Obduktion Spuren eines Schlafmittels gefunden habe. Es könnte zum Beispiel so zugegangen sein, daß *il ba-*

13

rone unter Sedativa stand und beim Schwimmen bewußtlos wurde. Eine zweite Person konnte im Dunkeln gar nicht bemerken, daß da ein hilfloser Mensch im Wasser lag, und hat nichtsahnend die Automatik bedient. Deswegen ist vorläufig von einem Unfall die Rede.«

»Natürlich war es Mord«, sagte Cora bestimmt.

Dino nickte. »Viele hier im Ort glauben das. Vor allem zerbricht man sich den Kopf, wer die zweite Person gewesen sein könnte. Verdächtig ist, daß der Erbe – ein Neffe – das Anwesen so eilig verkaufen will. Er selbst hat allerdings ein wasserdichtes Alibi. Andererseits liegt über einem Mörderhaus ja immer ein Fluch, man kann verstehen, daß er es nicht behalten möchte!«

»Ein Fluch lastet natürlich zentnerschwer«, sagte Cora geistesgegenwärtig, »und der Bann kann nur gebrochen werden, wenn zwei nordische Jungfrauen einen Gegenzauber betreiben.«

Dino meinte lachend, zwei Hexen täten es auch, und zeigte großes Interesse daran, woher Cora das Geld habe, um ein derartiges Projekt auch nur in Erwägung zu ziehen.

»Das kann ich dir erklären«, sagte sie, »das Geheimnis liegt in absoluter Disziplin! Jeden Morgen früh aus den Federn, fleißig ackern, *no sex, no drugs* und niemals vertrocknetes Brot oder eine Büroklammer wegwerfen! Eh du dich versiehst, bist du Millionär. Und zwar nicht bloß in Lire!«

Cora ließ ihren habgierigen Blick in die Ferne schweifen. »Wo verläuft eigentlich die Grenze zum Nachbargrundstück?«

Wir wurden belehrt, daß zwei Zypressen an jeder Ecke

traditionsgemäß das Ende einer Fattoria, also eines Weingutes oder Bauernhofes, markieren.

Cora machte sich eine Skizze und kratzte mit dem Bleistift ausgiebig ihr von Mücken zerstochenes Décolleté, wobei Dino sie mit lüsternen Blicken beobachtete.

Ich ärgerte Cora mit einem Sprichwort, das ich von Emilia kannte: »Wer mit Hunden zu Bett geht, steht mit Flöhen auf.«

Als sie mir einen zornigen Blick zuwarf, ließ ich sie mit ihrem Köter allein und begab mich ins Haus, um die Bibliothek genauer zu inspizieren.

Da gab es italienische Kunstbände, englische Klassiker, aber auch Kriminalromane und eine große CD-Sammlung. Monteverdis Madrigale waren in verschiedenen Einspielungen vorhanden. Im Stereogerät lag noch eine Scheibe, ich drückte auf *play*. Mit Wehmut lauschte ich der anmutigen Renaissancemusik und zwei wunderbaren Stimmen, die in melismatischen Läufen sowohl den geflügelten Pfeil Amors als auch den Flug eines Vogels besangen: *Addio, Florida bella*. Der deutschen Übersetzung entnahm ich, daß es sich um den bewegenden Abschiedsgesang zweier Liebender bei Sonnenaufgang handelte.

Vielleicht waren mir durch Coras Affäre meine persönlichen Defizite bewußter geworden, denn plötzlich brach ich in Tränen aus. Vor fünf Jahren hatte ich Jonas, den Schwarzwälder Naturburschen und Vater meines Kindes, während der Sommerferien in der Toskana kennengelernt – womöglich war es auch die Umgebung, die mich auf einmal so sentimental stimmte. Zweifellos hatte ich ihn geliebt, jedenfalls so, wie ich mit meinen siebzehn Jahren lieben konnte. Es war traurig, daß unsere Ehe an den Tücken des Alltags gescheitert war; wie sehr sehnte ich mich nach einer Liebkosung.

Cora suchte, fand und umarmte mich. »Was ist? Du wolltest meinen schönen Cherub doch gar nicht haben – oder magst du Flöhe?«

Ich schüttelte nur den Kopf.

Später beschlossen wir, bis Montag zu bleiben. Cora wollte direkt weiter nach Siena, um sich über alle Einzelheiten, die das Landgut betrafen, beim Makler zu informieren. Sie griff zum Handy und gab Emilia Bescheid. Dann zog sie ihren Malblock hervor, und Dino mußte gut eine Stunde Modell stehen. Den Rest des Tages verbrachten wir am Pool, bis wir abends alle drei nach Castellina zum Essen fuhren.

Das hübsche kleine Städtchen mit Piazza, Kirche und Verteidigungsanlage lag auf einem Hügel zwischen den Tälern der Flüsse Arbia, Elsa und Pesa. Bei der *zuppa inglese* kamen wir wieder auf den mysteriösen Tod des Engländers zu sprechen. »Ist der Neffe eigentlich nach dem Tod seines Onkels sofort angereist und hat Anweisungen für den Verkauf gegeben?« fragte ich.

»Natürlich«, sagte Dino, »ein unangenehmer Typ. Er bezahlt zwar meinen Opa noch weiter, weil sich das Anwesen mit einem vertrockneten Garten wohl weniger gut verkaufen läßt, aber er hat sofort das Telefon abgemeldet und Lucia entlassen.«

»Wen?«

»Die Haushälterin. Oder glaubt ihr, *il barone* hätte selbst gekocht?«

Dino sah Cora voller Zweifel an. Wenn sie wirklich reich war, dann müßte sie sich in den Gepflogenheiten eines Millionärs eigentlich auskennen.

»Erzähl weiter«, drängte ich, »der Neffe hat sich also nicht gerade beliebt gemacht! Hat er seinen Onkel zu Lebzeiten denn häufig besucht?«

»Nein, nicht daß ich wüßte. Übrigens hat er die Sammlung sofort einpacken lassen und mit nach England genommen. Sicher nicht aus Sentimentalität, sondern um sie zu verscherbeln.«

»Welche Sammlung?« fragten wir wie aus einem Mund.

Dino schüttelte den Kopf über unsere schlechte Beobachtungsgabe. »Ihr tut so clever, dabei sind euch noch nicht einmal die leeren Vitrinen aufgefallen! Lucia hat ein paar alte Vogelnester hineingelegt, damit es nicht gar so kahl aussieht. Schade, daß ihr seine Schätze nie mehr sehen könnt! Wie im Museum!«

Mein Interesse war geweckt. *Il barone* wurde mir immer sympathischer. »Was hatte er denn gesammelt?« fragte ich.

Dino sah mich zum ersten Mal taxierend an und holte tief Luft: »Puppen! Alte, wertvolle Puppen aus Frankreich, meistens mit Porzellanköpfen. Und zwar nur Jungs, keine einzige Mädchenpuppe! Lucia brauchte viel Zeit, um die kleinen Matrosenanzüge zu waschen und die Gesichter mit Ohrenstäbchen zu putzen, aber es machte ihr Spaß. Eigentlich sollte man ja annehmen, daß eine solche Kollektion bloß einer Frau gefällt; Männer sammeln doch lieber Waffen, Münzen, Pfeifen...«

»Und Briefmarken«, vervollständigte Cora.

»Einmal wollte ihn sein Freund necken«, plauderte Dino, »und hat heimlich eine Mädchenpuppe zwischen all die Porzellanjungs geschmuggelt – eine moderne mit Busen, versteht sich. *Il barone* fand die *Barbie* überhaupt nicht lustig, ich dagegen habe mich krankgelacht, als Lucia es mir erzählte.«

Nach weiteren Anzüglichkeiten legte ich mich am Abend gar nicht erst neben meine rothaarige Freundin ins Doppelbett, sondern bezog gleich eines der Gästezimmer.

Montag früh mußten wir für unsere Verhältnisse zeitig aus den Federn, genossen aber dennoch die Fahrt nach Siena. Über Schleichwege fuhr uns Dino durch Wälder und über Äcker, wo die Bauern trotz der frühen Stunde schon beim Heumachen waren oder mit kleinen Traktoren die Erde zwischen den Weinstöcken pflügten, um Unkraut und Gras herauszureißen.

An einem der Stadttore setzte uns Dino ab und verabschiedete sich. Es war noch zu früh, um den Makler aufzusuchen, und wir freuten uns auf ein kleines Frühstück auf dem Campo. Bei Cappuccino und Cornetti sprachen wir angeregt über jenen Sommer vor dem Abitur, als wir auf diesem Platz mit hübschen Burschen das Flirten übten – bis ein Kehrauto, das von einer jungen Frau bedient wurde, uns aus unseren Erinnerungen herausriß.

»Sieh nur, welche Mühe sie mit den vielen Kippen hat«, bemerkte ich ein wenig schuldbewußt, denn auch wir pflegten nicht immer nach öffentlichen Abfalleimern Ausschau zu halten.

»Du hättest bei Jonas im Schwarzwald bleiben sollen«, sagte Cora aggressiv und zündete sich eine Zigarette an. »Komm jetzt, wir sollten zum Busbahnhof gehen und schon einmal die Tickets für die Rückfahrt besorgen.«

Wir hatten uns kaum von unseren Plätzen erhoben, als sich der Himmel verfinsterte.

»In den Dom!« kommandierte Cora.

Während der Regen auf das Kirchendach trommelte, konnte ich mich in Ruhe meiner Lieblingsbeschäftigung widmen und den wunderbaren Fußboden Meter für Meter abgehen. Ein Fries aus schwarzen, weißen und rotbraunen Marmorrauten hatte es mir besonders angetan; lustvoll ließ ich mich durch uralte optische Täuschungen verführen: einem Mosaik aus Treppenstufen, die sowohl auf- als auch abwärts zu führen schienen. Cora räkelte sich auf einer Kirchenbank. Als wir schließlich ins Freie traten, regnete es immer noch, die Taxis waren wie vom Erdboden verschluckt, doch ein fliegender Händler stand mit billigen bunten Plastikfolien bereit, die zwar penetrant an den nackten Beinen klebten, aber durchaus ihren Zweck erfüllten. Die Touristen spannen sich, wie wir auch, samt und sonders in rosarote, hellblaue und grünliche Kokons ein.

Der Makler legte uns die Pläne vor. Das Anwesen war erst vor zehn Jahren nach den strengen Baugesetzen der Toskana renoviert und ausgebaut worden. Äußerlich hatte man zwar nichts an der traditionellen Architektur verändert, aber das Innere der Gebäude war entkernt, modernisiert und mit den edelsten Baumaterialien und teuersten Installationen ausgestattet worden. »Wenn Sie ernsthaft interessiert sind, müssen Sie schnell zugreifen«, riet er. »Für diesen Preis ist ein Haus mit einem so großen Grundstück im Handumdrehen verkauft. Außer Ihnen gibt es noch weitere solvente Kundschaft, zum Beispiel einen Industriellen aus Bologna und einen berühmten Schönheitschirurgen aus Rom.«

Cora versuchte, den Preis ein wenig zu drücken. Man spreche in Castellina bereits von einem Fluch, der auf diesem Haus laste, was den Wert sicherlich drastisch mindern könne.

Der Makler lächelte: »Sie scheinen mir keine Frau zu sein, die etwas auf abergläubisches Geschwätz gibt.«

»Nein«, sagte sie und schenkte ihm einen warmen Blick, »Sie sind ein guter Menschenkenner! Aber ich denke, es wird Schwierigkeiten geben, genügend Personal zu finden. Bestimmt meidet die Landbevölkerung ein Mörderhaus wie der Teufel das Weihwasser.«

Der Makler tat gekränkt: »Aber ich bitte Sie, wir Toskaner sind doch keine Hinterwäldler, sondern seit vielen hundert Jahren moderne und aufgeklärte Menschen!«

Schleunigst schaltete ich mich ein und beklagte, daß wir Germanen zu Zeiten der Renaissance gerade mal mit der Höhlenmalerei begonnen hätten.

Cora packte die kopierten Baupläne und Unterlagen in unsere Strohtasche und versprach, so bald wie möglich mit ihrer Bank zu sprechen.

Mit neugierigem Interesse blickte ihr der Makler nach. Wo hat sie das Geld her? mochte er denken.

»Hier sind die Leute aber schnell beleidigt«, meinte Cora später. »Sind wir auch so empfindlich?«

»Ja, sicher«, sagte ich. »Oder wie würdest du reagieren,

wenn man die Deutschen als Volk von Mördern bezeichnete?«

»Das wäre wohl die letzte Unverschämtheit!« ereiferte sich Cora. »Politisch unkorrekt, rassistisch und vor allem frauenfeindlich. *Mörder und Mörderinnen* muß es heißen!« Wir sahen uns an und prusteten los.

Wenn Cora sich auch heftig in das Landhaus verliebt hatte, so gab sie dennoch keine bindende Zusage, unterschrieb keinen Vertrag. Nach dem Gespräch mit ihrem Finanzberater war sie nicht mehr ganz so wild zum Kauf entschlossen wie anfangs.

»Was meinst du, Maja?« fragte sie beim Frühstück. »Ob es sinnvoll ist, das ganze Kapital in ein einziges Projekt zu stecken? Ich könnte mir das Anwesen mit knapper Not leisten. Sollte man alles auf eine Karte setzen?«

»Alles, was man besitzt, kann man wieder loswerden«, sagte ich. »Und wenn dich plötzlich eine Hazienda in Argentinien lockt oder eine Schweinefarm am Mekong, dann ade Italien!«

»Argentinien! Mekong! Toskana! Mich fragt ihr überhaupt nicht«, schaltete sich Emilia, die neuen Kaffee gebracht hatte, plötzlich ein. »Dabei wißt ihr gar nicht, ob *ich* dort wohnen möchte! Kann man in dieser Wildnis überhaupt frische Muscheln kriegen?«

»Mir kommen die Tränen!« sagte Cora. »Da will man das schönste Landgut, das es auf Erden gibt, kaufen, und Emilia zögert, ob es ihr fein genug ist.«

»Quatsch«, konterte Emilia, »du drehst mir immer das Wort im Mund herum. Aber schließlich bin ich nicht mehr die Jüngste und reiße mich nicht darum, das Haus in Schuß zu halten.«

»Für eine Putzfrau ist bereits gesorgt«, behauptete Cora kühn und sah mich dabei an.

Unter diesen Umständen ließ mein Enthusiasmus ebenfalls erheblich nach.

Vielleicht lag es also auch ein wenig an Emilia und mir, daß Cora eine Woche lang das Pro und Contra erwog. Schließlich rief sie in Siena an, um ihr Jawort zu geben.

»Es tut mir leid«, sagte der Makler, »vor zehn Minuten habe ich das Objekt verkauft.«

Cora war entsetzt. »Wieso? An wen? Warum?« stotterte sie.

Sie erfuhr, daß eine Amerikanerin den Preis aus eigener Initiative um fünf Prozent erhöht habe und damit sofort den Zuschlag bekam, ohne daß die anderen Bewerber ein zweites Mal gefragt wurden.

»Da kann man nichts machen«, sagte ich erleichtert.

Aber Cora war so schlechter Laune wie schon lange nicht mehr. »Ihr beide seid schuld!« brüllte sie. »Der Makler hatte gesagt, daß man nicht lange fackeln darf, aber ihr habt mich völlig verunsichert! Du mit deinem ewigen Wiederverkaufen – da verliert man doch in jedem Fall einen Haufen Kohle! Und Emilia mit ihren absurden Bedenken, daß es auf dem Markt von Castellina nicht ebenso frische Muscheln wie in Florenz gibt! Das Blödeste daran ist, daß mein Haus erst seit zehn Minuten weg ist! Warum hast du mich nicht früher geweckt, Emilia! Jetzt hat sich der Traum meines Lebens in Luft aufgelöst!«

Die so bitter enttäuschte Cora tat mir zwar leid, aber mußte ihr einfach alles in den Schoß fallen? Ich für meinen Teil durfte von dergleichen noch nicht einmal träumen. Ein Landsitz in der Toskana, das waren Luftschlösser für mich. Seit ich meinen Job als deutschsprachige Stadtführerin verloren hatte, verdiente ich nicht einmal mehr ein Taschengeld.

Cora tröstete sich mit dem Besuch einer teuren Boutique, wo sie auch uns in einem gigantischen Kaufrausch von Kopf bis Fuß neu einkleidete. Und mitten beim Anprobieren kam ihr die Idee, die Bildhauerei zu erlernen. Ausgerechnet ich animierte sie dazu, als ich in einem hautengen Kleid auf einem Hocker stand und die Schneiderin den Saum absteckte.

Kaum waren wir vom Einkauf zurück, als schon wieder ein Sommergewitter heraufzog. Emilia stellte Béla vor sich auf das Fensterbrett, und sie beobachteten gemeinsam, wie der Regen auf den Terrassenboden prasselte. Mein Sohn entdeckte ein großes Spinnennetz, das von den Tropfen wie mit unzähligen Perlchen bestickt schien.

»Selbst die schönsten Klamotten können mit der Natur nicht mithalten«, stellte Cora wehmütig fest.

Ich hatte das Haus in der Toskana bereits verschmerzt und ahnte nicht, daß meine Freundin eine Niederlage niemals wegsteckte.

2

Cora begann damit, probeweise kleine Skulpturen aus Ton zu modellieren, später wollte sie sich an Marmor heranwagen. Aber sie war unruhig und gereizt, so daß alles mißlang. Obwohl wir mindestens einmal in der Woche eine Tour ans Meer machten oder in der Nachbarschaft eine Ausstellung besuchten, lief sie mit Leichenbittermiene herum. – Bis eines Tages die Rede auf die alte Heimat kam.

Ich hatte sofort ein ungutes Gefühl. Angeblich ging es Coras Großmutter schlecht; sie habe eine beginnende Lungenentzündung, die für eine über Achtzigjährige den Tod bedeuten könnte. Und Cora verstieg sich zu der Behauptung: »Außer dir ist sie der einzige Mensch, den ich...«, längere Pause, »...liebe.« Wir müßten sofort losfahren, verlangte sie, vielleicht sei dieser Besuch der letzte.

Wieso *wir*? fragte ich, es gehe einzig und allein um *ihre* Großmutter, denn ich hatte Gott sei Dank keine eigenen Verwandten mehr.

»Ich möchte ihr den letzten Wunsch erfüllen«, sagte Cora.

Halb neugierig, halb mißtrauisch hörte ich mir ihre Überlegungen an.

»Meine Oma hat drei Kinder und sechs Enkel. Also denk mal nach, Maja, was man sich auf seine alten Tage sehnlich wünscht? Urenkel natürlich.«

Ich war empört. Wollte Cora einer Greisin zuliebe sämtliche Prinzipien über Bord werfen und sich mal eben schwängern lassen? Sollte sie Dino einzig für diesen Zweck benutzt haben?

Doch Cora erriet meine Gedanken und schüttelte mißbilligend den Kopf: »Da liegst du voll daneben.«

Plötzlich fiel es mir wie Schuppen von den Augen: Béla sollte als Urenkel herhalten, mein kleiner Sohn einer Sterbenden untergejubelt werden wie weiland Jakob dem Isaak!

»Wie willst du ihr weismachen, daß du einen vierjährigen Jungen hast?« fragte ich ungehalten. »Sie ist doch noch bei Trost – oder?«

Cora war der Meinung, unterwegs werde uns schon noch eine plausible Begründung einfallen. Mir graute vor der langen Autofahrt. Béla hatte zwar noch nie von dieser Urgroßmutter gehört, aber die Welt war in seinem Alter voller Überraschungen; er hörte sich den Grund für unsere Reise ohne trotzige Einwände an. »Die Uroma wohnt bei Papa«, meinte er hoffnungsvoll, und mir fiel reichlich spät ein, daß er ja tatsächlich eine Urgroßmutter im Schwarzwald hatte.

So kam es zu jener Reise, die unser Leben verändern sollte.

Wie sich herausstellte, ließ sich Charlotte Schwab jedoch noch nicht so schnell beerben. In Darmstadt wurde uns die Tür von einem jungen Mann geöffnet, der strahlend wie ein Engel verkündete, die Oma sei fast wieder gesund. Es war Coras Vetter, den man mir bereits als Musterknaben geschildert hatte, weil er die Versorgung der alten Dame im Bedarfsfall gegen gute Bezahlung übernahm.

»Hör, Felix«, sagte Cora streng, »ich präsentiere ihr jetzt dieses Kind als Urenkel. Und wehe…«

Gemessenen Schritts traten wir ein, vorsichtshalber schon mal schwarz gekleidet, was gut aussah zu unserer gepflegten Sonnenbräune. Coras Großmutter trug einen grünen Jogginganzug, saß am Fenster, las mit Hilfe einer Lupe einen Brief und stieß dabei mit dem Fuß einen Schaukelstuhl an, in dem eine Schaufensterpuppe saß. Der Fernseher lief ohne Ton.

Die alte Frau begrüßte ihre Enkelin herzlich, reichte mir die Hand und stellte fest: »Das muß Maja sein! Wie reizend, daß Sie Ihren Kleinen mitbringen!«

»Nein, Oma, das ist mein Kind«, sagte Cora feierlich. »Ich dachte, es ist Zeit, endlich mit der Wahrheit herauszurücken.«

Trotz der vorausgegangenen Warnung wieherte Felix los, die Großmutter fiel ein, ich lachte schließlich mit. Béla wurde nach dem langen Stillsitzen wieder munter, fegte wie ein Irrwisch im Zimmer herum, warf einen Meißner Teller zu Boden und schwatzte in italienisch-deutschem Kauderwelsch auf die Puppe im Schaukelstuhl ein. Ich wußte genau, daß er noch eine Weile den Clown spielen würde, um dann todmüde in Tränen auszubrechen. Cora ärgerte sich.

An diesem denkwürdigen Tag lernte ich Felix näher kennen. Was Wunder, daß er mit seinem charmanten Diensteifer das Herz seiner Oma gestohlen hatte. Er himmelte auch Cora an, bettete den müden Béla aufs Sofa, kochte Tee, entkorkte eine Weinflasche und warf mir gelegentlich so treuherzige Blicke zu, daß ich nicht recht wußte, ob ich ihn nett oder zu brav finden sollte.

»Wollt ihr bei den Eltern oder bei Regine übernachten?« fragte die Großmutter. »Ich habe höchstens Platz für eine Person.«

Cora mochte weder bei Vater und Mutter in Heidelberg noch bei ihrer Tante schlafen, sie verzog das Gesicht.

»In unserer WG ist in den Semesterferien viel Platz«, sagte Felix. »Zwei Mitbewohner sind ausgeflogen, ihre Betten stehen leer, und für den Kleinen bauen wir ein Nest.«

Cora war einverstanden, ich wurde nicht gefragt.

Die Großmutter zog die Brauen hoch, musterte Enkelin und Enkel – und schließlich mich –, sagte aber nichts.

Bevor wir uns verabschiedeten, bot sie uns muffige Kekse und ein Balladenstündchen bei Kerzenlicht an. Als sie mit »Wild zuckt der Blitz. Im fahlen Lichte steht ein Turm...« begann, türmten wir.

Während wir hinter ihrem Vetter herfuhren und er uns nicht hören konnte, sagte Cora: »Meine Oma phantasiert, daß ich etwas mit diesem grünen Jungen anfangen will. Aber das hat nichts mit mir, sondern bloß mit ihren eigenen Ansprüchen zu tun, denn sie liebt Felix über alles.«

Ich nahm die Alte in Schutz, aber Cora lachte mich aus. Von wegen *abgeklärt* – ihre Großmutter besuche alle paar Tage einen Methusalem im Altersheim, und der sei ihr Lover. »Da kann man nur sagen *je oller, um so doller.*«

In der WG machte Felix sich abermals nützlich und durchforstete die Speisekammer der Gemeinschaftsküche, um uns in aller Eile ein warmes Essen zu kochen. Wir waren zwar bessere Pasta gewohnt, langten aber trotzdem zu. Nach einer Weile tauchte ein ebenso müder wie magerer Student namens Andy auf, aß zwei Portionen, ohne viel zu reden, und verzog sich wieder. Béla schlief schon längst auf dem schmuddeligen Lammfell eines Hundes, als Cora gegen Mitternacht nach einem Bett verlangte. Felix zeigte uns zwei leerstehende Zimmer; im einen stand ein Ehebett, im anderen lag eine Matratze. Unverzüglich trug ich mein Kind ins Doppelbett und legte mich daneben; es war mir völlig gleichgültig, wann, wo und wie Cora und Felix schliefen.

Am nächsten Morgen erwachte ich erst spät und suchte verschlafen meinen Sohn. Béla saß mit Felix am Küchentisch und panschte in einer Schale mit Milch und Cornflakes herum, während ein struppiger Köter unterm Tisch die willkommene Beute aufleckte. Felix streckte mir bereitwillig eine Kakaotüte entgegen, aus der er selbst gerade getrunken hatte. Ich lehnte ab und ließ mich neben meinem Sohn nieder.

»Dein Hund?« fragte ich und erfuhr, daß er einem Mitbewohner gehöre.

»Max wollte den Hund nicht nach Irland mitnehmen, obwohl die Quarantäne-Vorschriften gelockert wurden. Zilli ist auch gerade verreist, sonst ginge es in unserer Küche turbulenter zu.«

In Italien hatte ich mir das Frühstücken zwar weitgehend abgewöhnt, aber Emilia kochte uns stets einen Espresso, wenn wir aus den Federn krochen. Suchend sah ich mich um, doch Felix sprang bereits auf und kramte in einem

Regal, wo er auch tatsächlich ein Glas mit Instantkaffee fand.

Als Cora erschien, nahm sie mir wortlos meine Tasse aus der Hand und trank sie aus, dann griff sie zur Sprudelflasche. Nachdem sie ihren Flüssigkeitshaushalt einigermaßen reguliert hatte, sagte sie mit verdächtiger Wärme: »Felix und ich haben gestern abend festgestellt, daß er die Toskana gar nicht kennt. Jetzt, wo er Ferien hat...«

Fragte man mich um Erlaubnis? Ich nickte kurz, was sollte ich auch dagegen vorbringen?

»Da ist nur die Sache mit Oma«, sagte Cora. »Meine Tante hat dummerweise gerade ihren Jahresurlaub genommen und ist nach Bali geflogen.«

Ich schaltete immer noch nicht. Was gingen mich Coras Tante und Oma an?

»Außerdem muß der Hund ausgeführt werden«, fuhr Cora fort.

Langsam schwante mir etwas, aber ich schwieg.

»Maja ist sicherlich so lieb«, sagte sie zu Felix, »und bleibt ein paar Tage als Vertretung hier. Für Béla ist es bestimmt ein tolles Abenteuer.«

Felix protestierte. Das könne man mir nicht zumuten.

»Aber doch nur für ein paar lächerliche Tage«, wiederholte Cora und lächelte Felix an. »Dann bringe ich dich wieder zurück nach Darmstadt und hole Maja und Béla ab.«

Im Nu hatten sich die beiden darauf geeinigt, daß man es mir doch zumuten könne. Das Auto von Max stehe mir zur Verfügung, und ich könne täglich einen schönen Ausflug mit Hund und Kind unternehmen, am Nachmittag mal bei

der Großmutter reinschauen und ihr gelegentlich eine Klei-
nigkeit zum Essen…

»Hat sie eine Putzfrau?« fragte ich.

Aber nein, eine alte Frau spiele schließlich nicht im Sand
wie Béla, da gebe es nicht viel zu putzen. Außerdem ertrage
sie keine Fremden in ihrem Haus.

Das konnte ja gut werden.

Zwei Stunden später hatte Felix hektisch eine Reisetasche
gefüllt, sich bei seiner Großmutter telefonisch verabschiedet, mir gezeigt, wo der Klopapiervorrat und das Hunde-
futter lagerten, und sich dann zu Cora ins Auto geschwun-
gen.

Wer mag es schon, wenn Entscheidungen gegen den eigenen Willen getroffen werden? Ich fühlte mich wie eine
Strafgefangene, die man auf der Pfefferinsel ausgesetzt
hatte. Grimmig packte ich mein Köfferchen aus und zog das
Doppelbett ab, das mir bei Tageslicht längst nicht so ein-
ladend erschien wie gestern nacht. Béla hatte sich mit dem
namenlosen Köter bereits angefreundet; da er mit Emilias
Hund Pippo aufgewachsen war, hatte er keinerlei Skrupel,
einem fremden Vierbeiner mit seinen Patschhänden in den
Rachen zu greifen.

Ich begann erst einmal damit, die fremde Wohnung zu
inspizieren. Anscheinend hatte jeder Bewohner ein eigenes
Zimmer, gemeinsam genutzt wurden Küche und Bad. Felix
hauste an der Straßenseite offenbar in einem ehemaligen
Frisörsalon, was man noch an den vielen Wasseranschlüssen
erkennen konnte. Das zugehörige Schaufenster war vollge-
stopft mit Kram, den er für originell und dekorativ hielt: ein

leerer Vogelkäfig zum Beispiel und ein biedermeierliches Korsett. Gegen Möchtegernkünstler hatte ich schon immer Vorurteile.

Das Zimmer von Max, der Elektrotechnik studierte, verriet sich durch eine professionelle Werkbank, während die Kemenate, in der ich geschlafen hatte, auf eine weibliche Besitzerin schließen ließ. Es war der schmutzigste Raum.

Im nächsten Zimmer lag Andy im Bett, was ich nicht erwartet hatte. »Ich suche ...«, stotterte ich. »Wo steht die Waschmaschine?«

Der Student sah auf die Uhr. Gut, daß ich ihn geweckt hätte, gleich beginne seine Schicht. In den Ferien – und auch sonst zuweilen – arbeite er als Taxifahrer. »So gut wie Felix hat es nicht jeder. Der wirft alle vier Wochen bei seiner Großmutter den Staubsauger an – oder noch besser: er läßt es seine Freundin machen und kassiert dafür zwei Blaue.«

Ich erklärte, daß *ich* in den nächsten Tagen diese Aufgabe übernehmen müsse.

»Bist du seine Neue?« fragte Andy.

Um nicht noch einmal einen Fauxpas zu begehen, erkundigte ich mich nach den Arbeitszeiten der berufstätigen Frau, von der gestern ebenfalls die Rede war. Andy klärte mich darüber auf, daß die Mitbewohner sie Allerleirauh nannten, weil sie sich von ihrem eigenen Mann verfolgt fühle und die WG als Schutzzone verwende. Ihr Zimmer betrat ich erst, als sich Andy mit frisch gekämmtem Pferdeschwanz auf seinem Fahrrad davongemacht hatte.

Erst im Laufe des Tages wurde mir so richtig bewußt, wie unverfroren sich Cora mit Felix aus dem Staub gemacht hatte. Vetter und Kusine hatten bei ihrem Aufbruch eine geradezu unanständige Eile an den Tag gelegt. Zu welchen Zeiten sollte ich die Großmutter eigentlich besuchen? Ungern setzte ich mich in das fremde Auto, das eine wahre Rostlaube zu sein schien. Der Hund sprang triumphierend auf den Beifahrerplatz. Zu seiner Freude fand Béla auf der Rückbank leere Bierdosen, ölige Lappen und einen Satz Schraubenzieher. Cora hatte nicht daran gedacht, Bélas Kindersitz aus dem Ferrari herauszunehmen.

Mit Mühe und erst nach mehrmaligem Fragen fand ich das Hexenhäuschen von Oma Schwab; Felix hatte mir ihren Hausschlüssel anvertraut. Trotz meiner Verdrossenheit nahm ich mir vor, meine schlechte Laune nicht an ihr auszulassen. Sie war eine Dame der alten Schule, da durfte man keine falschen Vokabeln gebrauchen.

»Ist die Lungenentzündung abgeklungen?« fragte ich und hielt den tatendurstigen Béla angestrengt fest.

Frau Schwab wirkte überrascht. »Es war nur eine leichte Bronchitis, die letzte Lungenentzündung hatte ich mit sechzehn. Jetzt fehlt mir eigentlich nichts mehr.«

Ich entschuldigte mich gerade noch einmal für Bélas gestriges Malheur, als es schon wieder schepperte. Diesmal war es der Köter, der mit seinem Schwanz den Couchtisch leergefegt hatte. Kurz darauf mußte sich Béla nach dem Genuß allzu vieler Kekse übergeben, und ich bezweifelte ernstlich, ob man sich als Großmutter unbedingt Urenkel wünscht.

»Frau Schwab«, sagte ich zuckersüß und füllte den Mülleimer mit säuerlich riechendem Küchenpapier und zerbrochenem Glas, »kann ich sonst noch etwas für Sie tun?«

Sie lächelte angespannt und behauptete, sie habe einen Vorrat an Lebensmitteln parat und werde sich nachher eine Dose mit Spargelcremesuppe warm machen. Außerdem müsse sie in den nächsten Tagen endlich wieder an die frische Luft, es bekomme ihr nicht, wenn sie sich allzusehr schone. Dann könne sie Bananen und Äpfel besorgen.

Wenig später kamen die von mir erwarteten Fragen: »Entschuldigen Sie meine Vergeßlichkeit, in letzter Zeit entfällt mir so manches. Zum Beispiel weiß ich nicht mehr, womit sich Cora den lieben langen Tag in Florenz beschäftigt? Hat sie inzwischen ein Studium aufgenommen?«

Obwohl ich meiner Freundin im Moment überhaupt nicht grün war, hielt ich doch eisern zu ihr, wie immer, wenn ihre Eltern und nun gar die Großmutter mich aushorchen wollten. »Sie töpfert und malt wie eine Besessene«, behauptete ich. »Wahrscheinlich soll ihr Felix Modell stehen, wir kennen in Florenz keinen einzigen jungen Mann. Ich denke, Cora wird noch berühmt werden, und Sie können stolz auf Ihre Enkelin sein!«

Das sei sie bereits, versicherte Oma Schwab und fügte, wie zum eigenen Trost, hinzu: »In ein paar Tagen sind Cora und Felix ja wieder hier. Kannten Sie meinen Enkel eigentlich schon? Er ist so ein guter Junge! Sie glauben gar nicht, was er alles für mich tut. Andere Studenten reisen in den Ferien nach Mexiko, er dagegen sorgt für eine langweilige Greisin wie mich. Ich gönne es ihm von ganzem Herzen, daß er auch mal ein wenig Abwechslung hat. Nur ...« Sie brach ab.

Auf dem Heimweg, als ich noch rasch einkaufen wollte, stellte ich fest, daß ich kein Geld dabeihatte; unser gemeinsames Portemonnaie steckte höchstwahrscheinlich in Coras Handtasche. Wen sollte ich anpumpen? Die Großmutter etwa, die den Verlust eines Meißner Tellers, einer Obstschale und ihrer Sonnenbrille meinem Gefolge verdankte? Den taxifahrenden Andy, der voller Neid von Felix' Nebeneinkünften sprach? Am Ende gar die unbekannte Mitbewohnerin?

Ich beschloß, erst einmal die fremde Küche zu durchsuchen. Es fanden sich einige Billigvorräte, die weder mir noch Béla schmeckten. Anscheinend war nur für den Hund bestens gesorgt.

Meinem Sohn servierte ich Nudeln ohne frisch geriebenen Parmesan, während ich eine Dose Hering mit exotischen Früchten in Currysoße löffelte. Nachdem Béla ausnahmsweise früh schlafen wollte, saß ich mutterseelenallein in meinem unfreiwilligen Exil. Der einzige Trost war ein zierliches Buttermesserchen, das ich in Frau Schwabs Küche in die Tasche hatte gleiten lassen. Sie würde denken, es sei mit den Scherben im Mülleimer gelandet. Aber als ich bald darauf entdeckte, daß es sich nur um Hotelsilber handelte, gewann meine Verdrossenheit wieder die Oberhand, und ich beschloß, das Messerchen wieder zurückzubringen.

Meine vergeblichen Versuche, Emilia in Florenz zu erreichen, heiterten mich auch nicht auf. Schließlich wählte ich Coras Handynummer, aber erst beim fünften Versuch geruhte sie abzunehmen. Obwohl mir mein Stolz dabei im Weg stand, beschwerte ich mich doch darüber, daß sie mich ohne einen Pfennig zurückgelassen hatte.

»Echt? Entschuldige, hab' ich glatt vergessen«, sagte sie, »aber mach dir keinen Kopf, Felix hat sicher irgendwo etwas liegen.«

Felix übernahm den Hörer und erklärte mir, daß in einem Schuhkarton voller Disketten etwas Geld stecke. Ich solle mich bedienen.

Am Schluß schaltete sich Cora wieder ein: »Übrigens, Maja, wir haben einen Abstecher nach München gemacht und eine klasse Ausstellung besucht! Also mach's gut, ciao, Maja!«

Ich fand den Karton und stieß immerhin auf 300 Mark, einen Führerschein (den er doch eigentlich bei sich haben sollte) und die Fotos von einer Simone sowie einer Susi. Felix war zwar laut Ausweis ein wenig älter als wir, schien aber noch das reinste Unschuldslamm zu sein. Was hatte Cora bloß mit ihm vor?

In der Küche, in der ich mich am liebsten aufhielt, fand ich nur einen billigen Rotwein, der sich nicht mit dem gewohnten Chianti classico oder Prosecco messen konnte. Wie lange Andys Dienst wohl dauerte?

Als die Haustür geöffnet wurde, spähte ich erwartungsvoll in den Flur. Die Frau mochte zehn Jahre älter als ich sein, sah müde aus, seufzte vor sich hin und trat dann in die Küche. Der Hund begrüßte sie stürmisch. Sie hatte ihre weiblichen Reize zwar nicht wie die Allerleirauh im Märchen unter einem Mantel aus Rauhwerk kaschiert, wirkte aber auch so fast wie ein zierlicher Mann: Fasziniert starrte ich auf den dunklen Schatten über ihrer Oberlippe.

Als sie sich am Küchentisch niedergelassen hatte, schenkte

ich ihr ein Glas Wein ein. Im Schein der Hängelampe sah ihr kleiner Schnurrbart aus, als hätte sie nach einem Becher Schokoladeneis keine Serviette benutzt.

Als hätte sie meine Gedanken gelesen, erzählte sie mir ihre Geschichte: »Mit dreizehn bekam ich zum ersten Mal meine Tage, und meine Mutter tröstete mich: Dafür hätten Männer den lästigen Bartwuchs. Keiner konnte damals ahnen, daß auch ich mich bald rasieren mußte, und zwar täglich an Armen und Beinen. Einzig meinen Schnurrbart taste ich niemals an, der ist gewissermaßen mein Markenzeichen.«

Da Allerleirauh relativ unbefangen über ein tabuisiertes Frauenproblem sprach, hakte ich nach.

»Die meisten Mitmenschen nehmen meinen Damenbart mit Interesse oder auch Amüsement zur Kenntnis und halten ihn nicht für unästhetisch. Unser Hausarzt bezeichnete dieses Phänomen als Hirsutismus, liebevolle Tanten nannten mich Äffchen, ein Onkel sagte Katzerl zu mir. Meist waren es zärtliche, wenn auch tierische Kosenamen, die mir gegeben wurden, als ich sehr jung war.«

»Mein Bruder nannte mich Elefantin«, murmelte ich.

»Wie bitte?« fragte sie leicht schockiert. »Das ist ja nicht gerade schmeichelhaft! Diesem Bruder würde ich es heimzahlen!«

»Ist bereits geschehen«, sagte ich leise, »er liegt auf dem Heidelberger Bergfriedhof.«

Sie musterte mich einen Augenblick lang mit sichtlicher Verblüffung, dann meinte sie: »Du hast ja einen sehr speziellen Humor.«

Später erzählte sie weiter. Erst mit 22 legte sie sich einen

Ladyshaver zu und entfernte seitdem an jedem Sommermorgen ihren Pelz von den Gliedmaßen, im Winter konnte sie dank entsprechender Kleidung die Prozedur etwas hinauszögern.

Welcher Urahn ihr die ungewöhnliche Behaarung vererbt hatte, wußte sie nicht. Vielleicht hätten sich haarige Gene potenziert, denn sie sei das Ergebnis einer mittel- und südeuropäischen Melange. Und sie kam ins Erzählen.

Als Andy zu später Stunde heimkam, fragte er bloß: »War schon eine von euch mit dem Hund draußen?« Dann verzog er sich.

Ich begriff, daß für den Hund durchaus gesorgt war; seinetwegen hätte ich nicht unbedingt in Darmstadt bleiben müssen.

Am nächsten Morgen gelang es mir endlich, Emilia im fernen Florenz an den Apparat zu bekommen. Ich betrachtete sie weniger als Hausangestellte denn als ältere Freundin. »Wie geht es unserem Kleinen?« fragte sie als erstes. »Du hast vergessen, seinen geliebten Balu einzupacken! Kann er ohne Teddy einschlafen, und fragt unser Schätzchen auch nach mir?«

Béla sei wohlauf, versicherte ich ungeduldig, was denn Cora und Felix vorhätten, ob sie morgen zurückkämen?

Nein, nein, sagte Emilia, das sei sicher ein Mißverständnis, es sei unerträglich heiß in Florenz, morgen wollten sie alle zusammen ans Meer oder aufs Land fahren.

»Ohne mich?« fragte ich naiv.

»Aber, Maja, du wolltest doch unbedingt die arme kranke Großmutter versorgen«, sagte Emilia. »Ich hätte dir so viel

Selbstlosigkeit gar nicht zugetraut. Natürlich werde ich die beiden ganz herzlich von dir grüßen, im Augenblick sind sie nicht hier, Sightseeing, verstehst du.«

Mir entfuhr ein Fluch, bei dem Emilia aus pädagogischen Gründen unverzüglich auflegte.

Ich überlegte allen Ernstes, ob ich mit der Karre von Max den beiden nach Italien hinterherfahren sollte, Felix könnte ja später die Heimreise damit antreten.

Cora, dachte ich unentwegt, warum kündigst du mir die Freundschaft auf? Wofür willst du mich bestrafen? Haben wir bisher nicht immer alles gemeinsam ausgefressen? Deinen Felix hätte ich dir schon nicht weggenommen. Oder sollte ich nicht merken, wie sie mit einem Blutsverwandten unter der Decke verschwand?

Andy schaffte es, bereits gegen Mittag aufzustehen. Ein ausgiebiges Frühstück gehörte wohl nicht zu seinen Angewohnheiten, denn er schälte sich bloß einen Apfel und trank Kakao aus der Tüte, wie es in dieser WG offenkundig Brauch war.

Meine finster gefurchten Brauen schienen ihn allerdings zu amüsieren. »Guck mal in den Spiegel, was du für ein Gesicht machst! Dabei ist heute endlich das berühmte Wetterchen zum Eierlegen. Soll ich euch mit dem Taxi ins Schwimmbad fahren?«

»Nein«, sagte ich, »ans Meer bitte.« Im übrigen hätte ich das Auto von Max und sei unabhängig.

»Paß bloß mit der Bremse auf«, sagte Andy, »ich würde mich niemals freiwillig in diese Schüssel setzen.«

Warnungen dieser Art nehme ich ernst. Als Andy fort

war, fand ich im Keller ein altes Fahrrad. Béla zeigte sich hocherfreut über die unerwartete Landpartie auf einem schwarzen klappernden Ungetüm und umklammerte mit beispielhafter Folgsamkeit meine Taille. Andere radelnde Mütter, die ihre Jüngsten auf einen Kindersitz gepackt hatten, gaben mir erregte Zeichen. »Das ist verboten!« brüllte mir eine trampelige Kuh hinterher.

»Typisch deutsch!« stellte ich fest.

Aber in einer Kurve wurde mir klar, wie gefährlich es war und daß die Kuh recht hatte. Wir stellten das Rad vor dem nächsten Kaufhaus ab, wo ich zwei andere Räder mit mustergültigen Kindersitzen entdeckte. Zu meinem Bedauern hatte das Warenhaus keine Werkzeugabteilung, ich mußte einen weiteren Laden aufsuchen.

»Ich habe den Schlüssel für mein Fahrradschloß verloren«, log ich, »zu Fuß komme ich mit dem kleinen Kind nicht heim, es kann nicht so weit laufen. Könnten Sie mir mit einer geeigneten Zange aushelfen?«

Man belehrte mich, daß so eine Zange Bolzenschneider heiße und sie durchaus nicht billig sei. Verliehen würde grundsätzlich nichts.

Entmutigt begaben wir uns wieder nach draußen und aßen ein Eis. Gegen Mittag sah ich mehrere Frauen mit leeren Kindersitzen vorbeiradeln, die wahrscheinlich ihre Kleinen abholen wollten. Eilig nahm ich die Verfolgung auf, tauschte vor einem evangelischen Gemeindekindergarten das eigene Rad gegen ein besser ausgerüstetes und hob den jubelnden Béla in einen lila Kindersitz.

Verschwitzt kam ich in der WG an. Cora und Felix lümmelten jetzt bestimmt in Liegestühlen am Meer und tranken Campari. Die Sommertage im vergangenen Jahr kamen mir in den Sinn, die wir unbeschwert und fröhlich miteinander verbracht hatten, während Béla und Emilia unermüdlich Muscheln sammelten.

Als das Telefon klingelte, glaubte ich tatsächlich, es könne nur die reumütige Cora sein, die auf der Stelle die Rückreise antreten wollte, um mich aus meinem Gefängnis zu befreien. Statt dessen war es ihre Großmutter. »Wie geht es Ihnen, Maja?« fragte sie fürsorglich. »Ich hoffe, das Kind muß nicht unter der Hitze leiden!«

Mißmutig versicherte ich, wir wären von Italien her ganz andere Temperaturen gewohnt.

»Hören Sie«, sagte die alte Dame, »ich habe etwas Wichtiges vergessen. Wenn es Ihnen nichts ausmacht, möchte ich Sie um eine kleine Gefälligkeit bitten. Ein alter Freund von mir wohnt hier in der Nähe im Altersheim. Ich wollte eigentlich mit einem Besuch warten, bis Felix zurückkommt, aber Hugo wird ungeduldig. Hätten Sie vielleicht Zeit und Lust, mich hinzufahren?«

»Lust schon«, behauptete ich, »aber das Auto, das mir zur Verfügung gestellt wurde, ist gemeingefährlich. Schließlich habe ich ein kleines Kind, es wäre unverantwortlich.«

Frau Schwab sah das ein und beschloß, ein Taxi zu nehmen.

Abends ertappte ich mich dabei, daß ich sehnsüchtig auf Allerleirauh wartete. Sie hatte mein Interesse geweckt, ich dichtete ihr düstere Geheimnisse und eine rätselhafte Vergangenheit an. Als Béla schlief, gab ich meiner Neugier nach und betrat erneut ihr Zimmer. Außer einer Sammlung von Katzen aus verschiedenen Materialien sah ich wenig Gegenstände, die Aufschluß über ihre Biographie oder ihren Geschmack geben konnten. Reich war sie sicherlich nicht, ich konnte nichts entdecken, was auf Luxus hinwies. An Kleidung und Kosmetika war nur das Nötigste vorhanden, vier Bücher stammten aus einer Leihbibliothek. Das einzige, wofür sie Geld auszugeben schien, waren Topfblumen. Am Fenster wuchsen Orchideen unterschiedlicher Art: Es gab fette, marzipanrosa Blüten, die an Plastik erinnerten, aber auch ganz zart violett getüpfelte. Einige blühten in edlem Weiß, andere sahen aus wie winzige Tiger.

Welchen Beruf mochte Allerleirauh haben? In den Schreibtischschubladen fand ich Material für fremdsprachigen Unterricht und schloß daraus, daß sie Lehrerin war.

Ich hatte nicht schlecht geraten. Am Abend gab Allerleirauh, die eigentlich Kathrin hieß, auf alle meine Fragen bereitwillig Antwort: »Ich mußte vor meinem Mann Hals über Kopf fliehen. Max, den ich schon lange kenne, hatte sich gleichzeitig von seiner Freundin getrennt, und ihr Zimmer wurde frei. Er bot mir an, hier unterzukriechen. Das kam mir einerseits sehr gelegen, aber andererseits muß ich nun täglich zur Arbeit nach Frankfurt fahren. Ich unterrichte Italienisch an der Volkshochschule, außerdem Deutsch als Fremdsprache.«

Dann begann sie ihrerseits, mich zu befragen: »Und womit verdienst du deine Brötchen?«

Ich mußte leider zugeben, daß ich meinen Job als Fremdenführerin in Florenz verloren hatte und seit längerem arbeitslos war. Den peinlichen Grund dafür verschwieg ich.

Kathrin seufzte tief: »Man muß heutzutage froh sein, wenn man einen Job hat«, sagte sie. Dann sah sie mich eine Weile nachdenklich an und fragte dann: »Hättest du Lust, hin und wieder meinen ›Ferienkurs Italienisch‹ zu übernehmen?«

Coras Großmutter sollte ich chauffieren, Kathrin bat um eine Vertretung – für beides fehlte mir die Chuzpe.

»Du traust dich nicht, stimmt's?« fragte meine Mitbewohnerin. »Dabei ist es im Grunde gar nicht schwer. Meine Kursteilnehmer – es sind hauptsächlich Frauen – haben sich dermaßen in die italienische Sprache verliebt, daß man ihnen jeden Blödsinn auftischen kann. Es geht keineswegs um eine echte Qualifikation, die sie erreichen müssen, sondern um ein paar Vokabeln für die Ferien. Ein sehr netter Rentner besuchte den Kurs bloß, um sein Essen *senza aglio* bestellen zu können, damit er anschließend nicht nach Knoblauch stinkt. Andere wollen die Eissorten auf italienisch benennen, obwohl der Kellner perfekt Deutsch spricht.«

Auch ich hatte dieses Phänomen bei meinen Stadtführungen immer wieder beobachtet. »Sicherlich könnte ich es schaffen«, sagte ich. »Aber es lohnt sich kaum, daß ich mich für eine einzige Unterrichtsstunde vorbereite. Meine Freundin Cora wird mich in den nächsten Tagen abholen. Übermorgen bin ich womöglich schon wieder auf dem Weg ins Gelobte Land. Und außerdem – wohin mit Béla, wenn ich dich tatsächlich vertreten würde? Denn in diesem Fall hättest du sicherlich etwas anderes vor, als den Babysitter zu spielen.«

Sie nickte. »Allerdings. Aber wo hast du deinen Sohn gelassen, als du in Florenz die Touristen betreut hast? Geht er bereits in den Kindergarten?«

Ich verneinte und erzählte, daß Béla zwar vom Alter her reif für den Kindergarten sei, aber unsere gute Emilia den Jungen ins Herz geschlossen und ihn mit Begeisterung versorgt habe.

»Wer ist Emilia?« fragte sie.

»Unsere Haushälterin«, sagte ich und schämte mich sofort. Ich erweckte den Eindruck, in Reichtum oder gar Überfluß zu leben, und außerdem würde sich Emilia eine solche Bezeichnung verbitten.

Kathrin wiederholte spöttisch: »Haushälterin!«

»Ich selbst besitze rein gar nichts«, versicherte ich, »aber meine Freundin Cora ist reich, vor ein paar Jahren hat sie einen Millionär geheiratet und beerbt.«

»So jung und schon Witwe?« fragte Kathrin. »Und wie ist es mit dir? Wer ist der Vater von Béla?«

»Wir leben getrennt«, sagte ich. »Mein Mann heißt Jonas, wohnt im Schwarzwald und ist... nun ja, er ist Landwirt.«

3

Seit einer vollen Woche lebte ich bereits unfreiwillig in Darmstadt. Mein Zustand konnte mit vier Worten ausgedrückt werden: Bestellt und nicht abgeholt. Coras Großmutter war wieder fit und brauchte mich nicht, der Hund wurde notfalls von Andy oder Kathrin ausgeführt. In ihrem als Sommerfrische deklarierten Liebesnest war Cora nicht zu erreichen; sie schien ihr Handy ausgeschaltet oder verloren zu haben.

Da die 300 Mark von Felix längst ausgegeben waren, mußte ich ganz gegen die Prinzipien meiner mühsam erreichten Rechtschaffenheit wie einst als Teenager im Kaufhaus klauen. Aber ich war weder selbstsicher noch kunstfertig wie damals; was früher ein Jux gewesen war, fiel mir jetzt schwer.

In meiner Not rief ich Jonas an. Von meinem Mann hatte ich bisher keinen Unterhalt für Béla und mich verlangt, obwohl er es angeboten hatte. Einmal im Jahr nahm er unseren Sohn zu sich auf den Bauernhof und brachte ihn drei Wochen später wieder zurück nach Italien. Wenn es aber nach seinem Willen gegangen wäre, hätte Jonas seinen Stammhalter täglich um sich gehabt.

Wie zu erwarten war, witterte Jonas Morgenluft. »Am Sonntag hole ich euch ab!« sagte er begeistert. »Wo seid ihr?«

Wohlweislich verriet ich es nicht, aber wohin sollte er mir dann seinen Scheck schicken?

»Wir werden uns in Freiburg treffen«, schlug ich vor, »du könntest Béla für drei bis vier Tage zu dir nehmen und mir bei der Gelegenheit mit ein paar Scheinen über einen momentanen Engpaß hinweghelfen. Wenn Cora aus Italien zurückkommt, fahren wir bei euch vorbei und sammeln das Kind wieder ein.«

Jonas war einverstanden.

Am Abend weihte ich Kathrin in meine Pläne ein. In ihrem kargen Zimmer saßen wir auf dem abgewetzten Teppichboden, Béla kobolzte auf ihrem Futon herum. Sie bedauerte, daß die meisten ihrer Habseligkeiten in der Wohnung ihres Mannes zurückgeblieben waren; die Orchideen- und Katzensammlung habe sie nach ihrer Flucht nur deshalb heimlich hergeholt, weil ihr Mann sie sonst in die Mülltonne geworfen hätte.

»*Fiore*«, sagte Béla und drückte mir sieben abgerupfte weiße Blüten in die Hand.

Kathrin wurde ärgerlich. »Meine schöne Phalaenopsis! Die blüht erst wieder in neun Monaten, wenn überhaupt!«

Ich entschuldigte mich für meinen Sohn, der in letzter Zeit allzuviel Unsinn anstellte. »Morgen bringe ich Béla für ein paar Tage zu seinem Vater«, sagte ich. » Dann könnte ich dich mal nach Frankfurt begleiten.«

Dieser Vorschlag gefiel Kathrin. »Wir scheinen uns in einer ähnlichen Situation zu befinden«, bemerkte sie, »nur daß ich kein Kind habe und im Gegensatz zu dir meinem Mann nie wieder begegnen möchte.«

Was mochte er ihr angetan haben?

Ich hatte viel zu wenig zum Anziehen mitgenommen, da ich mich bloß auf eine dreitägige Reise eingestellt hatte. Die Kleider der Studentin, in deren Zimmer ich hauste, waren billig und ungewaschen; an die wenigen Sachen von Kathrin traute ich mich nicht heran. Leise fluchend steckte ich meine und Bélas Jeans in die Waschmaschine und hoffte, daß sie bis zum nächsten Tag trockneten. Dann stand ich in Slip und BH vor dem Waschbecken und wusch meine zwei seidenen Blusen, während Béla in der Wanne saß. Jonas sollte mich nicht für verwahrlost halten und seinen Sohn schon gar nicht. Als es am Abend etwas kühler wurde, zog ich einen Bademantel – von Max, Felix oder wem auch immer – über.

Andy, der keine regelmäßigen Arbeitszeiten hatte, überraschte mich, wie ich auf dem Balkon eine Zigarette rauchte. »Mein Negligé steht dir gut«, sagte er, »hast wohl nicht genug Klamotten eingepackt?«

Ich nickte bedauernd.

»Komm«, sagte er, »direkt vorm Haus parkt das Taxi. In Darmstadts feinster Gegend ist am Montag Altkleidersammlung, und die Säcke liegen bereits am Straßenrand. Sollen wir eine kleine Spritztour machen und eine geballte Ladung einkassieren? Dann schauen wir mal, ob etwas für dich dabei ist.« Ich fand die Idee ziemlich abwegig, schließlich wollte ich nicht die Kleider verstorbener Omas auftragen.

Andy behauptete, er habe schon öfter die Rotkreuzsäcke kontrolliert und alles wieder brav zurückgebracht, was er nicht gebrauchen konnte. »Hast du etwa Angst?« fragte er, »schließlich sind es Sachen, die eh im Reißwolf landen. Du kannst dich darauf verlassen, daß es Spaß macht.«

So einen kühnen Coup hatte ich schon lange nicht mehr gewagt. Stets hatte mir Cora großzügig das Portemonnaie überlassen, wenn ich einkaufen ging; ich war abhängig von ihr geworden wie ein Junkie. »Okay«, sagte ich, drückte die Zigarette aus, klopfte bei Kathrin an und bat sie, gelegentlich nach dem schlafenden Béla zu sehen.

Der kleine Ausflug ins Nobelviertel war tatsächlich eine Gaudi. Nur bei den schicksten Jugendstilvillen hielten wir an und warfen den Kleidersack blitzschnell ins Taxi. Andy steckte mich mit seinem kindlichen Jagdfieber an, bis schließlich zehn Säcke den Fond des Wagens füllten.

Mitten auf dem Küchenboden leerten wir den ersten Sack aus, wobei ich mich neugierig fragte: Was warfen reiche Leute weg? Verschaffte ihnen die Vorstellung, daß ärmere Menschen ihre alten Socken auftrugen, einen besseren Schlaf?

Vorerst stießen wir nur auf Herrensakkos, gediegen und altmodisch, nichts für einen Studenten, überdies viel zu groß. Ganz unten lagen mindestens zehn ausgeleierte, vergilbte oder ergraute BHs, wie ich sie selbst besaß. Wir stopften schleunigst alles wieder hinein und schütteten die nächste Portion aus.

»Pfui!« sagte ich. »Jetzt stinkt es. Samt und sonders ungewaschen. Das mag ich gar nicht näher untersuchen.« Auch Andy hatte Probleme, die unappetitlichen Fetzen anzufassen.

Erst beim achten Sack wurde es erfreulich, denn jedes Stück war sauber und gebügelt. Ich zog ein seidenes Nachthemd heraus, zwar aus einem anderen Jahrzehnt, aber von edler Qualität und mit zarten Stickereien geschmückt: wie für die Hochzeitsnacht einer Prinzessin. Elegante Damenkleider, Kaschmirpullover mit ein paar Mottenlöchern, ein paillettenbesetztes Abendkleid, ein Wintermantel aus feinstem englischem Tuch, kaum getragen. Auch ein paar Herrenartikel waren dabei, die auf einen schlanken älteren Herren hinwiesen. Wir begannen auf der Stelle mit der Anprobe. Andy im Smoking, ich in langer Robe – so traten wir vor Kathrin. »Boulevardtheater?« fragte sie.

Der Inhalt des letzten Sacks schien von der Trapp-Familie zu stammen: folkloristische Kleidung für Vater, Mutter und Kind. Ich suchte mir das feinste Dirndlkleid aus, für Béla die kleinsten Lederhosen. Andy fuhr noch einmal los, um das übrige Gelumpe wieder auszusetzen.

Als ich längst eingeschlafen war, weckte mich ein zärtlicher Kuß. Ich fuhr hoch.

»Hast du das seidene Nachthemd an?« flüsterte Andy.

Da wurde Béla wach. »Hau ab!« sagte mein Sohn.

Ohne gekränkt zu sein, brachte uns der Taxifahrer am nächsten Morgen zum Bahnhof. Béla war in seinem jungen Leben noch nicht allzu oft Taxi gefahren, gab sich aber dennoch sehr weltmännisch. »Alla stazione, per favore!« sagte er zu Andy.

»Um 11.22 Uhr seid ihr in Mannheim und müßt umsteigen, zehn Minuten später geht es weiter nach Freiburg. Schaffst du das ohne Hilfe?« fragte Andy.

»Klar«, meinte ich, »aber nicht ohne Fahrkarte. Du kriegst das Geld zurück, wenn ich heute abend heimkomme.« Kaum saßen wir im Abteil, als Bélas Laune schon zu wünschen übrigließ. Er schimpfte über die kratzende Lederhose. »Zieh mir die Pantaloni aus! Aber subito!« verlangte er.

Auch ich bereute bereits, daß ich nicht die noch feuchten Jeans, sondern das Dirndl trug. Wenn wir in dieser Aufmachung daherkamen, konnte Jonas glauben, ich hätte mich für ein gemeinsames Leben auf dem Bauernhof entschieden. Oder – schlimmer noch – ich wollte mich über ihn lustig machen.

Jonas erwartete seinen Sohn mit ausgebreiteten Armen am Bahnsteig. Béla stürzte auf ihn zu und rief: »Babbo, babbo, trattore fahren!«, denn mit dieser großen Attraktion hatte ich ihn für unsere Reise motiviert. Ich wollte mich eigentlich auf der Stelle verabschieden, folgte ihnen aber anstandshalber noch auf eine Tasse Kaffee ins Bahnhofsbistro. Jonas sah im Sommer stets gut aus, kerngesund und muskulös; seine Hundeaugen ruhten wohlgefällig auf mir. »Gut steht dir das Dirndl«, meinte er. »So hab' ich dich noch nie gesehen! Willst du nicht für einen Tag mit uns auf den Hof kommen?«

Für einen Tag bedeutete auch für eine Nacht. Aber ich wollte nicht in die Falle seiner braungebrannten Arme tappen und behauptete, wenig Zeit zu haben. Pflichtschuldig fragte ich nach dem Befinden seiner gesamten Verwandtschaft und ließ grüßen.

Als ich mich verabschieden wollte, zog Jonas einen Umschlag aus der Hosentasche. »Reichen tausend Mark?« fragte er.

Ich nickte gerührt, denn diese Summe bedeutete viel für ihn.

Hätte er gesehen, wie zügig ich sein Geld innerhalb einer Stunde für Kleider ausgab, wäre er wahrscheinlich weniger großzügig gewesen. Ich mochte nur teure Boutiquen, das war nun einmal so. Trotzdem verfiel ich auf der Heimfahrt in eine nachdenkliche Stimmung; allmählich wurde es höchste Zeit, daß ich eigenes Geld verdiente, und zwar nicht bloß ein paar Pfennige. Ich wollte Cora beweisen, daß ich auch ohne ihre Almosen zurechtkam. Doch auch mein Kaufrausch tröstete mich nicht über ihre Treulosigkeit hinweg.

Als ich am späten Abend in die WG zurückkam, war weder Andy noch Kathrin zu Hause, nur der Hund begrüßte mich überschwenglich. Plötzlich vermißte ich meinen kleinen Sohn. Auf meinem Bett lag das seidene Nachthemd mit geraffter Taille ausgebreitet, wie es in mediterranen Ferienhotels Brauch ist. Ich lächelte. Heute nacht würde Andy irgendwann sein Glück aufs neue versuchen. Ob er am Ende glaubte, ich hätte Béla nur deswegen zu seinem Vater gebracht, um das Doppelbett anderweitig belegen zu können? Ich ließ die Zimmertür einen Spaltbreit offen.

Fast die ganze Nacht lag ich auf der Lauer, aber Andy war im Dienst, vielleicht auch zu müde oder wollte mich ein wenig zappeln lassen. Dabei war noch nicht einmal klar, ob ich ihm einen Platz neben mir einräumen würde. Als ich endlich im Tiefschlaf lag, wurde ich durch eine federleichte Berührung meiner Füße geweckt. Ich dehnte mich wohlig und begriff erst nach einigen Sekunden, daß sich kein menschliches Wesen am unteren Bettrand eingenistet hatte. Aber ich war zu müde, um den Hund zu verscheuchen, und muß im nachhinein auch zugeben, daß er sich diskret verhielt.

Beim Frühstück traf ich Kathrin. Trotz meiner Unausgeschlafenheit fragte ich, ob ich mit ihr nach Frankfurt fahren könnte. Sie hatte nichts gegen einen kleinen gemeinsamen Bummel. Dann ging sie in die Volkshochschule, ich besichtigte das Goethehaus und machte anschließend Rast in einem brechend vollen Café. Ich suchte mir einen freien Platz inmitten einer Gruppe junger Leute und wurde anfangs nicht weiter beachtet. Studenten, stellte ich fest. Wieder einmal wurmte es mich, daß ich zwar altersmäßig zu ihnen gehörte, aber niemals eine Universität betreten oder eine qualifizierte Ausbildung angestrebt hatte. Meine ehemalige Anstellung als Fremdenführerin konnte man kaum als Beruf bezeichnen.

Fast alle Hochschüler, die hier saßen, waren auf Nebenjobs angewiesen: Sie arbeiteten als Taxifahrer wie Andy, gaben Nachhilfeunterricht, starteten telefonische Meinungsumfragen oder halfen als Kellnerinnen aus. Wie in meiner Schulzeit fühlte ich mich wieder als Außenseiterin.

Eine Romanistin am Nachbartisch erzählte ihrem Gegenüber gerade, daß sie Kochrezepte für einen italienischen Fabrikanten übersetze, der tiefgekühlte Lebensmittel produziere. Woher solle man bloß wissen, was *Bagno maria* auf deutsch heiße?

»Wasserbad«, sagte ich, und plötzlich sahen mich alle, die mich vorher gar nicht wahrgenommen hatten, überrascht an.

»Weißt du etwa auch, was der Unterschied von *cotto* und *bollito* ist?« fragte sie mich und zückte den Bleistift.

»Beides heißt *gekocht*«, sagte ich stolz, »aber *bollito* bedeutet in Flüssigkeit gegart.«

Von da an beteiligte ich mich am allgemeinen Gespräch; man fragte zwar nicht, wie ich heiße und woher ich komme, aber durch meine Italienischkenntnisse ließ man mich als Sprachstudentin gelten. Sogleich beklagte sich nun jeder über die eigene fragmentarische Bildung und über die fehlende Zeit, um sich mit dem Guten, Wahren und Schönen zu beschäftigen.

Schließlich hatte sich das Café geleert, und ich saß nur noch mit einer Ethnologin im 22. Semester beim fünften Espresso. Sie sei in allerbester Laune, sagte sie verklärt, denn in einer Woche gehe es nach Pakistan. »Feldforschung! Ein halbes Jahr lang werde ich im Ausland verbringen. Ich habe heute mit dem Packen begonnen und hatte auch schon einen Nachmieter gefunden, der in dieser Zeit meine Wohnung bezahlt. Leider wird das jetzt mein größtes Problem, denn der Typ ist gerade wieder abgesprungen.«

Sofort wurde ich hellhörig. »Ich kenne eine Lehrerin, die in Darmstadt wohnt und in Frankfurt arbeitet«, sagte ich, »sie sucht dringend...«

»Paßt wie gerufen! Aber sie müßte in genau sieben Monaten ohne Murren wieder ausziehen und darf meinem Vermieter nichts von diesem Deal verraten. 700 Mark kalt, schöner großer Altbau. Willst du mal sehen? Ist gleich um die Ecke.«

Um die Ecke bedeutete zwei U-Bahn-Stationen. Mir gefiel die Wohnung auf Anhieb, selbst die häßlichen Tapeten verschwanden fast ganz unter aufgenagelten dunkelroten

Baumwolldecken mit Spiegelstickerei. Es gab zwei Zimmer, ein Bad und eine große Küche. Ich freute mich darauf, Kathrin die gute Nachricht zu überbringen. Erst als ich Stunden später in der Bahn saß – wir hatten uns nicht für eine gemeinsame Heimfahrt verabredet –, kam mir eine noch bessere Idee.

So wie ich Cora telefonisch nicht erreichen konnte und völlig im ungewissen über die Dauer ihres Honeymoons blieb, so sollte sie mich demnächst verzweifelt suchen müssen. Ich wollte mich fürs erste an Kathrin halten und in Frankfurt bei ihr um Asyl ersuchen.

Mitten in diesen Überlegungen wurde ich von einem seltsamen Mitreisenden gestört. Er saß als einziger in meinem Abteil und begann in einem fremdartigen Dialekt auf mich einzureden. Der Österreicher trug einen dunkelgrauen Lodenanzug mit grüner Paspelierung und Hirschhornknöpfen sowie eine rote, bestickte Krawatte zum lindgrünen Hemd. Die Altersflecken im Gesicht wiesen ein noch unruhigeres Muster auf. Ob es kein Bier im Zug gebe, fragte er mich. Ich zuckte bedauernd die Schultern. Nach wenigen Minuten wußte ich fast alles über ihn. Er besaß einen gutgehenden Souvenir- und Trachtenladen in Innsbruck und war nach einem Messebesuch gerade wieder unterwegs nach Hause.

Da er nett und harmlos wirkte, erzählte ich ihm auch ein wenig von mir. Als ich von meinen Erfahrungen als Fremdenführerin in Florenz berichtete, horchte er auf, denn er suchte dringend eine Italienisch sprechende Verkäuferin.

Belustigt ließ ich mir aufzählen, welche Artikel in seinem Geschäft zu haben waren. Kuhglocken, Hampelmänner und -frauen in Tiroler Tracht, Hosenträger mit Edelweißstickerei, Armbrüste, Schweizer Offiziersmesser, Spazierstöcke und Hüte aller Art. Die meisten dieser Souvenirs würden zwar in der Region hergestellt, sagte er, aber nicht alle. Zum Beispiel beziehe er Schlipse wie seinen eigenen – stolz zeigte er auf das gestickte Murmeltier – aus Taiwan. Im übrigen seien die Japaner neben den Amerikanern seine wichtigsten Kunden, allerdings kämen in letzter Zeit auch immer mehr Italiener. »Die Itaka tat'n a Freid an Eana hab'n. A fesches Dirndl tat Eana steh'n.«

Sollte es mich tatsächlich nach Innsbruck verschlagen? Immerhin würde mich Cora überall suchen, nur nicht in Österreich, wo ich im Trachtenkleid Mozartkugeln verkaufte. Für alle Fälle notierte ich mir seine Anschrift, und der alte Charmeur küßte mir zum Abschied die Hand.

Kathrin schien vom Frankfurter Projekt nicht im gleichen Maß begeistert zu sein wie ich, aber ohne ihr Geld konnte ich mir die Wohnung nicht leisten. »Falls es keine Zentralheizung gibt, brauchst du gar nicht weiterzureden. Liegen die Zimmer nach vorn, ist viel Verkehr auf dieser Straße? Wenn man nämlich vor lauter Krach kein Fenster aufmachen kann, kommt es nicht in Frage! Wie weit ist es von dort bis zur Volkshochschule? Und nach einem halben Jahr soll ich schon wieder ausziehen? Dann lohnt es sich ja kaum, neu zu tapezieren.«

Das sei absolut nicht nötig, Möbel seien vorhanden, geradezu ideal für eine Frau, die nicht viel mehr besaß als einen Laptop, einen Futon und eine Katzensammlung, versicherte ich. Außerdem könne sie dieses halbe Jahr dafür nutzen, um in Ruhe etwas Endgültiges zu finden.

»Hm, hm«, knurrte sie, »das muß ich mir erst einmal ansehen.« Sie rief die Ethnologin an und verabredete für den nächsten Tag einen Besichtigungstermin.

Schließlich rückte ich mit meinem Angebot heraus, ihr beim Umzug zu helfen und ein paar Tage mitzukommen. Sie nickte dankbar, während ich bereits überlegte, wann ich Béla nach Frankfurt holen sollte.

Kathrin war ebenfalls in Gedanken vertieft. »Einen Vorteil hat die Sache schon«, meinte sie, »die Wohnung liegt weit entfernt von unserem früheren Haus. Mein Mann kann mir nicht so schnell im Supermarkt über den Weg laufen. Außerdem steht ein fremdes Namensschild an der Tür; im Telefonbuch ist die Ethnologin eingetragen, und ich brauche keinen eigenen Anschluß anzumelden.«

»Warum hast du ihn eigentlich geheiratet«, fragte ich neugierig, »wenn du solch panische Angst vor ihm hast? Bei mir war Béla der Grund…«

»Ich war auch mal schwanger«, sagte Kathrin, »aber er wollte kein Kind. Meine Ehe war ein Griff ins Klo; man sollte nicht zum Standesamt laufen, nur um sich umbenennen zu können.«

»Um Gottes willen, wie heißt denn deine Familie?«

»Busoni. In Italien denkt man bei diesem Namen voll Stolz an einen großen Komponisten, aber hier lachten sie mich alle aus. Mit zwanzig liebte ich einen sehr netten Mann, zu blöd, daß ich ihn abgewiesen habe. Er wollte mich unbedingt heiraten, aber er hieß Ralph Leckermann. Um es kurz zu machen, aus Caterina-Barbara Busoni, zu deutsch Busenbarbi, wurde Kathrin Schneider.«

Ich nickte verständnisvoll. Es gefiel mir, wie sie sich von

ihren Vorfahren abkoppelte und mit ihrer deutsch-italienischen Herkunft spielte. Vielleicht taten sich da noch ganz andere Abgründe auf.

Als ich wieder in meinem schmutzigen Zimmer saß, mußte ich immer wieder an Kathrin denken. Im Märchen wurde Allerleirauh vom eigenen Vater bedrängt, sie hingegen schien ihrem Mann gegenüber einen regelrechten Verfolgungswahn zu haben. Dabei kam mir ein Detail ihrer Geschichte nicht ganz plausibel vor: Wenn ihr Mann in Frankfurt lebte, konnte er sie doch jederzeit vor der Volkshochschule abpassen und zur Rede stellen.

Anderntags besuchte ich Coras Großmutter. »Guten Morgen, Frau Schwab!« rief ich und zog wie Rotkäppchen eine Flasche Wein aus meinem Einkaufskorb. »Ich komme eigentlich nur, um mich zu verabschieden.«

»Wie nett von Ihnen, daß Sie sich mal wieder blicken lassen, Maja«, meinte die Alte, wobei ich nicht wußte, ob sie es ironisch meinte. »Ich schließe daraus, daß Felix wieder im Lande ist und Cora Sie abholen möchte«, fuhr sie fort und sah mich fragend an. Anscheinend wunderte sie sich, daß ihre Enkel nicht selbst erschienen waren. Am Verbleib von Béla war sie weniger interessiert.

»Ich muß zurück«, sagte ich. »Mein Urlaub nähert sich dem Ende. Seit einigen Jahren arbeite ich als Fremdenführerin; wenn ich nicht pünktlich wieder antrete, ist die Stelle futsch! Außerdem muß ich auf der Heimreise meinen Sohn abholen, denn Béla ist ein paar Tage zu Besuch bei seinem Vater im Schwarzwald. Leider weiß ich nicht, wie lange Cora und Felix noch in Italien bleiben werden!«

Charlotte Schwab schien das nicht zu gefallen. »Felix wollte doch nur ein paar Tage... Was hat er denn gesagt?«

Ich log, und zwar zum ersten Mal im Leben nicht zu Coras Gunsten. »Cora und Felix haben mir gestanden, daß sie restlos glücklich miteinander sind. Also wird es wohl noch eine Weile dauern...«

Mich traf der Blitz aus Augen, die zwar vom grauen Star, aber nicht von seniler Demenz getrübt waren. »Nicht zu fassen! Vetter und Kusine!« Aber sofort nahm sie wieder Haltung an und trat, so gut es ging, für die Ehre ihrer Familie ein. »Wahrscheinlich haben Sie das mißverstanden, Maja«, sagte sie, »Felix hat sich schon immer für die italienische Renaissance interessiert.«

Ich ärgerte mich so über ihre hochnäsige Lüge, daß ich beim Abschied eine kleine Granatbrosche in meine Hosentasche wandern ließ.

4

War ich eine Rabenmutter? Schon mehrere Tage verbrachte Béla bei seinem Vater im Schwarzwald, und ich hatte noch nie angerufen. Ein Grund dafür war natürlich, daß ich es haßte, wenn Jonas' Mutter am Apparat war und mit beleidigt-vorwurfsvoller Stimme Konversation machen wollte. Sie sah es nicht ein, sie billigte es auf keinen Fall, daß ich nicht auf dem Bauernhof wohnte, die Hühner fütterte, ihrem Sohn eine treue Frau war und gelegentlich für alle kochte. Daß ich als Nichtkatholikin und hochschwanger vor den Altar geführt wurde, hatte sie mir nicht übelgenommen, aber ohne tatkräftige Mitarbeit war ich für eine ländliche Familie eine Katastrophe.

Schließlich überwand ich mich, und Jonas war am Apparat. Béla wolle mir selbst erzählen, wie gut es ihm gehe. Mein Sohn plapperte sofort los: »Maja, i kann Computer und i kann schreibe!« behauptete er.

»Malen«, verbesserte ich.

»Nein, nein! Die Gerlinde zeigt es mir.«

Wer war Gerlinde? Ich fragte Jonas.

»Eine Bekannte«, sagte er.

»Freundin?« wollte ich wissen.

»Vielleicht«, antwortete er zögernd, und ich schwieg verwirrt. Wieso lernte Béla bei ihr schreiben?

»Sie ist Lehrerin an unserer Grundschule. Jetzt in den Ferien...«

»…übt sie an Béla! Und ich dachte, er darf herumtollen und im Heuschober Purzelbäume schlagen!« rief ich böse.

»Unsinn«, sagte Jonas, »er kann nicht schreiben. Bloß das große B... Wann kommst du denn, um ihn abzuholen?«

»Weiß noch nicht«, sagte ich aggressiv, »stört er euch?«

Im Gegenteil, die ganze Familie sei begeistert, vor allem seine Mutter, obwohl sie doch schon viele Enkelkinder habe. Aber so hübsch und munter wie Béla sei keins geraten. Er könne bleiben, so lange es mir passe.

Jonas hatte also eine Freundin. Eigentlich hätte ich irgendwann damit rechnen müssen, aber eine Lehrerin paßte mir gar nicht. Am Ende wollte er sie heiraten und sich zuvor von mir scheiden lassen. Das Sorgerecht für Béla, über das wir bisher nie gestritten hatten, mußte dann gerichtlich geregelt werden. Es konnte sein, daß man sein Wohlergehen in einer intakten Bauernfamilie – Stiefmutter pädagogisch ausgebildet, Vater heimatverwurzelt – besser als bei mir gesichert sah. Ohne Mann und festes Einkommen und mit Wohnsitz in Italien machte ich auf einen konservativen Richter bestimmt keinen guten Eindruck.

Außerdem war ich eifersüchtig. Nicht, daß ich ernsthaft vorhatte, jemals wieder mit Jonas zusammenzuleben, aber er sollte mich immer aufs neue umwerben und um Rückkehr bitten. Diese Gerlinde nahm mir Mann und Sohn im Handstreich weg. Kinder ließen sich schnell beeinflussen, wechselten im Nu ihre Bezugspersonen. Wie rasch hatte Béla nach jedem Besuch seinen Vater vergessen. Emilias Konkurrenz hatte ich noch geduldet, schließlich übernahm sie bloß die Großmutterrolle, aber den Tricks einer professionellen Erzieherin war ich nicht gewachsen.

Ehe ich meinen Sohn aber wieder zu mir nahm, wollte ich noch schnell den Umzug nach Frankfurt abwickeln. Ich würde dann einfach im Bett der Ethnologin schlafen, und Kathrin konnte sich wie gewohnt auf ihrem Futon ausstrecken.

Bevor ich für immer aus Darmstadt verschwand, wollte ich noch das geliehene Fahrrad zurückbringen. Als ich beim Kindergarten ankam, war er geschlossen, denn auch für die Kleinen begannen die Sommerferien. Ich fragte mich, wo die vielen berufstätigen Mütter jetzt ihre Kinder unterbrachten und ob dieses Problem in Italien frauenfreundlicher gelöst war. Frustriert stellte ich das Rad wieder in den Keller zurück.

Kathrin hatte noch eine andere Sorge: Man hatte sie seinerzeit mit selbstverständlicher Hilfsbereitschaft in Darmstadt aufgenommen, und es war ihr etwas peinlich, in der Eile keine Nachmieterin gefunden zu haben.

»Weißt du was«, schlug ich vor, »wir sagen einfach nichts und machen uns auf und davon, wenn Andy nicht im Haus ist. Es geht schließlich keinen etwas an, wo du hinziehst.«

»Aber, Maja, das wäre eine Sauerei! Ich bin den Jungs überdies noch Miete schuldig, andererseits aber ziemlich knapp bei Kasse. Könntest du mir etwas leihen?«

An diesem Abend machte ich gerade eine Pizza warm, als sich Andy unerwartet zu mir gesellte. Er war etwas verlegen. »Bist du mir böse wegen neulich?« fragte er. Ich wußte nicht, wie das gemeint war, denn schließlich hatte er mir Geld geliehen und mich zum Bahnhof gefahren. »Ich hatte wahrscheinlich ein Glas zuviel getrunken«, murmelte er, »sonst hätte ich mich gar nicht getraut, dich in der Koje aufzustören.«

»Okay«, sagte ich, »trink heute zwei Gläser mehr, vielleicht klappt es dann!«

Er holte sofort eine Flasche Rotwein. Als ich aber später zufrieden hinter seinem schmalen Rücken einschlafen wollte, war Andy redselig geworden und ließ sich von mir als Zeichen seines Vertrauens das lange Haar kämmen und zu dünnen Zöpfchen flechten. Anscheinend tat ihm diese mütterliche Geste so gut, daß er vor Glück weinerlich wurde und eine traurige Bilanz seines Lebens zog. »Bald bin ich dreißig, aber durch das viele Taxifahren komme ich nicht richtig in die Gänge. Ich müßte schon längst Examen gemacht haben.«

Ich gähnte; dieser grüne Junge war wohl schwerlich der Richtige, um mich zur reichen Witwe zu machen.

Ohne ihm ein Wort von meinen Plänen zu verraten und ohne besonders schlechtes Gewissen, wollte ich mich anderntags mit Kathrin aus dem Staub machen. Aber als wir im Auto saßen, sagte sie etwas zögernd: »Felix hat heute nacht auf den Anrufbeantworter gesprochen, er ist unterwegs nach Darmstadt. Ob mit oder ohne Cora hat er nicht gesagt. Was gedenkst du nun zu tun? Willst du unter diesen Umständen überhaupt mitfahren?«

Ich überlegte. Natürlich konnte ich beim Umzug helfen und anschließend wieder rechtzeitig in Darmstadt sein. Aber war mir Kathrin überhaupt so wichtig? Ich kam zu dem Ergebnis, daß mir weiche Typen wie Andy und harte Frauen wie Cora im Moment nicht guttaten. »Kathrin«, sagte ich entschlossen, »Cora hat sich unmöglich benommen: Sie behauptete, nach ein paar Tagen käme sie zurück, und dann hat sie mich zwei Wochen ohne Nachricht schmoren lassen! Zur Strafe soll sie mich suchen müssen! Vielleicht ist das die einzig richtige Maßnahme, um ihr eine Lehre zu erteilen. Ich bleibe jedenfalls eine Weile bei dir, bevor ich nach Florenz zurückkehre.«

Kathrin sagte nichts, so daß ich im Zweifel blieb, ob ihr meine Gesellschaft überhaupt willkommen war.

Erst als wir vor der Wohnung im Frankfurter Westend ankamen, sagte sie: »Okay, von mir aus. Es ist ganz praktisch, daß Béla nicht hier ist, so kannst du mir tatsächlich mit Rat und Tat beistehen.«

Wenn ich gewußt hätte, daß sich diese Hilfe nicht bloß auf Orchideengießen und Möbelrücken beschränken sollte, dann hätte ich mir diesen Schritt sicher gründlich überlegt.

Vorerst gab es Probleme mit unserer Kleidung, denn die Ethnologin hatte wohl nur das Nötigste mitgenommen und die Schränke nicht freigeräumt. Kurz entschlossen packte ich ihren Kram in jenen Müllsack, in dem ich meine Rotkreuzklamotten transportiert hatte, und hängte die eigenen Fundstücke auf die Bügel.

Kathrin verfuhr so ähnlich. Die Orchideen prangten bereits auf allen Fensterbänken, die Katzen im Bücherregal. Als wir uns einigermaßen wohnlich eingerichtet hatten, lief ich zum Bäcker um die Ecke, um etwas Eßbares zu kaufen.

Zufrieden machten wir es uns in der Küche bequem, aßen gebutterte Laugenbrezeln und tranken Kaffee. »Hinterher ist man klüger«, sagte Kathrin und leckte sich die Sahne vom Schnurrbart. »Ich hatte bei meiner Flucht bloß Winterkleider mitgenommen, für den Sommer mußte ich mir in

Darmstadt ein paar billige Fetzen kaufen. Dabei sind in der Wohnung meines Mannes noch richtig gute Sachen! Übrigens nicht bloß Kleider, auch Bücher, CDs, vor allem auch Bilder, die diese Bude hier gewaltig aufwerten würden. Ich habe große Lust, mich in die Neuhausstraße zu wagen und sozusagen bei mir selbst einzubrechen.«

»Wenn du einen Schlüssel hast, sollte das kein Problem sein«, meinte ich.

Es klappte alles vorzüglich. Nach einem vorsorglichen Kontrollanruf parkte Kathrin um zehn Uhr morgens den Wagen in der Nähe ihrer früheren Wohnung. Zur Sicherheit schlich ich vorerst allein in den Treppenflur. Das Haus machte einen ausgestorbenen Eindruck, schließlich war Urlaubszeit. Als ich aufgeschlossen hatte, winkte ich Kathrin herbei, und wir betraten mit einem etwas mulmigen Gefühl eine große, helle Diele.

Sie begab sich als erstes ins Schlafzimmer und öffnete die Schiebetüren eines riesigen Einbauschranks. Linker Hand war die Damenabteilung, rechts hingen fünf Herrenanzüge aus feinem grauen Tuch. Auf sieben Kleiderbügeln waren die Wochentage vermerkt, der heutige war vakant. »Er wollte durch stets gleiche Kleidung zwar einen seriösen, aber keinen reichen Eindruck machen«, erklärte Kathrin, »damit seine kriminellen Kunden unter keinen Umständen auf die Idee kämen, bei uns einzusteigen.« Zügig pflückte sie Kleider von der Stange und warf sie aufs Bett, holte einen Koffer aus der Abstellkammer und bat mich, alles einzupacken. Teilweise waren teure Stücke darunter, die mir auch stehen würden.

Als ich allein im Schlafzimmer war, bohrte ich aus Übermut mit einer Nagelfeile ein paar Löcher in Nummer sieben, den nachtblauen Sonntagsanzug.

Kathrin stopfte ihre Schmuckkassette, Fotoalben und Parfümflaschen in eine Reisetasche. Vor einer Stereoanlage blieb sie unschlüssig stehen. »Nicht ganz leicht zu tragen, vielleicht lasse ich sie vorläufig hier, wichtiger sind die Gemälde.« Zu meiner Verwunderung hängte sie vier Ölgemälde, die ich bestimmt nie beachtet hätte, von der Wand und wickelte sie in Frotteehandtücher. Nach dieser Tat geriet sie in leichte Panik und wollte rasch wieder weg, obwohl die gesamte Aktion keine halbe Stunde gedauert hatte. »Komm jetzt! Ich nehme den Koffer und die Tasche«, rief sie und schichtete mir die Bilder vorsichtig auf den Arm. »Wir sollten uns hier nicht erwischen lassen!«

Als wir schon fast zu Hause waren, meinte Kathrin: »Es ist zu blöde, daß ich ein solcher Angsthase bin. Wenn er aus seiner Kanzlei nach Hause kommt, wird er natürlich die Schlösser austauschen lassen! Wir hätten gleich alles mitnehmen sollen, was ins Auto paßt. Aber jetzt habe ich keinen Nerv mehr dazu.«

Ich stellte fest, daß sie am ganzen Leib zitterte, und enthielt mich eines Kommentars.

Zu Hause schaute ich mir ihre Fotoalben an: das kleine Mädchen bei der Erstkommunion und der Einschulung, die erwachsene Kathrin im Hochzeitskleid. Über einen Schnappschuß mußte ich schallend lachen, denn man sah Vater und Tochter wie zwei Kellner mit einem Tablett über die Straße tänzeln, beide in dunklen Anzügen und mit dem gleichen Schnurrbart. Dann nahm ich Kathrins Ehemann, den ungeliebten Herrn Schneider, etwas eingehender unter die Lupe. Er gehörte nicht zu jenem brünetten Typ junger Latin Lover, die Cora und ich zu vernaschen pflegten. Älter als jene, etwa Mitte Vierzig, hatte er – passend zu den Anzügen – stahlgraue Augen und sah körperlich durchtrainiert und alles in allem recht gut aus. Ich war fasziniert von seiner sehr intensiven Ausstrahlung, die ich aber nicht zu deuten wußte. »He, Kathrin«, rief ich, »dein Mann gibt mir Rätsel auf! Was hast du eigentlich an ihm auszusetzen?«

Sie stellte sich hinter mich und sah sich seufzend die Fotos an. »Erik hat mir wahnsinnig imponiert, als ich ihn kennenlernte«, sagte sie, »und ich war bestimmt nicht die erste, die auf ihn hereingefallen ist.«

»Aber?«

»Auch wenn es wie ein Witz klingt, ich glaubte, daß Erik als Verteidiger von Armen und Entrechteten ein guter Mensch sein müßte. Seine kriminellen Klienten sind jedoch alles andere als arm, er verdient ausgezeichnet an ihnen.«

War Kathrin eine Moralapostelin? Während ich noch im Zweifel war, ob ich für ihren Mann Partei ergreifen sollte, erzählte sie bereits weiter. »Nach den ersten mageren Jahren als Anwalt hat er sich vorwiegend auf Prostitutionsprozesse spezialisiert, und nun verkehrt er ständig in Bordellen, zu denen er freien Eintritt genießt.«

Sie fing an zu heulen. Nachdem ich ihr Taschentücher und eine Dose Cola gebracht hatte, beruhigte sie sich ein wenig und begann, sich durch Staubsaugen abzulenken. Um mich ebenfalls nützlich zu machen, wickelte ich die Bilder aus und überlegte, wo man sie aufhängen könnte. Es blieb mir ein Rätsel, warum Kathrin ausgerechnet diese billigen Schinken mitgenommen hatte. Stammten sie aus ihrem Elternhaus?

Mit Cora hatte ich schon so häufig Museen und Ausstellungen besucht, daß ich inzwischen einen sicheren Blick für Qualität besaß. Vor mir lagen vier schlechte Kopien biedermeierlicher Rosenstilleben in minderwertigen Rahmen, alle gleich groß – etwa einen halben Meter im Quadrat. Da sich ein Bilderhaken fast abgelöst hatte, drehte ich das Stilleben um und betrachtete die Rückseite, bei der sich die zierlich genagelte Pappe ein wenig aufwölbte und ein winziges Stück gemusterte Tapete freigab. Von Jagdfieber überwältigt, nahm ich ein Küchenmesser zu Hilfe, um sicher zu sein, daß sich hinter der Pappschicht nicht ein Geheimnis verbarg.

Als ich das Blumenstück aus dem Rahmen geklaubt hatte, kam ein zweites Gemälde zutage. Ich erstarrte vor Ehrfurcht: Es handelte sich um eine feine, kleine, impressionistisch gemalte Haremsszene. Das Bild konnte durchaus von Matisse stammen.

Plötzlich baute sich Kathrin vor mir auf. »Was machst du da?« fragte sie ungehalten. »Du wirst doch nicht meine Rosenbilder beschädigen?«

Aber sie merkte sofort, daß ich Lunte gerochen hatte, und gab zögernd Auskunft: Ihr Mann habe für die erfolgreiche und engagierte Verteidigung eines Hehlers vier wertvolle Bilder als Bezahlung erhalten. Kathrin wußte, daß es sich um Diebesgut handelte. »Als Erik sie mitbrachte, hat er bloß gesagt: ›Damit finanzieren wir unsere alten Tage.‹ Zur Sicherheit haben wir die Originale hinter den Stilleben versteckt, denn er meinte, die getarnten Bilder seien an der

Wand besser geschützt als in jedem Safe. Für die Ölschinken wird sich nämlich keine Menschenseele interessieren, die stammen aus dem Kaufhaus.«

Mit Respekt und Bewunderung betrachteten wir gemeinsam das Gemälde. Sowohl die bezaubernden Ornamente, von denen die dargestellte Odaliske eingerahmt war, als auch die Pflanzen und Früchte leuchteten in unvergleichlich frischen Farben und strahlten heitere orientalische Sinnlichkeit aus.

»Und die anderen?« fragte ich neugierig.

»Du hast mit sicherem Griff das schönste erwischt«, sagte Kathrin, »aber du wirst auch an den übrigen deine Freude haben.«

Sie hatte recht, die drei anderen Bilder konnten mit dem Matisse nicht mithalten.

Aber hätte ich die Odaliske nicht zuerst in die Finger bekommen, wäre ich auch von ihnen hellauf begeistert gewesen. Es handelte sich um eine Skizze von Feuerbach, ein Landschaftsbild eines mir unbekannten alpenländischen Künstlers und um eine Radierung von Heinrich Vogeler. Obwohl die Bilder unterschiedlich groß waren, hatte man sie durch die lieblose Rahmung in ein Einheitsformat gepreßt.

»Wenn es sich um Originale handelt, dann sind sie ein Vermögen wert«, sagte ich, »aber unveräußerlich. Wie hat sich denn der clevere Erik den Verkauf vorgestellt?«

»Überall auf der Welt verschwinden Museumsstücke, denn es gibt auch für unverkäufliche Ware einen Markt«, behauptete Kathrin. »Außerdem haben wir es hier nicht mit der Mona Lisa zu tun. Aber am liebsten würde ich meine

Bilder behalten und ohne schlechtes Gewissen zur Schau stellen können.«

Nachdenklich saß sie im Schneidersitz auf ihrem Futon. Inzwischen war es Mittag und ziemlich heiß in der Wohnung, wir hatten die Rollos heruntergelassen. Könnte ich malen wie Matisse oder wenigstens wie Cora, dann hätte ich sofort eine Skizze von meiner wunderlichen Mitbewohnerin angefertigt. Den Hintergrund zur Rechten bildete die cremefarbene Orchideenlandschaft auf dem Fensterbrett, zur Linken hingen die dunkelroten Tücher aus Pakistan. Die schnurrbärtige Kathrin wirkte in diesem Ambiente wie eine kleine Sphinx.

Plötzlich faßte sie ihre Gedanken in Worte. »Ich sagte gerade, daß ich die Bilder *am liebsten* behalten würde – aber das kommt ja wohl nicht in Frage. Kunstgegenstände, die gewissermaßen der Allgemeinheit gehören, müssen ins Museum zurück.«

Bei diesen Worten sah sie mich prüfend an, und ich versuchte sofort, ihren Edelmut ein wenig zu dämpfen: »Im Museum ist gar nicht genug Platz, um alles auszustellen. Das meiste lagert in Archiven und Depots, und kein Mensch kriegt es je zu Gesicht.«

Als mich erneut ein abwägender Blick traf, baute ich ihr eine Brücke. Als Kompromiß zwischen Moral und Eigennutz könne sie die Bilder ja der Versicherung gegen einen Finderlohn anbieten. Obwohl Kathrin wahrscheinlich bereits in diesem Sinne geplant hatte, meinte sie doch, daß die Ehefrau des unrechtmäßigen Besitzers wohl kaum die geforderte Summe erhalte. Eine neutrale Vermittlerin müsse her. »Du bist doch auch ziemlich pleite«, sagte sie.

Darauf mußte ich erst mal eine rauchen. Meine bisherigen kriminellen Taten waren eine Nummer kleiner gewesen. »Was wird Erik dazu sagen, wenn die Bilder nicht mehr an ihrem Platz hängen?«

»Gute Frage«, sagte sie fahrig, »gib mir auch eine Zigarette!« Sie zwickte den Filter ab.

Qualmend belehrte mich Kathrin, daß Kunstkriminalität nach dem illegalen Drogengeschäft noch vor dem Waffenhandel weltweit an zweiter Stelle stehe.

Allein mit Fälschungen würde alljährlich ein gigantisches Vermögen verdient; 40 bis 60 Prozent aller gehandelten Bilder von verstorbenen Künstlern seien Fakes. Die Kundschaft sei so leicht zu betrügen! Wer viel Geld für einen Kunstgegenstand ausgebe, wolle gar nicht so genau wissen, ob man ihn nicht nach Strich und Faden betrogen habe. »Da kaufen die Leute im Urlaub eine signierte und numerierte Lithographie von Picasso und blättern stolz ein paar Tausender dafür hin. Dabei kann man fototechnische Reproduktionen im Poster- oder Copyshop für zwei Nullen weniger erhalten. Und das sind nur die kleinsten Fische.«

»Darüber weißt du zwar Bescheid«, staunte ich, »aber es war unüberlegt, daß wir Kleider, Schmuck und Fotos mitgenommen haben. Nun ist doch sofort klar, daß *du* die Diebin bist! Andernfalls hätte Erik denken können, daß die Einbrecher Profis waren. Wir sollten noch einmal hinfahren und falsche Spuren legen, falls es nicht schon zu spät dafür ist.«

Jetzt war Kathrin beeindruckt. »Du redest ja selbst wie ein Profi! Wenn ich nicht so viel Angst hätte, würde ich sofort starten. Aber das Ganze noch mal von vorn – das steh' ich kaum durch!«

Ich sah auf die Uhr: Unser Fischzug war noch keine zwei Stunden her; es konnte gut sein, daß ihr Mann bisher nicht zu Hause gewesen war und nichts von unserer Visite ahnte. Ich rief ein weiteres Mal bei ihm an und hörte wieder Eriks wohlklingende Stimme auf dem Anrufbeantworter.

Meine wild entschlossene Miene bewirkte wohl, daß Kathrin nun endlich begriff. Ohne um ihre Kleider und den Schmuck zu trauern, packte sie alles wieder zusammen, nahm nicht einmal die Korallenkette ihrer Großmutter aus der Schatulle oder das Hochzeitsbild ihrer Eltern aus dem Album.

»Im Kino hab' ich einmal gesehen«, lobte ich meinen Lehrling, »wie sich ein junger Safeknacker nicht bremsen konnte und den schönsten Ring für seine Braut einsteckte, statt sich mit neutralen Goldbarren zu begnügen. Dadurch kam alles raus, so was darf einem Profi niemals passieren!«

Auch diesmal schien das Mehrfamilienhaus fast unbewohnt, aber der Briefträger hatte inzwischen Post in die Kästen geworfen. Wir öffneten die Wohnungstür, hängten die Kleider wieder in den Schrank, stellten die Fotoalben ins Regal und schoben die Schmuckkassette in ein Fach voller Tischwäsche. Zum Schluß schickte ich die inzwischen leicht hysterische Kathrin zum Wagen zurück und machte mich ans Staubwischen. Ihre Fingerabdrücke waren legitim, meine dagegen weniger angebracht, andererseits aber auch nicht polizeilich registriert. Raffiniert und absolut professionell erschien mir eine falsche Fährte. Hatte ich etwas bei mir, was sich dafür eignete? Ich öffnete die Handtasche, und mir fiel mein Taschenkamm in die Hände, mit dem ich den langhaarigen Andy bearbeitet hatte. Ich verteilte mit Bedacht einige Haare im Raum. Laut DNA-Analyse würde man schnell feststellen, daß sie von einem Mann stammten. Und sicherlich fiele der Verdacht nie im Leben auf einen unbescholtenen Taxifahrer aus Darmstadt.

Als ich die Treppe hinunterging, begegnete mir ein Herr. Er sah mich kurz an und lächelte freundlich. Auf den ersten Blick hatte ich ihn nicht erkannt, denn er wirkte nicht mehr ganz so attraktiv wie auf den Fotos. Sein Gang war zwar federnd und elastisch, der Körperbau zeugte von Kraft und Geschmeidigkeit, aber der Kopf hatte etwas von einem Vogel Strauß, war klein und schwankte wie ein Metronom auf langem Hals. Als ich kapierte, daß diese grauen eindringlichen Augen zu Erik gehörten, blieb mir fast das Herz stehen. Zum Glück konnte er keine Ahnung haben, wer ich war, und mochte annehmen, ich hätte im obersten Stockwerk eine Freundin besucht.

Unten im Auto wartete Kathrin und polierte mit ihrem Taschentuch den Rückspiegel. »Hat er dich gesehen?« fragte ich erregt.

Sie machte große Augen und bekam einen nachträglichen Schock, als sie erfuhr, daß ich Erik auf der Treppe getroffen hatte. Er habe sie allerdings kaum entdecken können, da er im allgemeinen in der Tiefgarage parke und aus einer anderen Richtung komme.

»Wer besitzt außer dir noch einen Schlüssel?« fragte ich, denn es mußte ja schließlich auffallen, daß weder Haus- noch Wohnungstür aufgebrochen war.

»Die Putzfrau«, hauchte Kathrin.

Nach eingehender Befragung meinerseits besann sie sich immerhin, daß diese Frau jeden Nachmittag in einer nahegelegenen Grundschule die Turnhalle wischte.

Wir steuerten sofort das Schulgelände an. »Mich kennt sie«, flüsterte Kathrin, »aber dich hat sie noch nie gesehen. Es arbeiten mehrere Raumpflegerinnen dort, ich mußte einmal hingehen, um Emine etwas auszurichten.«

Nicht wie eine Diebin, sondern selbst- und zielbewußt betrat ich die Schule durch eine Seitentür. Im ersten Zimmer unterhielten sich Handwerker bei einer Bierpause, und da war zu meiner Erleichterung auch ein Trupp Putzfrauen. Ich erkannte den Hausmeister an seiner gebieterischen Haltung. »Suche Se was?« fragte er.

Ich behauptete, mein Sohn habe am letzten Schultag seinen Turnbeutel vergessen.

»Gucke Se mal do«, sagte er und wies auf einen Abstellraum, »do duhn die Fraue als emol die gefunnene Sache hinleche, neulich war's en Dräningsaazuch. Se sollte de Bub awwer net so verwöhne, der soll ruhig selwer komme.«

Er blieb hinter mir stehen, und ich blickte angestrengt umher. Beim besten Willen konnte man zwischen all den Bierkästen, Eimern, Besen und Dosen mit Scheuerpulver keinen Turnbeutel ausmachen, dafür hingen einige Kittelschürzen, ein langer grauer Staubmantel und ein grüner Anorak am Garderobenhaken. Ich dankte und ging, schlich mich aber am Ausgang wieder zurück und verbarg mich in der Mädchentoilette. Schließlich hörte ich den Hausmeister ins Lehrerzimmer gehen und dort nicht gerade freundlich mit einer Frau sprechen. Ich huschte aufs neue in die Besenkammer, tastete die Taschen aller Kleidungsstücke nach Schlüsseln ab und wurde fündig.

Erst im Auto und zwei Straßen weiter verglichen wir die Fundstücke mit Kathrins Original. »Komm«, sagte ich, »das muß gefeiert werden! Im nächsten Café trinken wir Schampus.«

Aber Kathrin wollte nicht. Ich könne ja einen Piccolo kaufen, sagte sie, hielt vor einem Supermarkt an und gab mir ihr Portemonnaie. Sie hatte offenbar keine Lust, ihrem sicheren Hafen länger als nötig fernzubleiben.

»Seit wir die Schätze geraubt haben, hast du wenigstens einen Grund für deinen Verfolgungswahn«, sagte ich. »Aber eines verstehe ich immer noch nicht. Erik kann dich doch jederzeit in der Volkshochschule aufsuchen, auch wenn er deine neue Adresse nicht kennt!«

»Er hat doch keine Ahnung von meiner neuen Stelle! Als wir noch zusammenwohnten, habe ich halbtags am Schalter der ALITALIA auf dem Flughafen gearbeitet. Nach dem großen Krach bin ich mitten in der Nacht zu einer Freundin gelaufen, die mir dann später den Job in der Volkshochschule vermittelt hat.«

»Hast du noch Kontakt zu dieser Freundin?« fragte ich.

Kathrin schüttelte den Kopf. »Es ist zu gefährlich, denn Erik kennt sie und könnte sie aushorchen. Es ist also besser, wenn Shirley keine Ahnung hat, wo ich stecke.«

Ich nickte und äußerte meine Bedenken vorläufig nicht. Shirley wußte immer noch zuviel.

Mit einem Glas Sekt saß ich auf dem Fußboden und sah mir mein Lieblingsgemälde zum zweiten Mal an. War es tatsächlich ein echter Matisse? »Stammen die Bilder alle aus demselben Einbruch?« fragte ich.

Sie verneinte. »Die Odaliske hing angeblich in einer Villa an der Côte d'Azur. Übrigens hatte sich Erik erkundigt, was eine Expertise kostet; ein Kunstwissenschaftler ist durchaus noch zu bezahlen, aber eine gefälschte Begutachtung ist eine teure Sache.«

Ich verstand, was sie meinte. Es war immerhin denkbar, daß man Erik eine Kopie angedreht hatte, die er seinerseits nur mit einem getürkten Gutachten wieder los wurde.

»Und die drei anderen Bilder?«

»Stammen aus einem kleinen Museum, sind sicherlich echt, aber nicht so wertvoll. Vielleicht ließen sie sich ja im Ausland absetzen.«

»Wenn sie nicht wertvoll sind, wird aber keiner viel dafür ausspucken«, meinte ich. »Außerdem haben wir einen zweiten Fehler gemacht. Wie ärgerlich, daß ich manchmal ein Brett vor dem Kopf habe! Wir hätten die Rosenbilder ebenfalls wieder mitnehmen und an ihren alten Stellen aufhängen sollen, natürlich ohne den kostbaren doppelten Boden. Vielleicht hätte Erik erst nach Monaten gemerkt, daß seine Schätze gestohlen sind!«

Dafür war es jetzt leider zu spät. Was würde Erik unternehmen? Eine Anzeige bei der Polizei konnte er nicht gut erstatten, weil er ja selbst nicht der rechtmäßige Besitzer war; insofern hatte ich mir mit Andys Haaren viel zuviel Mühe gegeben. Andererseits hatte mir Cora erzählt, daß es in Moskau Mafiaschulen gebe, in denen angehende Verbrecher mit den modernsten Methoden wissenschaftlicher Täterüberführung vertraut gemacht wurden, um die Fahnder mit ihren eigenen Mitteln auszutricksen. Es war also möglich, daß sich Erik von kriminellen Profis bei seiner privaten Ermittlung helfen ließ. Für ihn kamen sowohl der Hehler als auch dessen Mitwisser als Täter in Frage. Ob er Kathrin ebenfalls sofort verdächtigte?

»Komm«, sagte ich, »laß uns die Bilder wieder unter den Rosen versenken. Es ist zu riskant, wenn wir sie ohne Mäntelchen über deinen Futon hängen.«

Weil ihr die Angst im Nacken saß, hatte Kathrin endlich auch eine gute Idee. »Wir verstecken alles unter den roten Spiegelstickereien«, sagte sie.

Es war zwar ein gewisser Aufwand, die pakistanischen Decken abzumontieren und die Gemälde dahinter aufzuhängen, aber nach einer halben Stunde hatten wir es geschafft.

»Alles schön und gut«, klagte ich, »jetzt besitzen wir zwar ein unsichtbares Museum, nur leider kein Geld, um heute abend essen zu gehen.«

»Tröste dich, bald sieht alles besser aus! Morgen muß ich in der Volkshochschule antanzen, und ich werde die Gelegenheit nutzen und einen Vorschuß von meinem Chef verlangen. Das Semester hat zwar noch nicht begonnen, aber ich muß für die ›Individuelle Sprachberatung vor Kursbeginn‹ zur Verfügung stehen«, sagte Kathrin. »Wenn du willst, kannst du ja mitkommen.«

Ich wollte durchaus.

5

Am nächsten Morgen, als Kathrin wie immer stundenlang das Badezimmer blockierte, ritt mich der Teufel. Ich wollte unbedingt wissen, ob Cora und Felix in Darmstadt eingetroffen waren, und rief probeweise dort an. Wer auch immer sich meldete, ich wollte sofort auflegen.

Nach dreimaligem Klingeln sagte eine müde Männerstimme: »Ja?«

Ich schwieg verwirrt. War das nun Felix oder Andy gewesen?

Aber noch bevor ich den Hörer auflegte, war die Stimme von Felix deutlich zu erkennen, als er beschwörend weiterredete: »Maja, falls du es bist, dann sag doch etwas, um Gottes willen! Ich mache mir solche Sorgen!«

Bei dem Wort Sorgen war mein Schweigevorsatz bereits vergessen, und ich versicherte genüßlich-larmoyant, uns ginge es schlecht. Und wo war Cora?

»Ich bin mit dem Zug zurückgefahren, weil Cora…« Er zögerte kurz, aber dann war kein Halten mehr. »Also, wir waren letztes Wochenende in der Toskana. Dort traf meine Kusine einen alten Freund namens Dino, und von da an war ich völlig abgeschrieben. Sie sprachen bloß noch italienisch miteinander, und ich verstand nur Bahnhof. Leider warst du die Leidtragende und mußt nun entschuldigen, daß ich dir meine Großmutter so lange aufgehalst habe… Ich war wie verhext.«

Typisch Cora, dachte ich voller Wut, fragte aber dennoch: »Macht sie sich ebenfalls Sorgen um mich?«

Felix überlegte. »Warum sollte sie? Sie ahnt doch gar nicht, daß du nicht mehr in Darmstadt bist. In den letzten Tagen in Castellina hat sie ein paarmal versucht, bei euch anzurufen, aber niemand hat sich gemeldet.«

Gut, das mochte stimmen, sowohl Andy als auch Kathrin und ich waren nicht ständig zu Hause gewesen. Aber hätte sie nicht eine Nachricht auf dem Anrufbeantworter hinterlassen können?

Die vielen Vorwürfe, die mir auf der Zunge brannten, blieben ungesagt. Ich ahnte, daß es Felix nicht viel besser ergangen war als mir selbst. Wenn es zu Coras Amusement beitrug, wurden wir benutzt, und wenn sie sich einem neuen Spielzeug zuwandte, kurzerhand beiseite gelegt.

»Wieso konnte *ich* euch nie erreichen?« fragte ich kläglich und erfuhr, daß Coras Handy irgendwo am Meer verlorengegangen, vielleicht auch geklaut worden sei.

»Aber nun sag mir endlich, wo ihr euch verkrochen habt – du und Allerleirauh. Von Andy weiß ich bloß, daß du Béla zu seinem Vater gebracht hast.«

Diese Frage wollte ich unter keinen Umständen beantworten und beendete das Gespräch etwas abrupt.

Als Kathrin geduscht, gekämmt und rasiert aus dem Badezimmer trat, hatte ich nicht – wie ausgemacht – das Frühstück zubereitet, sondern lag tatenlos und weinerlich auf meinem Bett und grübelte. Cora hatte sich also weder nach Darmstadt noch nach Florenz bequemt, sondern trieb sich mit Dino im Chianti herum. Irgend etwas war da oberfaul.

Schließlich hatte sie diesen hübschen Jungen – wie viele andere zuvor – kaum ernst genommen, von einer leidenschaftlichen Verliebtheit konnte schon gar nicht die Rede sein. Und dennoch schien sie seine Gesellschaft der meinen vorzuziehen.

»Hallo, Maja«, sagte Kathrin und wedelte mit dem nassen Handtuch vor meiner Nase herum, »bist du wieder eingepennt? Ich hoffte eigentlich, den Duft von frischem Kaffee ...« Dann sah sie, daß ich weinte. »Nix für ungut«, meinte sie, »ich setz' ja schon Wasser auf. Von mir aus kannst du Béla heute noch holen, wenn er dir so fehlt.«

Ich schneuzte mich. Natürlich vermißte ich mein Kind, aber ich wußte, daß es ihm gutging. Viel trauriger war es, daß *mich* kein Mensch vermißte, vor allem Cora nicht.

Das Wasser in der Küche kochte sprudelnd über, ich beeilte mich, den Kaffee aufzugießen. Als Kathrin mit einer Tüte voller Hörnchen in der Tür stand, hatte ich mich schon einigermaßen gefaßt und sogar den Tisch gedeckt. Wenn das Morgenlicht durch die hohen Fenster schien und die vielen winzigen Spiegel auf den orientalischen Tüchern zum Glitzern brachte, war es sehr schön in dieser fremden Wohnung. Je eine große Kastanie stand vor und hinter dem Haus, so daß man von allen Fenstern in Blattwerk schauen konnte, das bei unterschiedlichem Sonneneinfall hell- oder dunkelgrün leuchtete. Ich stellte fest, daß auch in einer Großstadt eine Vielzahl von Vögeln heimisch war: Tauben, Spatzen, Amseln zumeist, gelegentlich auch eine Elster und ein Kohlmeisenpaar. Eigentlich hatten sie es in den städtischen Kastanienbäumen nicht schlechter getroffen als im Wald, und auch wir konnten hier mit etwas Geld ganz angenehm leben. Cora sollte mir gestohlen bleiben, Kathrin war viel netter.

»In einer halben Stunde muß ich los«, sagte Kathrin, »die Arbeit ruft! Hast du dich entschlossen, ob du mitkommen willst?«

Kurz darauf saßen wir in der U-Bahn und spielten schwarzfahren. Kathrins Termin bestand in zwei Beratungsstunden für Ausländer, die Deutsch lernen oder es verbessern wollten. Ein junger Türke, der bereits ganz passabel Hessisch sprach und nicht genau wußte, ob er – um die Grammatik zu beherrschen – bei Null beginnen sollte, wartete bereits vor ihrem Büro. Eine fröhliche Afrikanerin mit Rastalokken bis zum Po sprach zwar fließend Französisch, brachte aber auf deutsch nur unter lautem Gelächter »Genau!« und »Prost!« hervor. Auch eine ältere Ungarin mit einem dreieckigen Fuchsgesicht, die in gepflegtem, aber wie uns schien sehr altmodischem Deutsch parlierte, wollte ihre Kenntnisse auffrischen. Da es nicht allzu viele Anwärter gab, konnte sich Kathrin Zeit für die Einstufungstests nehmen und freundlich auf die unterschiedlichen Fragen eingehen. Danach trug sich jeder mit Namen und Adresse ein, und Kathrin entschied über ihre Einstufung in die verschiedenen Kurse der Grund-, Mittel- oder Oberstufe, die im September begannen.

Mir kam der Verdacht, daß sie mich nur mitgenommen hatte, um ihre Souveränität und Kompetenz vorzuführen. Nach der fünften Beratung begann ich mich etwas zu langweilen. Eine aufdringliche Fliege setzte sich immer wieder auf mein rechtes Bein. Es roch nach jahrzehntelangem

Kampf von Desinfektionsmitteln gegen Schülermief. Wegen der Hitze stand die Tür zum Flur offen, und ich betrachtete ausgiebig die braun lackierten Garderobenhaken und den Fußboden, der kein toskanisches Marmormuster aufwies, sondern mindestens einen plattgetretenen und schwarz gewordenen Kaugummi pro grauem Quadratmeter Teppichboden. Dann trat ich ans offene Fenster und schaute auf den Pausenhof, einen verrosteten Fahrradständer und einen monströsen Müllcontainer hinunter. Kathrin hatte mir erzählt, daß dieser Betonklotz aus den siebziger Jahren noch bis vor kurzem eine Realschule beherbergt habe, die man wegen sinkender Schülerzahlen schließen mußte. Am Gittertor lehnte ein Mann, dessen lauernder Blick mich unverhofft traf. Kathrin sagte ich lieber erst einmal nichts davon. Sie sollte in Ruhe ihre Schüler betreuen.

Zu guter Letzt erschien ein etwa fünfzigjähriger korpulenter Brocken, der eine Thailänderin fest am Handgelenk gepackt hielt. Die junge Frau war wie ein artiges Schulmädchen gekleidet und wirkte auch eher wie ein Kind: noch viel kleiner als die zierliche Kathrin und von filigranem Knochenbau. Sie starrte unentwegt zu Boden, aber als sie ein einziges Mal den Blick hob, sah ich in die traurigen Augen einer früh Gealterten. Seine Frau spreche nur etwas Englisch, sagte der Mann. »Gelle, mei Schnuckelche?«

Sie nickte.

Kathrin fragte vorsichtig, wie es mit Lesen und Schreiben stehe, denn für Analphabeten gab es einen gesonderten Kurs.

»Moomendemal«, protestierte der Ehemann. Dabei strich er seiner Frau wie einem Hündchen über den Kopf, den sie fast unmerklich wegzog.

Kathrin verhandelte korrekt, aber eiskalt mit dem Besitzer des gefangenen Vögelchens. Immer wieder wandte sie sich auf englisch an ihre künftige Schülerin, die aber offensichtlich so verschüchtert war, daß sie noch nicht einmal lächeln, geschweige denn antworten konnte. Am Ende zog der Fettsack großspurig seine Brieftasche heraus und wollte die Kursgebühr von 200 DM auf der Stelle im voraus bezahlen. Dabei musterte er Kathrin auf unangenehme Weise; sie schüttelte den Kopf und schickte ihn zur Kasse.

Als die beiden endlich abzogen, seufzte sie tief auf. »Von meinen Kolleginnen weiß ich, daß solche Typen gar nicht so selten hier auftauchen. Kaufen sich ein halbes Kind aus einer armen Familie und kommen sich am Ende noch als Wohltäter vor. Ich möchte nicht wissen, was da sexuell so abläuft.«

»Draußen steht noch ein weiteres anrüchiges Subjekt«, sagte ich. »Sieh doch mal aus dem Fenster!«

Kathrin stand auf, spähte sekundenlang hinaus, wurde blaß und ließ sich schwer atmend auf einem wackligen Drehstuhl nieder. Sie meinte den Mann zu kennen, dieser Zuhälter aus Groß Gerau sei früher mal als Klient zu Erik gekommen.

»Na und?« fragte ich dümmlich.

So einer stehe doch nicht grundlos auf dem leeren Schulhof herum, sagte sie, das habe Unheil zu bedeuten. »Er wartet auf mich! Ob er mich gesehen hat? Was machen wir bloß?« Sie zitterte vor Angst. Irgendwas mußte ich mir einfallen lassen.

Da der vermeintliche Zuhälter den einzig in Frage kommenden Ausgang gut im Blick hatte, mußten wir versuchen, unerkannt an ihm vorbeizukommen. Vielleicht inmitten einer Gruppe?

Kathrin schüttelte resigniert den Kopf. Einstweilen versteckte sie sich auf meinen Rat im Frauenklo, während ich einen Erkundungsgang durch die Schule unternahm. Im ersten Stock hörte ich aus einem Klassenzimmer tierische Laute und übermütiges Kindergeschrei dringen. An der Tür war ein großes Zirkusplakat befestigt, worauf mit Leuchtstiften geschrieben stand:

MANEGE FREI!
WILDE TIERE, ARTISTEN, CLOWNS UND TÄNZERINNEN
SIND HERZLICH WILLKOMMEN!

Neugierig öffnete ich die Tür und spähte durch den Spalt. Auf einem kleinen Trampolin und ausrangierten Matratzen hopsten Kinder in Bélas Alter: weiß geschminkte Clowns, streifig bemalte Tiger, haarige Bären und Ballettratten. Ein junger Sozialpädagoge spielte die Rolle des Dompteurs und ließ alle Tiere durch einen Reifen krabbeln.

»Wir sind gleich fertig!« rief er mir zu. »Sie können Ihr Kind in fünf Minuten abholen!«

Ich verzog mich und wartete im Nachbarzimmer, bis etliche Mütter aufkreuzten und die wilden Tiere wegzerrten. Als sich der Raum geleert hatte, machte ich eine Razzia. In einer bemalten Truhe fand ich Faschingsschminke, Luftballons, rote Plastiknasen, billige Kunsthaarperücken und diverse Utensilien für einen erfolgreichen Kinderzirkus. Ich raffte die wichtigsten Requisiten zusammen, begab mich zu Kathrin und stülpte ihr als erstes eine rosa Katzennase über.

Sie runzelte die dichten Brauen, weil sie derartigen Unsinn kindisch fand und sich zu alt fühlte, um *Tom und Jerry* oder *Aristocats* zu spielen. Aber als sie schließlich mit spitzen Filzohren, antennenlangen Schnurrbarthaaren und einem viel zu kleinen grünen Poncho wie der gestiefelte Kater aussah, fragte sie tapfer: »Und du?«

»Ich bin deine Mutter!« sagte ich, nahm sie an die Hand und verließ nur zehn Minuten später als die anderen Kinder mit meinem etwas zu groß geratenen Töchterchen die Schule. Wir passierten den wartenden Zuhälter, ohne daß er uns mehr als einen gelangweilten Blick zuwarf.

Vorerst waren wir gerettet, und ich war ganz euphorisch.

»Vor lauter Schreck habe ich vergessen, meinen Chef anzupumpen«, sagte Kathrin. »Hast du wenigstens noch etwas Geld dabei?«

Ich hatte meine leere Handtasche gar nicht erst mitgenommen. »War nicht sehr pfiffig von dir, die 200 DM von dem Kotzbrocken auszuschlagen.«

Kathrins Nervosität, die sich vorübergehend gelegt hatte, eskalierte nun zu fast paranoiden Vorstellungen. Ihr Auto dürfe nicht länger in unserer Straße rumstehen, behauptete sie, ein Parkplatz in einer völlig anderen Stadt sei ungefährlicher. Erik pflege jeden Morgen zu joggen und werde sich bestimmt eine Straße nach der anderen vorknöpfen.

»Mensch, jetzt spinnst du aber«, sagte ich. »Der Mann kann doch nicht ganz Frankfurt nach deinem Wagen absuchen!«

Am klügsten sei es sowieso, das Auto sofort zu verkaufen, meinte Kathrin, denn Erik habe überall seine Helfershelfer, die besser als jeder Polizist nach einem abgestellten

Wagen fahnden könnten. Außerdem hätten wir dann fürs erste wieder ein gefülltes Portemonnaie!

Steigerte sie sich da nicht in etwas hinein? Ich verordnete Kathrin eine Ruhepause auf der Parkbank und bot an, ihr eine Cola zu organisieren, während sie sich wieder zum Menschen zurückverwandelte. Überall lagerten junge Mütter auf dem Rasen, ließen Kleinkinder herumkrauchen und packten Zwieback, Bananen und Teefläschchen aus den Netzen ihrer Kinderwagen. Wenn sie gerade wieder mal ihrem Hosenmatz nachsetzen mußten, wäre es ein leichtes gewesen, sich eine Tasche zu schnappen. Aber man bestiehlt nicht seinesgleichen; das Fahrrad mit Kindersitz war eine Ausnahme gewesen.

Anders verhielt es sich mit den Frisbee- und Bumerangwerfern oder den zahlreichen Badmintonspielern, mit denen mich keine Affinität verband. Leider machte ich keine besonders fette Beute, denn die Jungs auf der Wiese hatten selbst nicht viel Geld. Reichere Eltern hätten ihnen den Tennisklub finanziert. Nur fünf Minuten später stand ich mit zwei roten Dosen vor Kathrin, die sich wunderte. Da ich die fremde Brieftasche bereits am Kiosk im dortigen Abfalleimer entsorgt hatte, griff ich lässig in die Tasche meiner Shorts und hielt der verblüfften Freundin einen Zwanzigmarkschein hin. »Fürs Abendessen!« sagte ich. »Und damit du deine Ruhe hast, werde ich morgen das Auto nach Darmstadt fahren und bei Andy abstellen; für Benzingeld ist ebenfalls gesorgt.«

Seltsamerweise hatte mich Kathrin schneller durchschaut als ich mich selbst. »Du möchtest Felix über seine italienischen Nächte aushorchen!« sagte sie mir auf den Kopf zu. »Bis nach Darmstadt muß man den Wagen nicht gerade bringen.«

Weil sie es unbedingt so haben wollte, erklärte ich mich damit einverstanden, am nächsten Tag den Wagen in Griesheim abzustellen und anschließend am Italienischkurs für Touristen teilzunehmen; Kathrin schien sich zu gruseln, die Volkshochschule ohne meine Begleitung zu betreten. Auf dem Heimweg kauften wir Weißbrot, Käse und Oliven und nahmen uns vor, einen entspannten Abend vor dem Fernseher zu verbringen.

Als das Telefon klingelte, schraken wir zusammen, aber da niemand unsere Nummer kannte, mußten es wohl Freunde der Ethnologin sein. Als ich abnahm, ohne mich namentlich zu melden, mußte ich mir einen Schwall obszöner Beschimpfungen anhören. Wortlos reichte ich den Hörer an Kathrin weiter, die nach wenigen Sekunden auflegte. Sie war starr vor Schreck.

Bevor wir am nächsten Tag das Schultor passierten, schickte mich Kathrin als Späherin voraus. Aber weder der Zuhälter noch sonst ein verdächtiger Unhold trieb sich herum, so daß wir geradewegs das Büro des Direktors ansteuern konnten.

»Schon wenn er mich von weitem sieht, brüllt er *buona sera, Caterina,* denn er hat vor Jahren selbst einen Kurs besucht«, warnte sie mich noch vor.

Wenige Minuten später sagte sie: »Hallo, Bernd« und wurde erwartungsgemäß auf italienisch begrüßt. Der Direktor gab mir die Hand und murmelte »Koppenfeld«. Kathrin stellte mich als Kollegin vor.

Das Interesse des Direktors war sofort geweckt. »Wo haben Sie bisher unterrichtet?« fragte er und musterte mich wohlwollend.

In Florenz, sagte Kathrin, als ich gerade den Mund aufmachen wollte. Ich sei Kunsthistorikerin mit vorzüglichen Sprachkenntnissen. »Meine Freundin Maja wird in den Ferien ein paar Wochen bei mir verbringen und könnte mich ausgezeichnet vertreten, wenn es einmal sein müßte.«

Das sei überhaupt kein Problem, versicherte Bernd Koppenfeld und wandte sich mir zu. Großartig, daß ich in so jungen Jahren bereits ein abgeschlossenes Studium nachweisen könne – das sei heutzutage selten. Und wie beneidenswert, in Florenz zu leben, einer Perle, die unter allen herrlichen Städten Europas ihresgleichen suche. Es gelang mir zum Glück, ein paar gebildete Sätze anzubringen, die ich für meine Touristenführungen auswendig gelernt hatte.

»Übrigens, Bernd«, sagte Kathrin vorsichtig, »du weißt ja, daß ich mich von meinem Mann getrennt habe. Wenn er hier anrufen sollte, dann gib ihm keine Auskünfte! Er neigt zu Jähzorn. Und falls er einen Strohmann vorschiebt...«

»Monika«, rief Herr Koppenfeld ins Nachbarzimmer, und eine grauhaarige Frau steckte ihren Kopf durch die halboffene Tür, »Monika, wenn sich jemand nach Kathrin Schneider erkundigt, dann...«

»Tut mir leid, ist bereits geschehen«, sagte die Sekretärin. »Gestern vormittag fragte ein Herr – den Namen habe ich nicht verstanden – nach Frau Schneiders Stundenplan, er sei ein alter Bekannter und wolle sie nach dem Unterricht abholen. Klang alles ganz seriös. Die Adresse in Darmstadt hat er sich notiert. Habe ich etwas falsch gemacht?«

Schließlich betraten wir ein Klassenzimmer. Die Schüler für den Italienischkurs waren hauptsächlich Frauen zwischen vierzig und fünfzig, aber es gab auch zwei Gymnasiasten und ein Rentnerpaar. Bisher hatten sie erst die wichtigsten Ausspracheregeln und einige Floskeln wie *come sta?* gelernt. Seit Kathrin mir ein Studium angedichtet hatte, traute ich mir mit einemmal zu, im Bedarfsfall selbst ein bißchen Unterricht zu erteilen. Ich hörte amüsiert zu, wie die reiselustigen und lernbegierigen Hausfrauen abwechselnd aus dem Lehrbuch vorlasen. Im stolzen Gefühl meiner Überlegenheit lehnte ich an der Heizung und erwog, für eine kurze Zigarettenpause das Klassenzimmer zu verlassen. In diesem Augenblick drehte ich mich zum Fenster um und entdeckte unseren Feind am Schultor.

Ich durfte Kathrin, die nur fahrig auf die Fragen der Gruppe reagierte, nicht noch mehr beunruhigen und mir meinen Schrecken keinesfalls anmerken lassen. Aber wie sollten wir diesmal entkommen? Wir konnten doch nicht täglich als Mutter mit Katzenkind die Schule verlassen.

Kaum hatten sich die Kursteilnehmer unter vielstimmigem *arrivederci* verabschiedet, als ich mit dem Daumen zum Fenster wies. Was nun?

Ausnahmsweise begann Kathrin nicht zu seufzen, sondern hatte eine konstruktive Idee. »Bernd macht jetzt ebenfalls Feierabend; sein Auto steht immer in der Tiefgarage. Wir bitten ihn, uns ein Stück mitzunehmen, und bei der Gelegenheit sprechen wir ihn endlich auf das Geld an.«

Der Direktor hatte angeblich bloß zwanzig Mark dabei, zeigte sich aber zu Chauffeurdiensten bereit. Gemeinsam fuhren wir mit dem Lift in den Keller, wo wir keine fragwürdigen Personen antrafen, und von dort mit dem Wagen bis zum Museum für Kunsthandwerk, das ich seit langem einmal besuchen wollte. Während der Fahrt bekamen wir die Krankengeschichte von Bernd Koppenfelds Frau zu hören. Bis dahin lief alles reibungslos, aber es schien mein Schicksal zu sein, stets auf geschlossene Museen zu stoßen; wir mußten mit dem angrenzenden Garten-Café vorliebnehmen.

Eis in allen Variationen – davon hätte ich leben können. Bei diesem harmlosen Vergnügen schwelgte ich gern in Erinnerungen an südliche Ferien in Coras Begleitung. Wie oft hatten wir nach einem überstandenen Abenteuer eine Cassata gelöffelt und bei einem Lachanfall hemmungslos gekleckert. In Gedanken erzählte ich Cora, wie der Zuhälter immer noch am Tor des Haupteingangs herumlungerte, wobei ihm allmählich die Füße einschliefen. Diese Vorstellung belustigte mich so, daß ich mitten in Frankfurts City wie ein Teenager losgackerte und, meinem Sohn nicht unähnlich, Eisschokolade auf Kathrins Lehrmaterialien prustete.

Sie stieß einen mißbilligenden Laut aus. »Mal heulst du ohne Grund, mal lachst du wie eine Irre – wie soll man wissen, woran man bei dir ist! Ein Psychiater würde manisch-depressiv dazu sagen!«

Wer eine Mutter hat, die sich in einer schweren Depression das Leben nahm und womöglich selbst erblich belastet ist, will von so etwas nichts hören. Als hätte sie mit ihrer Diagnose recht, stürzten mir plötzlich Tränen aus den Augen. Ohne die Gründe meines Ausbruchs zu verstehen, versuchte Kathrin mich zu trösten.

»Du solltest deine Freundin mal anrufen«, sagte ich und tupfte mit dem Taschentuch an mir, ihr und dem Lehrbuch herum, »Erik hat wahrscheinlich von *ihr* erfahren, daß du bei der vhs angestellt bist.«

Allmählich war auch ich mit den Nerven am Ende. Waren wir wirklich in Gefahr? Wollte Erik bloß die Bilder zurückhaben, oder trachtete er Kathrin nach dem Leben?

»Am liebsten würde ich abhauen«, jammerte Kathrin, und ich konnte sie verstehen.

Sie wolle zwar keinesfalls ihren Job verlieren, aber jetzt sei es wohl wichtiger, vorübergehend abzutauchen. Bei diesen Worten begann es mir langsam zu dämmern, daß ich mal wieder die Stellung halten sollte, bis Kathrin die Bilder aus dem Haus geschafft und zu Geld gemacht hatte.

Von der Wohnung aus rief sie ihre Freundin an, nach deren Bericht ich den Ernst der Lage begriff. Am Tag nach unserem Bilderraub hatte Erik nämlich Shirley aufgesucht und mit diffusen Drohungen zum Reden gezwungen. Da auch Shirley keine Heldin war, hatte sie am Ende doch etwas von der Vokshochschule gesagt, es war schließlich ein öffentlicher Ort, wo er kaum handgreiflich werden konnte.

»Das ist aber eine blöde Gans«, stellte ich fest. »Sie hätte dich auf irgendeine Art warnen müssen, zum Beispiel mit einem hinterlegten Brief im Sekretariat.«

Kathrin bemerkte spitz, so clever wie ich sei eben nicht jeder. »Die Bilder müssen weg«, entschied sie. »Ich werde versuchen, sie im Ausland zu verkaufen, zumindest erst einmal eines davon. Die anderen sollten an einem sicheren Ort deponiert werden. Meinst du, Cora könnte uns helfen?«

Dieses Ansinnen schockierte mich, denn ich wollte vor Cora nicht zu Kreuze kriechen. Andererseits konnte man Kathrin nicht völlig im Stich lassen.

Mein Einfall war zwar ein wenig merkwürdig, aber alle Geniestreiche basieren auf originellen Ideen. Irgendwo in meinem Koffer lag noch die Visitenkarte mit der Anschrift jenes Österreichers, der mir in der Eisenbahn eine Stelle als Verkäuferin in seinem Souvenirladen angeboten hatte. Nach einigem Suchen fand ich die Telefonnummer und rief in Innsbruck an.

Der alte Mann wußte anfangs nicht recht, wer ich war. Aber als er sich schließlich erinnerte, war er entzückt. Ein fesches Mädel sei jederzeit herzlich willkommen. Er verstand wahrscheinlich gar nicht, daß ich ihm bloß eine Freundin schicken wollte.

Kathrin hielt Innsbruck sofort für ein lockendes Ziel. Wir packten das Landschaftsgemälde – weiterhin getarnt hinter dem Rosenstilleben – in ihren Koffer und zählten das restliche Geld. Es reichte gerade für eine Tankfüllung, aber schwerlich für eine zweite. Ein wenig hoffte ich immer noch, Kathrin begleiten und auf der Rückfahrt meinen Sohn abholen zu können.

»Nein, du mußt hierbleiben«, sagte Kathrin sehr bestimmt, »und mich so lange in der Volkshochschule vertreten, bis ich wieder mit einem Sack voller Knete vor dir stehe.«

Ich war mir nicht so sicher, ob sie sich nicht am Ende für immer absetzen wollte, aber immerhin ließ sie mir die drei anderen Gemälde als Faustpfand zurück.

»Ich fahre morgen mit der S-Bahn nach Griesheim, hole

dein Auto und begleite dich bis Darmstadt«, schlug ich vor. »Dort leihen wir uns Geld von Felix. Dann reist du in Gottes Namen ohne mich weiter.«

Kathrin war einverstanden; der Koffer war gepackt, ihr Paß noch gültig, vom Zoll war heutzutage nichts mehr zu befürchten. Schade war nur, daß Béla nun länger als geplant bei seinem Vater ausharren mußte.

6

»Zieh mal mein Dirndlkleid an«, sagte ich am nächsten Morgen zu Allerleirauh. »Wenn es dir paßt, kannst du es behalten! Damit du dich in Innsbruck wie eine lustige Tirolerin fühlst…«

Sie überhörte meine Ironie; in ihrer neuen Verkleidung fühlte sie sich offenbar wie durch eine Tarnkappe geschützt.

Darmstadt war schnell erreicht; Kathrin besaß noch den Hausschlüssel für ihre ehemalige WG. Anscheinend war der Hund im Augenblick allein zu Hause und langweilte sich, denn er begrüßte uns mit stürmischer Begeisterung. Wir öffneten Tür um Tür, bis wir auf den schlafenden Andy stießen; wieder einmal hatte ich nicht bedacht, daß er sich nach einer Nachtschicht tagsüber zu erholen pflegte. Leider weckte ihn der Köter, indem er aufgeregt unsere Ankunft meldete. Andy blinzelte schlaftrunken, schloß erneut die Augen und knurrte bitterböse: »Haut bloß wieder ab!«

Wo Felix sei, wollte ich wissen. »Das ist mir so was von egal!« maulte Andy und wälzte sich zur Wand. Ratlos blieben wir vor seinem Bett stehen. Plötzlich rollte er sich wieder herum, setzte sich ruckartig auf und blubberte wie ein überkochender Milchtopf seine Enttäuschung heraus. »Was hab’ ich dir eigentlich getan, daß du mich wie den letzten Dreck behandelst! Machst die Flatter ohne ein Wort des Abschieds, ohne einen Anruf, ohne einen Brief! Über Coras miese Allüren warst du tief gekränkt, aber selber benimmst du dich genauso schäbig. Zum Trösten war ich gerade gut genug, um dich zum Bahnhof zu fahren, um dir Geld zu leihen! Aber dann hatte der Mohr seine Schuldigkeit getan. Geh mir aus den Augen!« Er schlug sich heftig mit der Hand an die Stirn.

Mir stieg die Schamröte ins Gesicht.

Kathrin versuchte, uns durch mildernde Umstände zu rechtfertigen. »Mein Mann ist hinter mir her, wir mußten weg, bevor er uns findet...«

»Was heißt *wir*?« fauchte Andy. »*Du* vielleicht, aber Maja doch nicht! Allerdings habe ich auch mit dir ein Hühnchen zu rupfen! Warte nur, bis Max wieder hier ist, der wird dich lynchen! Deinetwegen muß ich den Trottel abgeben und Taxi fahren bis zum Abwinken – bloß damit die Miete wieder reinkommt. Meinst du etwa, wir hätten es so dicke, daß wir dich mitfinanzieren könnten?«

Nachdem der sonst handzahme Andy den wilden Mann gespielt hatte, rang er ein wenig nach Luft, so daß ich endlich auch zu Wort kam. »Hast du dich jetzt ausgegiftet? Zum Abschiednehmen war keine Sekunde Zeit«, behauptete ich, »wir mußten Hals über Kopf die Flucht ergreifen!«

Er lachte höhnisch. »Hals über Kopf, daß ich nicht lache! Noch nicht einmal den Nippes oder die gräßlichen Orchideen habt ihr vergessen. Da könnt ihr sagen, was ihr wollt, das war von langer Hand geplant. Ich lass' mich doch nicht für doof verkaufen! Und warum steht ihr jetzt vor mir, wenn ihr euch angeblich hier nicht blicken lassen dürft? Wahrscheinlich, weil euch wieder das Geld ausgegangen ist.«

Kathrin wurde die Angelegenheit allmählich peinlich,

denn sie war keineswegs in der Lage, ihm zur Besänftigung die Monatsmiete auf die Matratze zu blättern. Sie müsse gehen, sagte sie, schließlich habe sie noch eine weite Reise vor sich. Anscheinend gab sie den Plan auf, in diesem Haus um ein Darlehen zu bitten.

»Scheußlich siehst du in Majas Dirndl aus!« brüllte Andy hinter ihr her, dann war ich allein mit meinem aufgebrachten Exlover. Mir stand allerdings nicht der Sinn danach, aus reiner Versöhnungstaktik unter seine Decke zu kriechen, ich hatte schließlich auch meinen Stolz.

»Ich darf dir die ganze Geschichte leider nicht erzählen«, begann ich leidlich raffiniert, »denn als Mitwisser gerietest du selbst in Gefahr; auch unsere neue Adresse muß geheim bleiben. Wir hatten keine andere Wahl, als unterzutauchen, und man kann mit Fug und Recht sagen, daß wir uns immer noch in Lebensgefahr befinden.«

»Das soll glauben, wer will«, sagte Andy, war aber schon ein kleines bißchen neugierig und milder geworden. »Wieso Lebensgefahr? Übrigens hat sich tatsächlich ein Typ nach Allerleirauh erkundigt.«

Natürlich sagte ich kein Wort von unserem Bilderraub, wies jedoch darauf hin, daß Kathrins Mann mit der Frankfurter Unterwelt in Verbindung stehe und bereits einen Killer auf seine Frau angesetzt hätte.

»Killer? Erzähl deine Räuberpistolen einem anderen! Erstens weiß ich zufällig, welchen Beruf ihr Mann hat; ein Anwalt würde sich niemals derart in die Nesseln setzen, daß er seine Zulassung riskiert! Zweitens ist mir nicht klar, was *du* damit zu tun hast«, rief Andy und geriet wieder in Zorn. »Und drittens hätte ich dich nie im Leben verraten!«

»Auch nicht bei Folter?« fragte ich, und wir sahen uns streitsüchtig in die Augen.

Nach einer kleinen Pause meinte er: »An eurer Stelle würde ich unverzüglich zur Polizei gehen!«

Bevor ich andeuten konnte, daß Kathrin Gründe hatte, sich nicht den Behörden anzuvertrauen, hörten wir Schritte im Flur; der Hund stieß erneut Laute höchsten Glücks aus. Ich verließ die Matratzengruft und schaute nach, wer der Neuankömmling war.

Felix schloß mich freundschaftlich in die Arme. Da er ein ebenso schlechtes Gewissen hatte wie ich, ließen wir die gegenseitigen Vorwürfe lieber unausgesprochen. Aus Andys Zimmer vernahmen wir noch: »Beim Taxifahren muß ich mir schon genug Gelabere anhören...«

Ob ich Kaffee wünsche, fragte Felix beflissen, füllte einen Emailkessel mit Wasser und schob mir einen Küchenstuhl zurecht. Er selbst gab sich wie immer mit Kakao zufrieden. Er sei leider in Eile, sagte er, denn er habe seiner Großmutter versprochen, sie bei einem Besuch im Altersheim zu begleiten.

»Ob du es glaubst oder nicht«, sagte er, »erst kürzlich hat meine Mutter erfahren, daß sie die Tochter von Omas ehemaligem Liebhaber ist. Früher war er für mich *Onkel Hugo*, jetzt ist er plötzlich mein Großvater! Du kannst mir zu diesem Glücksfall gratulieren, denn gestern hat mein neuer Opa sein Versprechen wahr gemacht und mir ein Auto geschenkt!«

Mich interessierte der Familienklatsch wenig, außerdem hatte mir Cora das ganze Drama bereits erzählt; aber Felix wurde durch die eigenen Worte auf einen ganz neuen Aspekt seiner Probleme hingewiesen: »Dabei fällt mir auf, daß Cora gar nicht meine echte Kusine ist! Ich dachte immer, meine Mutter und Coras Vater seien Bruder und Schwester, de facto sind sie aber nur Halbgeschwister. Also haben Cora und ich zwar eine gemeinsame Großmutter – die du ja kennst –, aber verschiedene Großväter!« Seine Erkenntnis schien ihn sehr zu beschäftigen.

»Vetter und Kusine haben früher häufig geheiratet, und keiner fand etwas dabei«, sagte ich. »Warum machst du so einen Wirbel darum? Du bist nicht der erste, der seiner Kusine nachstellt!«

Verwandtschaftliche Verflechtungen erschienen mir schon immer undurchsichtig und nebensächlich; ich wollte lieber hören, wieso mich meine Freundin so schnöde versetzt hatte. Felix hatte auch keine triftigen Gründe zu bieten; er war offensichtlich im Geiste immer noch mit der Klärung der prozentualen Blutsverwandtschaft beschäftigt.

Mit unverfrorenem Grinsen stellte ich fest: »Demnach hast du mit Cora geschlafen!«

Felix errötete. »Eigentlich nicht.«

Was sollte ich von dieser Antwort halten? Wahrscheinlich hatte die ganze Affäre nur deshalb so lange gedauert, weil Cora erstaunlicherweise Hemmungen hatte, mit ihrem Vetter ins Bett zu gehen. Oder war es Felix, der seine Kusine zwar heftig begehrte, aber die Umsetzung seiner Wünsche insgeheim für unmoralisch hielt? Hatte sie ihn gequält? Ständig scharf gemacht und dann auf Distanz gehalten? Das konnte ich mir sehr gut vorstellen.

»Wo wart ihr überhaupt?« fragte ich, weil ich mich meiner Neugier schämte und das Thema wechseln wollte.

Nur zwei Tage in Florenz, dann am Meer, zuletzt auf dem Land. Emilia und Mario seien anfangs mit von der Partie gewesen, hätten sich dann aber in die Berge abgesetzt.

Es sei schwer, Coras Widersprüchlichkeit zu ertragen. Sie sei eine echte Aprilfrau: oft die Liebenswürdigkeit in Person, großzügig, herzlich, witzig, sehr charmant. Dann wieder – als könne sie die eigene Freundlichkeit nicht lange aushalten – von schneidender Arroganz, Kälte, Gefühllosigkeit, ja Grausamkeit. Wenn sie sich in diesem Stadium befand, konnte Felix sagen, was er wollte, sie machte sich über jedes seiner Worte lustig und ließ ihn spüren, wie einfältig und spießig er ihrer Meinung nach war. Als er sich einmal wortlos zurückzog und seinen Koffer packte, um diesem demütigenden Treiben ein Ende zu machen, habe sie ihn unverhofft in seinem Zimmer aufgesucht, umarmt, geherzt, um Verzeihung gebeten, ja um ein Haar verführt.

»Ihr habt also in getrennten Zimmern gewohnt?« hakte ich nach.

Felix nickte. Aber sie sei jeden Abend zu ihm gekommen, habe im Nachthemd – oder was sie dafür hielt – auf seinem Bett gelümmelt, seine Bude vollgequalmt und ihm Italienischunterricht erteilt. Beim ersten Mal habe sie ihm nützliche Vokabeln für den täglichen Gebrauch beigebracht, am nächsten Abend sei die Sache schon etwas mehr auf Zweideutigkeiten hinausgelaufen, schließlich habe er ihre Schweinereien nachplappern müssen. Dabei sei er leider unbegabt für Sprachen, in Latein habe er nie eine gute Note gehabt, und nun studiere er nicht ohne Grund Maschinenbau und nicht etwa Italienisch. Wenn er seine Sache gut gemacht hatte, wurde er mit einem Kuß belohnt, falls er aber – wie häufig – die Lektion nicht behielt, dann...

»Was dann?« fragte ich.

Er gab mir keine Auskunft über Coras Domina-Talente, erhob sich und steckte seine Brieftasche ein. »Wenn du magst, kannst du ja mitfahren«, schlug er vor, »und wir können im Auto weiterreden. Außerdem solltest du unbedingt meinen Großvater begrüßen, er liebt nichts mehr als junge Frauen. Wenn meine Oma allerdings allzu lange an seinem Bett hocken möchte, wird es sterbenslangweilig. Wir können uns aber in den Garten oder die Cafeteria verziehen.«

Charlotte Schwab schien über meine Anwesenheit nicht sonderlich erbaut zu sein, sagte aber nichts. Sie saß vorn neben Felix, ich im Fond. An der Unterhaltung von Großmutter und Enkel beteiligte ich mich nur wenig, lauschte aber mit Interesse. Auch die Oma wollte wissen, wie es Cora gehe, und bohrte ein wenig, warum sie mich nicht abgeholt habe. Felix erwies sich als Meister der Diplomatie, zeigte beim Lügen zwar weniger Phantasie als ich, rang mir aber doch eine gewisse Bewunderung ab, weil er die Alte weder aufregte noch reinlegte, sondern indirekt informierte.

Oma Schwab konnte sehr wohl zwei und zwei zusammenzählen. »Meine kleine Cora«, sagte sie nach einer Weile, nicht ohne Pathos, »meinem Herzen so nahe! Und gleichzeitig mein Sorgenkind.«

»Wegen Cora müssen Sie sich keine grauen Haare wachsen lassen«, mischte ich mich ein. »Sie kommt im Leben gut zurecht.«

Eine Weile rang Charlotte Schwab nach den passenden Worten. »Ich sag' es mal mit Goethe«, begann sie:

Freudvoll und leidvoll, gedankenvoll sein,
hangen und bangen in schwebender Pein,
himmelhochjauchzend, zu Tode betrübt,
glücklich allein ist die Seele, die liebt.

Felix grinste ein wenig, aber ich war tief beeindruckt. Wir sprachen alle kein Wort mehr, bis wir auf dem Parkplatz des Altersheims angekommen waren. Dort fiel Charlotte ein, daß der Blumenstrauß immer noch in ihrer Küche lag.

Der uralte Hugo erwartete uns. Über sein Gesicht ging ein Leuchten, als er seine Geliebte umarmte. Dann begrüßte er mich und Felix. »Und wie läuft der neue Wagen? Eine hübsche Freundin hast du, Junge!« sagte er. »In deinem Alter war ich auch so ein Tausendsassa!«

Wir ließen ihn in seinem Glauben und wollten uns schleunigst in den friedlichen Garten des Altersheims absetzen. Wir hatten noch nicht die Tür hinter uns zugezogen, da vernahmen wir bereits Gesang, zwei zittrige Stimmen im Duett.

»Ja, du kennst meine Großeltern nicht«, sagte Felix, als ich lauschend verharrte. »Kaum sind sie beisammen, werden Verslein deklamiert und Liedchen gesungen, die ich fast nie kenne. Wenn ich dann wie ein Depp mit offenem Maul lausche, zeigt meine Großmutter eine ganz leichte Anwandlung von Arroganz – ihre hochgezogenen Brauen interpretiere ich als Kummer über den Bildungsstand der heutigen Jugend.«

Wir saßen lange auf einer Parkbank, sahen den Schmetterlingen auf einer violett blühenden Buddleia zu und versuchten, uns unser Leid von der Seele zu reden und weitere Informationen auszutauschen.

»Eigentlich fuhren wir in die Toskana, weil sie mir ein Haus, eher einen Landsitz, zeigen wollte«, erzählte Felix und schielte mißbilligend auf meine zehnte Zigarette, »also ein Haus, das Cora schon seit langem gern gekauft hätte. Sie wollte wissen, ob ich mir vorstellen könnte, immer dort die Semesterferien zu verbringen. Als wir auf dem Weg dahin noch etwas essen gingen, hat sie rein zufällig diesen Dino am Nachbartisch entdeckt. Und von da an…«

Ich überlegte, ob das wirklich ein Zufall gewesen sein konnte. »Das Podere ist nicht mehr zu haben, es gehört schon längst einer Amerikanerin. Wie wollte Cora da überhaupt reinkommen?« fragte ich. »Man schellt doch nicht bei fremden Leuten und sagt: Lassen Sie mich mal rein, eigentlich gehört dieses Haus mir…«

So ganz legal sei das nicht gelaufen, erklärte Felix. Der bewußte Dino kenne den Nummerncode für die digitale Schließanlage des großen Tors. Mitten in der Nacht seien sie hingefahren und hätten den Wagen im Unterholz stehengelassen. Dann hätten sie sich in den dunklen Garten begeben und seien ums Haus geschlichen. Obwohl die Besitzerin schlafend im Bett lag, war alles hell erleuchtet. Und dann habe Cora auch noch darauf bestanden, daß sie zu dritt schwimmen gingen.

Felix verstummte plötzlich und hing eine Weile finsteren Gedanken nach, bis ich ihm einen ermunternden Schubs gab. »Auf einmal merkte ich, daß die beiden wie zwei Affen herumknutschten. Und von da an war ich Luft. Zwei Tage darauf bin ich abgereist, und das war 48 Stunden zu spät.«

Nach einer kleinen Pause versuchte ich, unverfängliche Konversation zu machen: »Mal abgesehen von deinem persönlichen Frust – ist die Toskana nicht einfach zauberhaft?«

»Doch«, sagte Felix gedehnt, »aber eher etwas für ältere etablierte Herrschaften. Ich spare seit langem für eine Reise nach Amerika, denn ich habe dort eine Tante und Vettern, die ich noch nie besucht habe. Kanada wäre auch ein Traumziel!«

Den beiden Senioren im Krankenzimmer nicht unähnlich, saßen wir wie alte Freunde auf der Bank, plauderten vertraulich und fühlten uns als Schicksalsgefährten. Unvermittelt sah mir Felix direkt in die Augen und fragte: »Und du, hast du mit Andy geschlafen?«

Nach all der Tristesse mußte ich kichern und antwortete fröhlich: »Eigentlich schon!«

Die Besuchszeit war um. Charlotte sollte diesmal nur eine knappe Stunde bleiben, da ihre Visiten den alten Hugo anstrengten und aufwühlten. Aus Hugos Zimmer drang dünner Gesang. Ich packte Felix fest an der Gürtelschlaufe, damit er nichts übereilte.

Hugo sang:
Ich bin nur ein armer Wandergesell,
Gute Nacht, liebes Mädel, gut' Nacht!

und Charlotte fuhr fort
Und muß ich morgen früh wieder weg,
dann nehm' ich Erinn'rung als einziges Gepäck!

Mit Tränen der Rührung in den Augen und Felix an der Hand trat ich ein. Das Altenmusical war ebenso komisch wie kitschig, aber ich ahnte, daß es hier Gefühle gab, die ich bis jetzt nur für mein Kind und noch nie für einen Mann empfunden hatte.

Als wir Charlotte Schwab wieder ins Auto verfrachtet hatten, atmete sie ein wenig geräuschvoll und faltete unentwegt ein mit gelben Mausezähnen umhäkeltes Tüchlein zusammen und auseinander.

»Na, Oma, geht es dir an die Pumpe?« fragte Felix burschikos.

»Bei jedem Besuch muß ich denken, es könnte der letzte sein«, sagte sie. »Wurde euch die Zeit sehr lang, Kinder?«

Wir wollten sie noch ins Haus begleiten, aber sie lehnte unsere Hilfe dankend ab. Wahrscheinlich wollte sie, ergriffen, wie sie war, alleine sein und sich ein wenig hinlegen.

»Kommst du noch mit zu uns?« fragte mich Felix, aber ich mochte heute auf keinen Fall dem grimmigen Andy ein zweites Mal über den Weg laufen. Außerdem wollte ich nach Hause, um mich auf den morgigen Italienischkurs vorzubereiten.

»Mein neuer Wagen muß eingefahren werden«, sagte Felix, »wenn du möchtest, bring ich dich bis ans Ende der Welt.«

Weil ich mich über dieses Angebot freute, kam mir erst auf der Fahrt in den Sinn, daß eigentlich keiner wissen sollte, wo ich wohnte. Aber ich sagte nur: »Du mußt mir versprechen, daß niemand meine Adresse erfährt, vor allem Cora nicht. Sie soll im eigenen Saft schmoren...«

»Auch nicht die Telefonnummer?«

Auf keinen Fall, verlangte ich.

So kam es, daß Felix gemeinsam mit mir die Wohnung im Westend betrat und sich mit freundlichem Interesse umsah. »Wo ist denn Allerleirauh geblieben?« fragte er, als er die Katzensammlung und ihre Orchideen entdeckte.

»Auf und davon«, sagte ich lakonisch und hatte dabei den guten Einfall, wie ich Felix bei dieser Gelegenheit um ein paar hundert Mark angehen könnte. »Wir haben noch nicht einmal Geld für eine Pizza«, sagte ich, »seit Tagen leben wir von Tee und Knäckebrot, sieh mal« – dabei riß ich die Tür des leeren Kühlschranks auf –, »Kathrin versucht gerade, bei Verwandten in Italien etwas Geld aufzutreiben.«

Felix staunte. »Aber sie hat doch Arbeit...«, wandte er ein.

»Trotzdem ist sie bis über beide Ohren verschuldet«, behauptete ich.

Erwartungsgemäß kam die Frage: »Und wovon lebst *du* eigentlich?«

Ich zuckte mit den Schultern. »Früher konnte ich auf Cora zählen. Was meinst du wohl, warum ich Béla jetzt zu seinem Vater bringen mußte? Weil ich ihn nicht mehr ernähren konnte!« Und bei diesen Worten, an die ich in diesem Moment selbst glaubte, mußte ich weinen.

Kurz darauf ging Felix zum Bankautomaten, kam mit tausend Mark zurück und sagte zum Abschied: »Gute Nacht, liebes Mädel, gut' Nacht!«

Er war viel zu gut für Cora und wahrscheinlich auch für Amerika und den Rest der Welt; für eine weite Reise reichten seine Ersparnisse jetzt ohnehin nicht mehr. Sozusagen als Belohnung erlaubte ich ihm, sich doch die Telefonnummer zu notieren.

Als ich in Kathrins Lehrbuch blätterte, packten mich Zweifel. Beim Kiebitzen hatte sich alles ganz einfach angehört. Nun dämmerte mir aber, daß Kathrin diese Schulstunde gut vorbereitet hatte und es keinesfalls so leicht war, wie ich mir das vorgestellt hatte. Es saßen zwar nur zwölf Personen im Kurs, aber gebildete Leute, denen ich kein X für ein U vormachen konnte. Sicher, ich konnte mich fließend auf italienisch unterhalten, aber Regeln hatte ich niemals gelernt. Meine Kenntnisse stammten im wesentlichen von Emilia, deren hohe natürliche Intelligenz zwar ihre geringe Schulbildung ausglich, die aber nie einen Anlaß dafür gehabt hatte, mit mir über die Anwendung des Konjunktivs zu diskutieren. Die halbe Nacht saß ich und paukte, machte mir Notizen, rauchte wie ein Schlot und stöhnte, denn ich hatte seit der Schulzeit kein Lehrbuch mehr in Händen gehalten.

Als ich dann im Klassenzimmer vor fremden Menschen stand und erklären mußte, daß Kathrin Schneider ans Sterbebett ihrer Großmutter geeilt sei, wurde mir zum ersten Mal bewußt, daß sie die Ausrede, die sie mir aufgetragen hatte, von Cora gestohlen hatte.

Im Verlauf des Unterrichts wurde ich zusehends unsicherer, bis ich mich in ein regelrechtes Nervenbündel verwandelte, meine wirren Notizen beiseite legte und nur noch in der Lage war, die Verbesserung der Aussprache zu trainieren. Wir übten und übten immer den gleichen Text, bis er uns allen zu den Ohren herauskam. Noch heute höre ich im Geiste, wie meine Schüler im Chor plärrten: *Cameriere, il conto per favore!*

Schließlich war es geschafft. Die Herzen meiner Schüler hatte ich offensichtlich nicht gewonnen, denn sie wollten unbedingt wissen, ob ich Kathrin beim nächsten Mal wieder vertreten werde. Wahrscheinlich nicht, sagte ich, aber es sei schließlich bekannt, daß sich das Sterben eines Menschen gelegentlich hinauszögere. Vor allem das alte Ehepaar nickte mit ernster Miene; zu meinem Schrecken erfuhr ich, daß es pensionierte Lehrer waren.

Am Tor stand der Zuhälter und musterte mich gleichgültig. Im Vorbeigehen schielte ich auf sein Handgelenk: keine Rolex, auch kein Goldschmuck am Hals, noch nicht einmal eine verspiegelte Sonnenbrille in der Brusttasche. Eigentlich sah er eher aus wie ein Versicherungsangestellter. Hinter dem Schulgelände blieb ich grübelnd stehen. Wenn sich Kathrin nun irrte? Neigte sie in ihrer Hysterie vielleicht zu Halluzinationen? Das ließe sich doch leicht überprüfen. Kurz entschlossen versteckte ich mich hinter dem großen Müllcontainer, um den Kerl nun meinerseits zu beschatten. Wie lange mochte er so geduldig warten? War er am Ende ein Dealer, der Schulkinder ködern wollte? Da ich ein ungeduldiger Mensch bin, trat ich bald von einem Bein auf das andere. Zehn Minuten und keine Sekunde mehr, dachte ich, mich länger hier herumstehen zu lassen ist eine Unverschämtheit. Privatdetektiv wäre kein Beruf für mich.

Als die Frist gerade verstrichen war, hinkte ein Jugendlicher mit eingegipstem Bein aus der Schule. »Hallo, Papa!«

rief er, und der Zuhälter nahm seinem Sohn hilfsbereit die Krücke ab und führte ihn zu einem parkenden Wagen.

Ich konnte noch hören, wie der Junge begeistert vom Internet-Café erzählte.

Meine Erleichterung war groß, in Gedanken las ich Kathrin wegen ihrer Panikmache die Leviten. Hoffentlich meldete sie sich heute abend oder kam bald zurück, damit ich ihr die erfreulichen Neuigkeiten mitteilen konnte: Entwarnung und tausend Mark in der Kasse.

Zunächst rief allerdings Coras Halbvetter an, falls es den Begriff überhaupt gab. Eigentlich wollte Felix nichts Bestimmtes, bloß ein wenig plaudern.

»Hat sich Andy beruhigt?« fragte ich.

Er wußte es nicht, hatte nur Spuren in Bad und Küche gesichtet.

»Und Cora? Gibt es etwas Neues?« fragte ich nervös.

Leider nicht.

Kaum war dieses Gespräch beendet, klingelte es erneut. Kathrin plapperte los, bevor ich überhaupt zu Wort kommen konnte: »Sicher hattest du keine Ahnung, daß dein Dirndlkleid ein Museumsstück ist! Alte Ausseer Urtracht. Mitten auf der Straße wurde ich von einer Dame angesprochen, die hier in Innsbruck ein Trachtengeschäft besitzt. Sie hat einen Stoß Schillinge hingeblättert und mir eine Hirschlederhose geschenkt, weil sie dein Kleid unbedingt als Schaufensterdekoration verwenden will! Ich habe ihr nicht verraten, daß es aus einem Lumpensack stammt.«

Ich ging nicht auf ihr Geschwätz ein. »Kathrin, du hättest gar nicht wegfahren müssen. Ich habe 1000 Mark von Felix abgestaubt, und dein Zuhälter ist ein harmloser Papi, der seinen Sohn vom EDV-Kurs abholt. Übrigens, hast du schon bei meinem Eisenbahnbekannten vorgesprochen?«

Bei den tausend Mark schnalzte sie zwar erstaunt und anerkennend mit der Zunge, fuhr aber erst einmal mit dem Reisebericht fort: »Dein Souvenirhändler hat mir netterweise für die erste Nacht ein Zimmer angeboten, ich bin aber lieber ins Gasthaus gegangen. Nach dem Verkauf des Dirndls konnte ich ja eine Hotelrechnung bezahlen.«

»Und was ist mit dem Bild?« fragte ich und wartete auf den vertrauten Seufzer.

»Im ersten Antiquitätengeschäft hat der Besitzer das Bild auffällig lange mit und ohne Lupe betrachtet und mich befragt, woher ich es hätte. Familienbesitz, habe ich behauptet. Daraufhin hat er mich in sein Büro genötigt und eine CD-Rom ins Notebook geschoben. Auf dem Cover konnte ich lesen: *Stolen Works of Art!* Anscheinend haben wir aber Glück gehabt, denn dieses Gemälde tauchte nicht in der Liste auf. Als im Nebenzimmer das Telefon klingelte, faßte ich mir ein Herz und tippte *Matisse* ein. Mein schönes Haremsbild ist tatsächlich echt und zur Fahndung ausgeschrieben. Wie gut, daß ich statt dessen die Alpenlandschaft mitgenommen hatte!«

Ich fand es erfreulich, daß man Kathrin nicht verhaftet hatte, aber andererseits war das wertvollste der vier Bilder nun nahezu unverkäuflich. »Du sagtest gerade, das war der erste Antiquitätenhändler – hat er dein Bild also nicht kaufen wollen?«

»Er hat einen lächerlichen Preis genannt, daraufhin bin

ich gleich zum nächsten gegangen. Das war ein richtig feiner Typ: Kniestrümpfe, Seitenscheitel, ovale Goldbrille und Blazer mit Ankerknöpfen. Er hat bar bezahlt, ohne auch nur eine Frage zu stellen; vielleicht wollte er Schwarzgeld loswerden. 10 000 DM sind doch nicht schlecht?«

Ich war zwar beeindruckt, aber wahrscheinlich war das Gemälde das Dreifache wert. »Kommst du morgen zurück?« fragte ich.

»Eigentlich will ich noch ein bißchen bleiben«, sagte Kathrin in bester Laune, »es ist so schön hier! Außerdem ist es der Hit, mal im Trachtenladen auszuhelfen.«

Etwas empört bedeutete ich ihr, daß sie doch hier in Frankfurt eine verpflichtende Anstellung hätte.

»Kannst du mich nicht noch ein- bis zweimal vertreten? Für die nächsten Tage hast du doch genug Kohle«, sagte sie. »Es gibt gar keinen Grund dafür, daß ich Hals über Kopf nach Hause soll! Innsbruck ist das reinste Paradies, der Phlox blüht in allen Gärten.«

Ich verdrehte die Augen.

»Es wimmelt von deutschen und italienischen Touristen, denen man mit etwas Geschick ein teures Gewand andrehen kann. Kennst du überhaupt den Unterschied von Kaiser- und Stehkragenjoppe? Und weißt du, was eine Kärntner Hochzeitsbluse oder ein Flachgauer Hemdel ist?«

Wütend legte ich auf. Erst hinterher fiel mir ein, daß ich nicht gefragt hatte, wie ich sie erreichen konnte. Schon wieder hatte ich mir eine unzuverlässige Freundin zugelegt, die sich noch nicht einmal erkundigte, wie es mir beim Unterricht ergangen war. Am liebsten hätte ich mir meinen Béla geholt und die tausend Mark am Meer verjubelt.

Es war traurig, daß ich in Frankfurt gar keine Freunde, ja nicht einmal gute Bekannte hatte. Insofern freute ich mich über die Einladung von Bernd Koppenfeld, dem Direktor der Volkshochschule. Gemeinsam mit zwei Kolleginnen und seiner Sekretärin Monika lud er mich zum Grillen in seinen Schrebergarten ein. Er wohnte im Süden Frankfurts in Oberrad und besaß ein Gärtchen am Mainufer, wo er Erdbeeren und Salat anbaute.

Es war eine rechte Idylle: Wir saßen im Halbschatten auf der Terrasse und bewunderten höflich die Blumenpracht. Die Kinder spielten mit einem zahmen Frettchen, seine Frau hatte Zwetschgenkuchen gebacken. Im übrigen unterhielt sie sich vorzugsweise mit Monika über Bioleks Kochrezepte und überwundene Krankheiten.

Nach dem Kaffeetrinken machten wir einen Spaziergang zur berühmten Gerbermühle, wo im neunzehnten Jahrhundert Marianne von Willemer in ihrer Sommerfrische vom alten Goethe besucht wurde. Bernd, als Germanist ganz in seinem Element, sprach gern über diese bezaubernde Frau und zitierte ein Gedicht aus dem *Westöstlichen Diwan.* Marianne hatte es verfaßt, aber Goethe verschwieg die wahre Urheberschaft zeit seines Lebens.

Als die Kolleginnen zur Weinschorle übergingen, wurde gefachsimpelt. Ich fühlte mich wie eine Hochstaplerin, weil ich das Wort ›Curriculum‹ noch nie gehört hatte und mir unter ›strukturbezogener Sprachdidaktik‹ kaum etwas vorstellen konnte; mir wurde erst wohler, als mich die beiden Kinder zum Käfig des Frettchens entführten, um mich ausgiebig über dessen wundersame Eigenschaften zu belehren.

Das Frettchen hieß Fred und sei klüger als ein Hund. »Oder kennst du ein anderes Tier, das sich abends ganz allein mit einem Badelaken zudeckt?« fragte mich der Junge. Das Mädchen erzählte, Fred könne sich so dünn machen, daß er in eine Schublade, die nur fingerbreit aufgezogen sei, hineinschlüpfe. »Und wenn du nicht aufpaßt«, sagte es mit funkelnden Augen, »dann versteckt Fred sein Hackfleisch in deinen Unterhosen!«

Schließlich durfte ich das Wundertier streicheln, und es biß mir kräftig in die Hand.

Nach der Verarztung hatte ich keine Lust mehr, am Familienleben teilzunehmen, obwohl gerade die Holzkohle für den Grill entzündet wurde.

»Hast du auch Kinder?« fragte mich Bernd Koppenfelds Tochter.

Ich nickte und beschloß, Béla so bald wie möglich abzuholen. Als angehende Lehrerin hatte ich vielleicht eine Chance, die potentielle Freundin von Jonas ins Aus zu befördern. Kam ein Leben wie das der netten Koppenfelds auch für mich in Betracht? Ein Häuschen im Grünen, zwei Kinder, ein Haustier? Was wollte ich wirklich? Bindung oder Freiheit? Abenteuer oder Sicherheit?

Im Augenblick genoß ich die Freiheit. Es war früher Abend, noch warm und hell; ich beschloß, einen Bummel durch die Stadt zu machen, obwohl mich die geflochtenen Sandalen der Ethnologin seit Stunden drückten. Ich setzte mich in ein Straßencafé und bestellte einen kleinen Becher gemischtes Eis ohne Sahne, denn nach drei Kuchenstücken bei Koppenfelds war ich nicht direkt hungrig. Auf einem solchen zentralen Platz tranken Hunderte von Touristen ihren Dämmerschoppen und plauderten in unterschiedlichen Sprachen; falls sie schlau waren, trieben sich auch viele Taschendiebe hier herum, mutmaßte ich und sah mich mit Kennermiene um. Immer wieder beobachtete ich die Unsitte mancher Frauen, ihre Handtasche lässig über die Stuhllehne zu hängen. Was Wunder, wenn sie beim Aufbruch einen Schreckensschrei ausstießen! Mindestens zwei schwarze Taschen in meiner unmittelbaren Nähe hätte ich gefahrlos abstreifen und mitnehmen können. Mein professioneller Blick glitt zu den Nachbartischen und kontrollierte jede Frau, wie und wo sie ihre Handtasche während des Essens baumeln ließ.

Mir schlug das Herz bis zum Hals, als ich ganz in der Nähe Kathrins Mann entdeckte. Ich ließ mir nichts anmerken und setzte lediglich – bloß keine hektischen Bewegungen – meine Sonnenbrille auf. Erik war nicht allein. Neben ihm saß, wenn mich nicht alle Sinne täuschten, die kleine Thailänderin mit ihrem ekligen Mann, die neulich Kathrins Sprechstunde aufgesucht hatte. An Eriks linker Seite thronte eine schlecht gefärbte Blondine. Fehlte eigentlich nur noch der Zuhälter aus Groß Gerau, aber der war ja wohl eine Schimäre.

Würde mich Erik wiedererkennen? Wir waren uns damals nur kurz auf der Treppe seines Hauses begegnet. Erst nach der Entdeckung des Diebstahls konnte er meine Person überhaupt mit dem Fehlen der Bilder in Zusammenhang bringen. Ob ihm damals sofort aufgefallen war, daß es an der Wand vier leere Stellen gab? Konnte es nicht vielleicht der Zufall wollen, daß er bloß eine liegengelassene

Akte im Flur geholt hatte und erst am Abend sein Eigentum vermißte? Diese Möglichkeit erschien mir jedoch unwahrscheinlich, und deshalb mußte ich schleunigst zahlen und verschwinden. Als ich der Kellnerin winkte, traf mich Eriks Blick.

Auf dem Weg zur U-Bahn drehte ich mich immer wieder mißtrauisch um. Dann fuhr ich kreuz und quer durch die Gegend, bevor ich nach diversen Umwegen wohlbehalten zu Hause ankam. Aber der Schreck saß mir tief in den Knochen.

7

In jener Nacht plagten mich ungewohnte Gewissensbisse. Andys Moralpredigt, über die Cora bloß lauthals gelacht hätte, hatte mich tiefer getroffen als gedacht. Unter der Unzuverlässigkeit meiner Freundinnen hatte ich stets gelitten; leider war gerade dieser Charakterzug meine eigene größte Schwäche. Meinen kleinen Sohn ließ ich im ungewissen, wann ich ihn wieder holen würde. Von Menschen, die es gut mit mir meinten – wie Andy, Jonas oder Felix –, hatte ich Geld erbettelt, ohne zu bedenken, ob ich je zur Rückzahlung in der Lage wäre.

Dabei hatten diese drei Männer, jeder auf seine Art, ihre Ersparnisse durch Arbeit verdient, während ich, die oberflächliche Müßiggängerin, fremde Notgroschen leichten Herzens ausgab. Ich begann, über den Großmut der anderen und die eigene Schlechtigkeit zu weinen, und beschloß, mich zu bessern. Dabei hörte ich meine verstorbene Mutter ganz deutlich predigen: Der Weg zur Hölle ist mit guten Vorsätzen gepflastert.

Hatte ich die depressive Veranlagung meiner Mutter geerbt? Und den Mangel an Verantwortungsbewußtsein von meinem Vater, der sich durch exzessives Saufen von der Familie und schließlich von der ganzen Welt abgekoppelt hatte? Und konnte ich bei solchen Eltern nicht gleich das Handtuch werfen?

In jener schlaflosen Nacht meinte ich merkwürdige Geräusche zu hören: schleichende Schritte im Treppenhaus, noch in später Stunde das Zuschlagen einer Autotür. Abgesehen von meinen Schuldgefühlen plagte mich nackte Angst. Ich malte mir aus, daß mich die Thailänderin im Straßencafé erkannt und Erik über meine Statistenrolle bei der Sprachberatung informiert hatte.

Daraufhin würde er sich erinnern, wann er mir schon einmal begegnet war: genau an jenem Tag, als seine Bilder verschwanden.

Wenn der geklaute Matisse tatsächlich so wertvoll und bereits registriert war, dann würde Erik nicht die Polizei, sondern Himmel und Hölle in Bewegung setzen, um wieder in seinen Besitz zu kommen. Kathrin blieb zwar die Hauptverdächtige, ich gehörte jedoch zu ihrem Umfeld; hoffentlich hatte er unsere Adresse im Westend noch nicht ausspioniert. Doch selbst wenn dem so wäre – ich wollte nicht klein beigeben. Kathrin hatte sich zwar für einige Tage abgesetzt, aber war das ein Grund, die Bilder in Gefahr zu bringen? Die Gemälde mußten an einen Ort gebracht werden, den Erik nie im Leben finden konnte. Bahnhofsaufbewahrung? In jedem zweiten Fernsehkrimi wurden die Schließfachschlüssel als erstes aus den Handtaschen gefischt.

Natürlich spielte ich mit dem Gedanken, die Bilder nach Italien zu schmuggeln, doch ich wollte Cora nicht bitten müssen. Aber wen hatte ich schon außer Cora und Kathrin? In meiner Heidelberger Schulzeit war ich jahrelang Einzelgängerin geblieben, bis Cora als Neue in unsere Klasse kam, und dann war ich nur noch mit ihr unterwegs.

Als zuverlässiger Freund blieb mir zwar noch Jonas, den ich aber keinesfalls in zwielichtige Machenschaften verstricken wollte; schließlich hatte er meinen Sohn im Augenblick bei sich aufgenommen. Die WG-Adresse hatte Erik bereits in Erfahrung gebracht, so daß eine dortige Deponierung ebenfalls ausschied. Eigene Familienangehörige hatte ich nicht mehr, aber vielleicht konnten Coras Eltern als Ersatz herhalten: Sie hatten mich stets so herzlich wie eine eigene Tochter aufgenommen, mich wiederholt eingeladen und mein Kind geradezu als Enkel betrachtet. Im Laufe der Zeit waren sie etwas enttäuscht, daß ich mich – auf Coras Geheiß – fast nie gemeldet hatte. Deswegen war es mir ein wenig peinlich, sie jetzt um Hilfe zu bitten, aber ich rief am nächsten Morgen trotzdem bei ihnen an und tat, als ob ich nach wie vor in Italien lebte.

Sofort kamen die erwarteten Fragen nach Cora, die ich nur vage beantwortete. Ich hätte ein etwas wunderliches Anliegen, sagte ich, ob ich ihnen drei Bilder zur Aufbewahrung schicken lassen könne?

»...von Cora gemalt, nicht wahr?« erkundigte sich ihr Vater hoffnungsvoll.

»Nein, von meinem Papa geerbt«, log ich. »Es geht bloß darum, diese Schinken eine Weile an einem trockenen Plätzchen zu lagern, ich werde sie abholen, sobald ich mal wieder in Deutschland bin. Bei dieser Gelegenheit werde ich Ihnen meinen Kleinen präsentieren, und Sie werden sich wundern, wie Béla gewachsen ist.«

Selbstverständlich, man habe genug Platz auf dem Speicher, sagte Coras Vater.

Daraufhin bestellte ich unverzüglich den Parcel Service, wickelte die Bilder erst in Zeitungspapier und dann in Kopfkissenbezüge mit Paisley-Muster (die Ethnologin hatte von ihren Auslandsaufenthalten stets etwas Nettes mitgebracht) und übergab sie zwei Stunden später einem Mann im rehbraunen Overall. Als Absender erfand ich eine Galerie in Bremen.

Als ich dieses Problem relativ elegant gelöst hatte, versuchte ich – einmal in Fahrt gekommen – Jonas zu erreichen. Er war mit Béla auf dem Feld, aber meine Schwiegermutter verhielt sich diesmal aufgeschlossen und gesprächig, ohne mir mit direkten Vorwürfen zuzusetzen. Es gehe meinem Sohn ganz prächtig, er habe rote Backen bekommen und vespere jeden Nachmittag voller Appetit eine große Scheibe Schwarzbrot mit Blut- oder Leberwurst. Allmählich frage er auch gar nicht mehr nach Nudeln. Außerdem gebe es zur Zeit junge Kätzchen in der Scheune, das sei doch die reinste Wonne für ein Kind. Im Grunde sei der Junge hier auf dem Hof sehr gut aufgehoben, ich solle mir keine Sorgen machen, sondern eher einmal überlegen, ob es nicht für alle Teile besser...

Als ich bei diesen Worten aufschluchzen mußte, tat ich der guten Frau leid. »Ich mein' ja nur«, sagte sie und verabschiedete sich, da sie gerade Pflaumenmus einkochte. Um auf andere Gedanken zu kommen, nahm ich Kathrins Lehrbuch zur Hand und beschloß, mich für den heutigen Unterricht bestens vorzubereiten. Aber vielleicht war es noch genialer, wenn ich mich in einer anderen Volkshochschule für einen Italienischkurs anmeldete und immer erst im Anschluß an eine frisch erlernte Lektion den eigenen Schülern gegenübertrat.

Sollte man nicht ein wenig Landeskunde in den Unterricht einbauen? Meine Rolle als Fremdenführerin in Florenz hatte ich noch parat, allerdings bloß in deutscher Sprache. Aber war es nicht sowieso eine einseitige Angelegenheit, wenn ich mich nur auf diese Stadt beschränkte? Ganz Italien mußte es sein! *L'Italia è una penisola che ha la forma di uno stivale...* so wollte ich beginnen.

Doch dazu sollte es nicht mehr kommen.

Vor dem Schultor wurde ich von hinten angefallen, bekam blitzschnell einen Lappen oder etwas ähnlich Unappetitliches in den Mund gestopft und wurde mit rücklings gedrehten Armen in ein Auto gestoßen. Erik saß am Steuer und gab Gas, der eigentliche Angreifer war jedoch der fette Ehemann der Thailänderin.

Nach den Angstträumen der vergangenen Nacht war es wie ein gespenstisches Déjà-vu-Erlebnis. Schreien oder sprechen konnte ich nicht, zappeln half wenig. Gelähmt vor Angst nahm ich mir vor, die Doofe zu spielen und meine Kidnapper möglichst nicht zu reizen.

Wir hielten vor Eriks Wohnung. Auf der Straße achtete kein Mensch auf eine wehrlose Frau, die mit einem Knebel im Mund von einem Gorilla zum Eingang geschleift wurde. Entweder sahen die Leute täglich solche Szenen im Fernsehen und hielten sie für den Normalfall, oder sie waren miese Beobachter.

Im Wohnzimmer fesselten sie mich an Armen und Beinen, drückten mich aufs Sofa und rupften mir den Lumpen aus dem Mund. Dann begann ein fast polizeiliches Verhör: Name, Adresse, Beruf.

Ich gab mich als gebürtige Italienerin namens Bianca Martini aus. Sie glaubten mir sicherlich nicht, aber letzten Endes ging es ihnen ohnedies nur um Kathrin Schneider.

»Wer soll das überhaupt sein?« fragte ich versuchsweise. Inzwischen hatten sie den Inhalt meiner Tasche, Lehrmaterial, Hausschlüssel und Portemonnaie, auf den Tisch gekippt. Erik blätterte im Schulbuch und las Kathrins Namen und die Darmstädter Adresse gleich auf der ersten Seite.

»Ah ja, du kennst sie zwar nicht«, sagte er, »aber sie leiht dir ihr Buch und schickt dich zur Vertretung in die Volkshochschule!«

Ich schwieg und grübelte; es gefiel mir nicht, daß Erik Schneider mich duzte.

Mein bißchen Mut verließ mich völlig, als der Dicke mir eine Ohrfeige verpaßte, und ich gab zu, daß mich der Direktor der vhs aushilfsweise für diese Frau Schneider eingesetzt habe. Weil die erfolgreiche Grobheit wohl sein Selbstbewußtsein gestärkt hatte, machte der Fettsack zum ersten Mal auch den Mund auf: »Die Bianca, oder wie sie sich nennt, war neulich bei der Beratungsstunde dabei! Nach den Blicken, die sie sich zugeworfen haben, hatte ich das Gefühl, daß sie deine Frau sehr gut kennt.« Und zu mir gewandt fuhr er fort: »Also mach dich nicht unglücklich. Es ist für uns alle leichter, wenn du auspackst! Wo steckt Herrn Schneiders Frau?«

»Sie hat Frankfurt verlassen«, sagte ich, »sonst müßte ich sie schließlich nicht vertreten!«

Erik klopfte ungeduldig mit meinem Bleistift auf Kathrins Lehrbuch. »Bißchen flotter«, sagte er, »wir haben nicht ewig Zeit. Wo ist sie jetzt? Wenn wir sie haben, lassen wir dich laufen. Aber nicht zur Polizei, dafür wird gesorgt.«

Der Dicke ließ auf Eriks Wink ein goldenes Dupont-Feuerzeug unter meiner Nase aufschnappen. »Wir können auch anders«, sagte er. Vor lauter Ekel mochte ich den Kotzbrocken gar nicht ansehen, mein Blick war konstant auf seine gestreiften Hosenträger gerichtet.

Erik starrte mich dagegen sehr nachdenklich an; im übrigen trug er keinen seiner Einheitsanzüge, sondern Jogging-hose und Sweatshirt. Ich fühlte mich wie eine Hexe auf dem Scheiterhaufen. Wie ich befürchtet hatte, fiel plötzlich der Groschen: »Jetzt hat's geschnackelt«, rief er, »wir sind uns hier auf der Treppe schon einmal begegnet! Also warst du es, die die Bilder gestohlen hat! Wahrscheinlich hat dich Kathrin mit ihrem Schlüssel vorausgeschickt. Leider hat sie nicht nur mich, sondern auch dich hereingelegt.«

Zum ersten Mal erwähnte er die Bilder; konnte ich auf Dauer so tun, als ob ich von ihrer Existenz keine Ahnung hätte?

Es war eine erniedrigende Erkenntnis, daß mich Erik auf irgendeine primitive Art anzog. Er war sowohl böse als auch klug, er quälte gern, sah gut aus, er war habgierig – lauter Eigenschaften, die ich von Cora gut kannte. Im Ge-gensatz zu ihr war er mir aber keineswegs wohlgesonnen.

»Mit dem Trick, meiner Putzfrau die Hausschlüssel zu klauen, habt ihr mich keine Sekunde lang auf eine falsche Fährte gelenkt«, behauptete er.

Da ich immer noch nichts sagen wollte, hielt der Folter-knecht sein Feuerzeug kurz an meine linke Wade und er-stickte gleichzeitig meinen Schrei mit dem Lappen. Erst als ich durch heftiges Nicken kundtat, daß ich sprechen wollte, nahm er ihn wieder weg.

»Kathrin wollte die vier kitschigen Rosenbilder nur als Erinnerung mitnehmen. Fragen Sie sie doch selber«, sagte ich notgedrungen. »Aber viel sind diese Stilleben sicherlich nicht wert.«

Erik schüttelte bloß den Kopf. »Das kannst du am allerwenigsten beurteilen; die Bilder gehören überdies nicht mir, sondern einem Klienten, der sie zurückverlangt.« Grüblerisch zog er die Brauen zusammen. »Kathrin ist wahrscheinlich gar nicht abgereist und liegt bloß mit einer Grippe im Bett«, überlegte er. »Wenn du uns nicht verraten willst, wo sie wohnt, müssen wir auf die Suche gehen und dich hier zurücklassen. Aber als kleines Paket, gefesselt und geknebelt, was dir von Stunde zu Stunde mehr mißfallen wird.«

»Aber wie soll ich Ihnen denn sagen, wo sie sich aufhält, wenn ich es selbst nicht weiß!« schrie ich wütend.

Der Henker zog mir die Schuhe aus und legte meine zusammengebundenen nackten Füße auf den Couchtisch, nicht ohne vorsorglich eine alte Zeitung darunter zu schieben. Dann begann er, Feuer unter meinen Sohlen zu machen, während Erik mir den Lappen wieder zwischen die Zähne preßte.

Es dauerte wirklich nicht lange, bis ich ihnen die Adresse unserer Wohnung im Westend nannte und behauptete, Kathrin sei mitsamt den Bildern sicherlich dort zu finden. Okay, sagten sie, das könne leicht nachgeprüft werden. Ich atmete bereits erleichtert auf und dachte über eine Fluchtmöglichkeit beim Verlassen des Hauses nach, als der Dicke eine Rolle Klebeband aus der Hosentasche zog und mit der angedrohten Verwandlung zum kleinen Paket begann. Zum Abschluß trat er mir kräftig in die Seite. Dann steckten sie meinen Hausschlüssel ein und ließen mich, zu keiner Bewegung fähig, am Boden liegend zurück.

Sie werden mich töten, war mein einziger Gedanke. Sobald sie zurück sind, werde ich unter der Folter meine Freundin und das Versteck der Gemälde preisgeben. Danach ist mein Leben keine Mark mehr wert.

Zwar hatten sie mir nur den Mund und nicht die Augen verklebt, aber die Fesseln waren von einem Profi festgezurrt und überdies an der Heizung verankert worden. Ich hatte noch nicht einmal die Chance, in eine andere Ecke zu robben und durch Scheuern an einer scharfen Kante das Klebeband vielleicht zu durchtrennen. Immerhin konnte ich aus meiner qualvollen Position eine Wanduhr erkennen, deren Zeiger sich kaum zu rühren schienen. Wie lange mochten meine Mörder noch wegbleiben?

Plötzlich wurde der dunkelblaue Chinateppich, auf dem ich lag, patschnaß, was mich mit gehässiger Genugtuung erfüllte. Andererseits würde dieses Mißgeschick Eriks Wut provozieren. Die Brandblasen an meinen Füßen, die ich weder anschauen noch betasten konnte, schmerzten höllisch.

Nach etwa zwei Stunden begann ich, jeden Augenblick mit der Rückkehr der Männer zu rechnen. Mittlerweile hatten sie bestimmt in unserer Wohnung das Unterste zuoberst gekehrt und wohl auch die roten Tücher von den Wänden gerissen. Die jetzt funktionslosen Nägel, an denen wir die Bilder aufgehängt hatten, würden eine beredte Sprache sprechen; ich hätte sie herausziehen sollen. Erik war klug genug, um dieses Indiz als vormaliges Versteck zu deuten.

Aber wieso kamen sie nach vier Stunden immer noch nicht zurück? Lauerten sie dort auf Kathrins Rückkehr?

Es wurde dunkel, die Zeiger der Uhr waren nicht mehr zu erkennen. Einmal klingelte das Telefon, aber nach dreimaligem Läuten schaltete sich der Anrufbeantworter ein. Ich versuchte durch Spannen meines Unterkiefers das Klebeband zu lockern, bis sich alles verkrampfte und ich Angst bekam, im entscheidenden Moment nicht mehr schreien zu können. All das hatte bloß bewirkt, daß sich ein starker Würgereiz einstellte; womöglich war es noch entsetzlicher, an Erbrochenem zu ersticken, als eine Kugel in den Kopf zu bekommen.

Wie würden sie mich umbringen, wo mich verscharren?

Irgendwann gab ich auf. Ich wollte jetzt sterben und stellte mir vor, auf einer Nordpolexpedition wegen schmerzender Füße hinter meinen Gefährten zurückzubleiben, im Schnee zu stolpern und vor Erschöpfung einzuschlafen, schließlich im Traum hinüberzugleiten in eine andere Welt, in der es weder Leid noch Schmerzen gab.

Das Einschlafen war jedoch leichter gesagt als getan. Um meine Angst und meine körperlichen Mißempfindungen zu verdrängen – wegen der strammen Fesselung schmerzte nun auch die Bißwunde des Frettchens –, versetzte ich mich in meine frühere Rolle als Fremdenführerin in Florenz, stellte mir die Busfahrt mit den jeweiligen Haltepunkten vor und hörte meine eigenen Ansagen durch das Handmikrofon. Es klappte noch ganz gut. Ich betrat die Galleria dell'Accademia, sprach über den David von Michelangelo und belehrte die Touristen, daß die Höhe der Skulptur 434 cm beträgt. Im Palazzo Pitti zeigte ich auf Raffaels *Madonna col Bambino e San Giovannino* und war wie immer gerührt, wenn sich die Urlauber für das liebliche Antlitz der Maria begeisterten.

Als zweite Aufgabe knöpfte ich mir das Goethehaus vor und versuchte, einen Raum nach dem anderen zu betreten und anzuschauen. Durch ein Gärtchen spazierte ich in die Küche, und schon glänzten vor meinem inneren Auge die kupfernen, kunstvoll ausgebuchteten Backformen, in denen wahrscheinlich der berühmte Frankfurter Kranz gebacken wurde. Als ich bei dieser Vorstellung Hunger bekam, fuhr ich eilig mit der Besichtigung fort. Der grobe Spülstein neben der gewaltigen Pumpe wäre für heutige Hausfrauen eine Zumutung, war damals aber wohl modern. Ob Goethes Mutter, die liebenswerte Frau Aja, täglich selbst in die Küche kam, um Köchin und Magd zu beaufsichtigen? Und wurde Johann Wolfgangs angebliches Leibgericht, die berühmte Frankfurter Grüne Soße, tatsächlich schon in jener Zeit gern gegessen, oder war sie nur eine spätere Erfindung hessischer Hausfrauen und neuerdings eine Attraktion der hiesigen Gastronomie? Jedenfalls hätte ich in jenem Moment selbst für das kleinste Tellerchen mit Kartoffeln und Soße viel gegeben.

Ich versuchte mich weiter zu erinnern, sah eine Gruppe Koreaner verbotenerweise Goethes Büste betätscheln, hörte sie verwunderte Laute beim Anblick des Porzellans mit chinesischen Phantasiemotiven ausrufen oder die Funktion der Gußeisenöfen diskutieren. Allmählich kam ich aber mit den vielen Stockwerken, Gemälden, Sekretären, Tapeten-mustern, Butzenscheiben, Handschriften und Uhren heil-los durcheinander. Eigentlich hätte ich ein besonders nied-liches Nähkästchen mitnehmen sollen, dachte ich, und wie im Traum tauchte eine Seladonschale aus einem längst ver-gangenen Diebstahl vor mir auf; sicher gab es auch im Goethehaus noch so manchen Gegenstand, der sich hübsch in meine Sammlung begehrenswerter Dinge eingefügt hätte.

Ich betrat das eigentliche Museum im Nebenhaus. Am meisten hatten die heiteren Koreaner über ein Gemälde Tischbeins gekichert, das zwei Männer vor einer Felsen-landschaft darstellte. Der Maler zeigte sie in Rückenansicht, völlig nackt auf Rössern sitzend, und ließ sie ihre Beute – Adler und Löwe – hinter sich herschleifen; das Bild hieß »Die Stärke des Mannes«. Bei diesem Gedanken packte mich nackte Wut, weil man mich ähnlich wie diese stolzen Tiere eingefangen und verschleppt hatte. Ich verließ mein Gedankenmuseum.

Verzweiflung überkam mich, denn List und Tücke, Krea-tivität und psychologische Kriegsführung konnten gegen rohe Gewalt wenig ausrichten.

Sie werden mich töten, dachte ich immer wieder, ich werde Béla nie mehr wiedersehen. Alles in allem war es eine glückliche Fügung, daß ich ihn zu seinem Vater gebracht hatte. Jonas würde Gerlinde heiraten, und mein Sohn hätte mich bald vergessen. Gut für ihn, traurig für mich. Ich weinte wie nie zuvor. Wenn Tränen angeblich Steine erwei-chen konnten, wie stand es dann mit einem Klebestreifen? Konnte die salzige Lösung nicht wenigstens meinen Mund so weit befreien, daß ich Töne von mir geben konnte? Es war zwecklos.

Gab es ein Leben nach dem Tod? Ein Wiedersehen mit den Eltern, mit meinem Bruder? Lieber nicht, ging es mir durch den Sinn, sie waren allesamt nicht gut auf mich zu sprechen. Auch Coras toter Mann Henning hätte ein Hühnchen mit mir zu rupfen. Da mich unter Umständen ein strafender Gott in diesem Moment im Schwitzkasten hielt, fing ich auf gut Glück zu beten an und bot im Austausch für meine Errettung ein künftiges Leben als Altenpflegerin an.

Nach sechs Stunden hatte Gott tatsächlich ein Einsehen, aber ich hatte meinen Glauben an ihn längst wieder verloren. Als ich die Tür aufgehen hörte, war ich der festen Meinung, es sei das anrückende Exekutionskommando. Mit verquollenen Augen starrte ich in die Richtung des dunklen Flurs und wurde von aufflammendem Licht geblendet. Ungläubig erkannte ich Felix und Andy, die mich an sich drückten und als erstes versuchten, das Klebeband vorsichtig von Gesicht und Haaren zu entfernen. Es schmerzte mehr, als wenn sie es mit einem Ruck abgerissen hätten. Ich weinte schon wieder und konnte vor lauter Erschöpfung auf keine ihrer Fragen antworten. Die beiden waren eine ganze Weile damit beschäftigt, die Fesseln an Armen und Beinen aufzuschneiden, mir Mineralwasser einzuflößen, mich zu streicheln und ständig zu wiederholen *wird ja alles wieder gut.*

Schließlich war ich selber fähig, mir aus dem Schlafzimmer ein paar Wäschestücke von Kathrin zu suchen und unter die Dusche zu gehen. Dann trank ich Schluck für Schluck eine ganze Flasche Wasser aus, ließ mir die Brandblasen an den Füßen und der Wade verbinden und streckte den beiden Jungs wie ein kleines Kind meine schmerzende Hand entgegen.

»Das ist ja abartig«, sagte Felix. »Sie haben dich also auch gebissen! Sollen wir dich zum Arzt bringen, oder willst du lieber erst mal etwas ausruhen? Jetzt stellt sich bloß die Frage, wo wir dich hinbringen sollen.«

»Nach Hause«, schluchzte ich, »in mein Bett!«

Andy und Felix blickten sich vielsagend an.

»Wunderst du dich gar nicht, daß wir hier aufgetaucht sind?« fragte Andy, der noch vor kurzem so garstig zu mir gewesen war, und strich mir liebevoll übers Haar.

Kathrin hatte bei mir im Westend angerufen. Da sie der festen Meinung war, daß niemand anderes als ich an der Strippe sein konnte, meldete sie sich mit ihrem Namen. Es kam ihr schon verdächtig vor, daß ich mit keinem Wort reagierte, als sie Eriks wohlbekannte Stimme im Hintergrund hörte: »Na endlich, das ist sie!« – der Dicke hatte, als er abnahm, den Raumlautsprecher angestellt.

In ihrer Not rief Kathrin in der WG an und erreichte glücklicherweise Felix. Ihr Mann sei während ihrer Abwesenheit in ihre Wohnung im Westend eingedrungen und habe mich in seine Gewalt gebracht, erklärte sie aufgeregt. Er sei gemeingefährlich und habe mit Sicherheit seine Helfershelfer mitgenommen. Felix und seine Freunde müßten uns helfen, mein Leben stehe auf dem Spiel.

»Ich werde sofort die Polizei alarmieren!« versprach

Felix besorgt und in dem naiven Glauben, daß damit die Angelegenheit erledigt sei.

Kathrin beschwor ihn jedoch eindringlich, die Polizei aus dem Spiel zu lassen. Schließlich wußte sie genau, daß einiges ans Licht kommen konnte, was sie lieber verschweigen wollte. Ihr Ehemann und seine Kumpane seien unberechenbar, sagte sie, und täten ihrer Geisel, wenn sie sich durch die Polizei bedroht fühlten, womöglich etwas an.

Ein von ihr gebildetes geheimes Rollkommando erhielt folgenden telefonischen Auftrag aus Innsbruck: Felix sollte Max und Andy zur Verstärkung zusammentrommeln und so schnell wie möglich mit ihnen nach Frankfurt fahren. Zu Kathrins Erstaunen kannte Felix bereits die Adresse unserer Wohnung, in der mich Erik mutmaßlich gefangenhielt. Falls sie mich dort nicht fänden, meinte Kathrin noch, sollten sie in der Neuhausstraße nachsehen. Möglicherweise hätte ihr Mann mich ja, bis sie Frankfurt erreicht hätten, bereits in seine Räuberhöhle geschleift. Zu guter Letzt riet sie dem pazifistischen Felix, seinen Baseballschläger mitzunehmen.

Die drei rasten in Andys Taxi los. Max, gut erholt vom Urlaub, war ein baumstarker Mann, der sich auf Kraftsport verstand. Als Anführer des Rettungstrupps schellte er an verschiedenen Klingeln und behauptete über die Sprechanlage, er müsse einen Betrunkenen ins Haus befördern. Irgend jemand drückte auch auf den Summer, und sie schleiften Andy als angeblichen Kunden unter lautem Fluchen die Treppe hinauf. Dann machten sie sich so lange am Schloß der Tür zu schaffen, bis der Dicke die Geduld verlor und die

Tür aufriß – was ihm einen Fausthieb von Max einbrachte, der ihn daraufhin mit wenigen gezielten Schlägen überrumpelte und zu Boden streckte.

Aus dem hinteren Zimmer tauchte nun auch Erik auf. »Meine Herren, was erlauben Sie sich«, fragte er mit vorwurfsvoller Stimme.

»Das wollten wir eigentlich von Ihnen wissen«, gab Felix zurück.

Er sei hier mit seiner Frau verabredet, behauptete Erik geistesgegenwärtig, um endlich einige Probleme der anstehenden Scheidung durchzusprechen. Sobald Kathrin hier sei, werde sie den Verdacht illegalen Eindringens entkräften; schließlich habe sie ihm persönlich einen Hausschlüssel anvertraut. Sein Freund – Herr Hilter – habe ihn nur deswegen begleitet, weil Kathrin mitunter zur Hysterie neige und die Gegenwart eines neutralen Zeugen und Schlichters angebracht sei.

Die Wohnung sah allerdings nicht nach einer bevorstehenden sachlichen Unterredung aus: Der Futon war aufgeschlitzt, der Inhalt der Schränke lag auf dem Boden verstreut. Sämtliche Orchideen waren wie mit der Machete geköpft, die Nippeskatzen lagen verbogen oder zerbrochen am Boden, sogar die roten Tücher waren von den Wänden gerissen, es herrschte ein Tohuwabohu wie nach einer Plünderung.

Aufgrund dieser Verwüstung und weil sie mich nirgends finden konnten, ließ sich die Rettungsmannschaft nicht auf Diskussionen um freien Abzug ein. Auch Erik wurde durch einen Faustschlag in den Magen außer Gefecht gesetzt, dann nahmen sie ihm seinen und meinen Schlüssel sowie das

Handy ab. Während sie die beiden mit einem Abschleppseil fesselten, verlangte Erik lächerlicherweise ständig einen Anwalt und drohte, er werde sie wegen Körperverletzung verklagen.

Nur mit Mühe konnte ich diesem Bericht folgen. »Und was geschieht jetzt mit meinen Folterknechten?« fragte ich.

»Max bewacht sie weiterhin«, sagte Felix, »aber wir fragen uns, ob wir sie nach dieser Abreibung so ohne weiteres wieder laufenlassen können. Ich finde nach wie vor, man sollte die Polizei...«

Ich nickte. Doch kaum wollte Andy den Notruf betätigen, stoppte ich ihn auch schon wieder. »Warte noch, ich muß erst nachdenken. Erik und der Fettsack suchen etwas in unserer Wohnung, was Kathrin ebensowenig gehört wie ihrem Mann. Wir würden sie durch Einschaltung der Polizei in große Schwierigkeiten bringen. Mehr darf ich euch nicht sagen.«

»Die Schweinehunde können doch nicht ewig und drei Tage in eurer Wohnung liegenbleiben«, gab Felix zu bedenken. »Aber wenn wir sie freilassen, geht der Terror bestimmt von neuem los, und sie werden sich an uns allen rächen...«

»Wir brauchen ein schriftliches Geständnis«, sagte ich, »aber zuvor will *ich* mich rächen.«

8

Im Westend öffnete uns Max, den ich noch nicht persönlich kannte. »Ihr macht Sachen«, sagte er und umarmte mich.

Ich wußte zwar, daß sich die Gefangenen, die man weder sehen noch hören konnte, in der Küche befanden, zögerte aber ein wenig, ihnen gegenüberzutreten. »Auch 'n Bier?« fragte Max und stand auf. Ich gab mir einen Ruck und beschloß, eiskalt wie eine Rachegöttin die Küche zu betreten, ein Feuerzeug im Anschlag.

Nicht ohne Genugtuung sah ich, daß Erik und sein Komplize festgezurrt und mit Hilters eigenem Klebeband zu Mumien verpackt auf dem Boden lagen. Allerdings hatte ihnen der gutmütige Felix unsere Kopfkissen untergelegt.

Ich winkte Max herbei: »Mach ihnen mal die Schnauze frei«, befahl ich, und er riß einem nach dem anderen das Klebeband herunter.

»Na, wie geht's uns denn?« fragte ich und versuchte, mein gesammeltes bißchen Sadismus in diese Worte zu packen, »ist es kalt auf den Fliesen? Soll ich ein wenig einheizen?«

Erik drohte: »Das wird euch noch teuer zu stehen kommen! Wer mit dem Feuer spielt, kommt darin um.«

»Und wer sich die Hände schmutzig macht, der muß zur Strafe putzen«, entgegnete ich und ließ dem Anwalt die Fesseln abnehmen. »Jetzt kriegt ihr was zu sehen.«

Nach meinen strengen Anweisungen mußte Erik nun die

Schränke feucht auswischen und wieder einräumen (wobei ich Wert darauf legte, daß er unsere Wäsche akkurat zusammenfaltete), die roten Tücher an die Wand nageln, die zerbrochenen Katzen und abgesäbelten Orchideen zusammenkehren und in den Müllsack stopfen. Mir fielen auch allerhand Nachlässigkeiten ins Auge, die nicht auf sein Konto gingen, die Erik aber in einem Aufwasch erledigen konnte. Schließlich ließ ich ihn noch Kathrins Futon mit groben Stichen wieder zusammenheften.

Er sprach bei seiner demütigenden Fronarbeit kein Wort mit uns, gab aber dem Dicken im Vorbeilaufen einen Tritt.

»He, was soll das?« beschwerte sich sein wehrloser Kumpan.

»Wozu machen wir eigentlich Fitnesstraining? Wenn du dir nicht einen derartig fetten Arsch und wabbeligen Schmerbauch zugelegt hättest«, ranzte ihn Erik an, »dann hätten sie dich nicht gleich an der Tür umgenietet! Warum habe ich mich bloß mit einem solchen Versager eingelassen…«

»Beruhigen Sie sich«, sagte ich zu Erik. »Was ist das überhaupt für ein Ton für einen Anwalt! Beweisen Sie uns lieber mal, daß Sie Ihrerseits etwas von Ihrem Beruf verstehen. Als Jurist könnten Sie uns doch bei der Formulierung eines Schuldbekenntnisses behilflich sein. Wenn Sie zu unserer Zufriedenheit kooperieren, werden wir Sie freilassen.«

Er stöhnte. »Damit kommt ihr niemals durch! Aber – bitte sehr, wie ihr wollt!« Dabei sah er mich mit einem derart intensiven Blick an, daß ich mich meiner eigenen verwirrten Erregung schämte.

Widerspruchslos unterschrieben sowohl der Rechtsanwalt als auch sein Komplize, daß sie mich überfallen, verschleppt und gefoltert sowie unsere Wohnung illegal betreten, durchsucht und verwüstet hatten. Warum und wieso das allerdings geschehen war, blieb im Protokoll unerwähnt. »Ich weiß nicht genau«, flüsterte mir Felix zu, »ob sie ein solches Papier nicht in Anwesenheit eines Notars unterzeichnen müßten. Aber wir können unsere Kandidaten ja nicht gut am Nasenring in eine Kanzlei führen!«

Wir setzten die beiden auf die Straße und verließen fluchtartig die Großstadt.

Kaum war ich in Darmstadt erschöpft im nächstbesten WG-Bett eingeschlafen, wachte ich schon wieder schreiend auf. Felix war sofort an meiner Seite und verabreichte mir zwei Schlaftabletten. »Das war zu erwarten«, sagte er, »der Schock ist noch nicht ausgestanden, der kommt in Zeitlupe hinterhergedackelt!«

Ich fiel in traumlosen Schlaf. Als ich gegen Mittag in die Küche kam, stand Felix am Fenster, mit der Kakaotüte in der einen, dem Telefonhörer in der anderen Hand.

»...was soll ich dazu sagen? Ob sie geheult hat? Na und ob. Wie ein Schloßhund! Da kommt sie gerade!« sagte er und überreichte mir den Hörer.

»Ach Kathrin!« stöhnte ich, »wenn du wüßtest... Hat dir Felix schon alles erzählt?«

»Maja, ich bin's – Cora! Man kann dich doch wirklich keinen Tag allein lassen! Schon stellst du dumme Sachen an!«

Ich hätte vor Schreck beinahe aufgelegt. Natürlich war

ich grenzenlos erleichtert, daß Cora sich meldete, aber die Kränkung über ihr langes Schweigen war deswegen noch lange nicht vergessen. Erst viel später erfuhr ich, daß nicht Cora bei uns, sondern Felix bei ihr angerufen hatte.

»Cora, endlich…«, stotterte ich und verriet dadurch allzu schnell, wie sehr ich auf eine Nachricht gewartet hatte.

»Du hättest ja auch mal ein Lebenszeichen von dir geben können«, sagte Cora, »aber es tat zumindest mir ganz gut, eine Weile allein zu sein. Ehrlich gesagt, hast du für meine Begriffe in letzter Zeit viel zu häufig geflennt.«

Bei diesen Worten trat mir sofort das Wasser in die Augen, aber das konnte sie nicht sehen. Zaghaft versuchte ich, meine gestrige Lage zu beschreiben: »Ich hätte dich mal sehen mögen: gefesselt und geknebelt, die Füße im Feuer! Und dabei immer die Angst, daß dein letztes Stündchen geschlagen hat!«

»In solchen Situationen kommt natürlich wenig Freude auf«, räumte Cora ein, »deswegen sollte man sie meiden. Aber vielleicht kannst du dir denken, was mir an der Sache überhaupt nicht gefällt: daß du dich von insgesamt drei Männern befreien läßt! Mal ehrlich, findest du das nicht unter unserer Würde?«

Ich antwortete spitz: »Sicherlich wäre ich lieber von dir gerettet worden, aber du warst zufällig nicht in der Nähe!«

Cora schwieg einen Moment, dann sagte sie mit jener spröden Herzlichkeit, zu der sie gelegentlich fähig war: »Wo du recht hast, hast du recht. Gut, daß wenigstens Béla nie in Gefahr war. Ich mache mich jetzt auf die Läufe, morgen um diese Zeit bin ich bei euch. Und bis dahin – bitte keine blöden Mutproben! Also – *ciao, a domani*!«

Ganz verdattert setzte ich mich erst einmal hin. »Cora kommt«, sagte ich leise und glücklich.

Auch Felix machte ein verlegen-erfreutes Gesicht.

Kurz darauf rief Kathrin an. »Hat Erik die Bilder gefunden? Geht's dir gut?« fragte sie.

»Danke der gütigen Nachfrage«, antwortete ich. »Wahrscheinlich geht es dir sehr viel besser als mir, denn ich hab' dir deine Kastanien aus dem Feuer geholt und lauter Brandblasen davongetragen. Die Gemälde sind an einem sicheren Ort deponiert. Aber diese Verfolger... – Kathrin, erinnerst du dich noch an die kleine Thailänderin? Und wie sie hieß?« drang ich in sie.

»Wenn du das nächste Mal in die Volkshochschule kommst, kannst du mal im Sekretariat in der Liste nachsehen.«

»Aber hatte sie nicht den Namen ihres deutschen Gebieters?« wandte ich ein.

»Ach so«, sagte Kathrin, »den werd' ich nie vergessen. Der hieß Sven Hilter.«

Eine kleine Siegesfeier war fällig, und wir stießen gerade miteinander an, als Felix merkte, wie spät es war.

»O je«, sagt er. »Um 18 Uhr muß ich schon wieder in Frankfurt sein und meine Mutter vom Flughafen abholen. Kommt doch einfach alle mit, dann können wir weiterquatschen!«

Andy und Max schnappten sich vier Gläser, zwei Sektflaschen und den Hund.

Mir war es auch recht. »Laßt mich nur nicht allein«, sagte

ich. »Wenn Cora und Kathrin kommen, werde ich mit ihnen beraten, wie es weitergehen soll.«

»Es wird vielleicht ein bißchen eng werden, meine Mutter hat einen Riesenkoffer«, meinte Felix. Dann fuhr er mich noch schnell zu einem Arzt, der mir Verbrennungen an der linken Wade und an beiden Fußsohlen attestierte, eine Bißwunde an der Hand sowie diverse Hämatome an Armen, Oberschenkeln und im Nackenbereich. »Ich hoffe, Sie haben bereits Anzeige erstattet!« sagte er mit großem Ernst, während er eine Salbe verschrieb.

Unterwegs schimpften alle auf Kathrin. »Was die doch für eine linke Tussi ist«, sagte Max. »Wir dachten, sie sei eine solide Lehrerin, die die Miete pünktlich zahlt, die Küche penibel putzt und die meiste Zeit unsichtbar bleibt. Von wegen! Ohne Kündigung haut sie ab, ist mit zwei Monatsmieten im Rückstand, angelt sich die arglose Maja als Vertretung für ihren Kurs und setzt sich ins Ausland ab! Die kriegt was von mir zu hören, wenn sie zurück ist!«

Etwas lau versuchte ich, Kathrin zu verteidigen: »Das konnte sie nun wirklich nicht ahnen, daß ihr Arsch von einem Mann mich ebensowenig in Ruhe läßt wie sie.«

»Uns kannst du es ja sagen«, meinte Andy nach einer Weile. »Was haben die Typen überhaupt bei euch gesucht? Bei so einer Wahnsinnsgeschichte muß man sofort an Drogen denken.«

»Leider weiß ich es selbst nicht so genau«, wich ich aus, »aber Kathrin ist clean, das könnt ihr mir glauben. Mehr darf ich euch nicht sagen, das mußte ich schwören – nur so viel: ein Teil ihrer Verwandtschaft lebt auf Sizilien.«

Meine Zuhörer wiegten eine Weile tief beeindruckt die Köpfe und gelobten feierlich, niemandem etwas zu verraten; ihre grauen Zellen schienen aber zu arbeiten.

»Mein Schwager ist Ermittler beim Rauschgiftdezernat«, erzählte Andy. »Er fährt gelegentlich mit mir im Taxi, um mit dem Dienstwagen nicht aufzufallen. Man kann heutzutage mit einem unkomplizierten Drug-wipe-Test relativ schnell auf Drogenkonsum schließen, so ähnlich wie man einen Säufer überführt. Neulich haben sie einen Typ erwischt, der auf der Straße 100 g Heroin verkaufen wollte; in seiner Wohnung fand man aber fast 50 000 DM Bargeld. Hatte Allerleirauh etwa auch ein paar tausend Mäuse oder gar kiloweise Koks im Futon versteckt? Um so fieser, daß sie die Miete nicht gezahlt hat! – Mir persönlich wurde übrigens schon alles angeboten, was an Stoff zu haben ist, bloß weil ich etwas längere Haare habe…«

»Gib nicht so an, Andy, sondern bring mir nächstes Mal ein bißchen Dope mit«, sagte Max.

Als wir am Flughafen ankamen, blieben Max und Andy mit laufendem Motor im Auto sitzen, um beim Nahen der strengen Politessen rasch eine Runde zu drehen. Da ich nach dem vielen Sekt ein Klo brauchte, stieg ich mit Felix zusammen aus. Während er zum Meeting point strebte, um seine Mutter zu treffen, lief ich eilig durch die große Halle, bis ich das bewußte Piktogramm entdeckte. Vor der Damentoilette wartete ein unangenehmer Typ, dessen Dreitagebart und Sonnenbrille mich erschreckten. Anscheinend lagen meine Nerven immer noch blank.

Aber meine Antennen arbeiteten zuverlässig. Es sollte

sich noch herausstellen, daß ich keine Halluzinationen hatte, denn beim Händewaschen wisperte ein piepsiges Stimmchen neben mir: »Hello, Miss!« Schreckhaft fuhr ich herum und sah der kleinen Thailänderin direkt in die Augen.

Wie hatte sie sich verändert! Die artige Schülerin von damals trug jetzt *high heels,* die so hoch waren, daß sie bestimmt kaum laufen konnte, die langen Haare waren auf der Stirn zu Fransen drapiert. Das Goldkettchen, die auffällige Uhr, ein enger, glänzender Minirock, ein ärmelloses Top und ein grellbuntes, vorn offenes Jäckchen wiesen eindeutig auf ein Milieu hin, das mit der Volkshochschule wenig Gemeinsamkeiten hatte. War sie es wirklich? Sicherlich hatte sie sich nicht ohne Begleitung auf den Flughafen gewagt, und der kriminelle Typ vor den Toiletten war ein von ihrem Mann bestellter Aufpasser.

»Was machst du denn hier?« fragte ich und wurde mir erst im nachhinein klar darüber, daß ich sie geduzt hatte. Doch sie verstand mich offenkundig sowieso nicht, und ich wiederholte meine Frage auf englisch.

Daraufhin begann die zierliche Frau zu weinen, und ich sah ihr an, daß sie schreckliche Angst hatte.

»Can I help you?« fragte ich mitleidig.

Aus einem glitzernden Handtäschchen an langer Goldkette zog sie blitzschnell ein Streichholzheftchen heraus, drückte es mir wie zum Dank für meine Anteilnahme in die Hand und huschte hinaus. Ich steckte es schnell ein und wartete klopfenden Herzens eine Weile in der Geborgenheit der Frauentoilette, um sicherzugehen, daß der Mann draußen verschwunden war.

Andy harrte im Wagen aus, hatte jedoch den rauchenden Max mit seinem hechelnden Köter vor die Tür gesetzt. »Du bist ja schon wieder weiß wie die Wand«, stellte er fest. »Schau mal, da naht der brave Felix mit Mama und einem Trumm von Koffer! Jetzt wird der Platz wirklich knapp. Und wenn morgen Cora und am Ende auch Allerleirauh bei uns kampieren wollen, wird es noch viel enger. Heute kommt nämlich auch Zilli vom Urlaub zurück!«

Nachdem Felix seine Mutter über das Befinden der Großmutter informiert hatte, mußten wir uns eine lange Geschichte über wildfremde Mitreisende anhören, über das ungewohnte Essen auf Bali und damit verbundene Darmprobleme. Aber alles in allem schien diese Frau, die von ihrem Sohn Regine genannt wurde, von tatkräftiger Natur zu sein; offenbar hatte sie in ihren Ferien täglich eine Seniorengruppe zur Gymnastik gezwungen und einen holländischen Rentner vor dem Ertrinken gerettet. Bei der Schilderung dieser Heldentat kam ihr in den Sinn, sich auch nach dem Gesundheitszustand ihres Vaters zu erkundigen. »Es geht Opa nicht gerade gut«, sagte Felix, »aber Oma baut ihn immer wieder auf, singt mit ihm, rezitiert Ringelnatz oder Balladen ...« Mutter und Sohn lachten in einträchtiger Erinnerung.

Wie immer, wenn fremde Familien einen gewissen Zusammenhalt demonstrierten, wurde ich melancholisch. Andererseits sollte ich Felix eine liebevolle Mutter gönnen, denn er hatte weder Geschwister noch engeren Kontakt zu seinem Vater.

Regine ließ sich noch kurz von ihrem Sohn hinaufbegleiten, uns blieb nichts anderes übrig, als ergeben zu warten. Andy besetzte den frei gewordenen Vordersitz. Als ich in meiner Jacke nach einem Taschentuch für den Hundesabber wühlte, flog ein Stückchen Pappe heraus. Max hob es auf und musterte verwundert das Streichholzheftchen. »Seit wann verkehrst du in *Resis Schwitzkistl*?« fragte er. Ich nahm ihm das Briefchen aus der Hand und las mit Befremden die aufgedruckte Werbung einer Frankfurter Sauna. »Hat mir eine Thaifrau auf der Flughafentoilette zugesteckt«, sagte ich. Die beiden Männer lachten. »Entweder war *sie* blind oder *ich* bin's!« sagte Max, »ich habe dich immer für ein astreines Mädchen gehalten.« – Aus irgendeinem Grund mochte ich nicht verraten, daß die Thailänderin mutmaßlich mit dem brutalen Kawenzmann verheiratet war. Um auf ein anderes Thema zu kommen, erzählte ich Max von meinen Versuchen, mit seinem maroden Auto zu fahren: »Die Bremsen sind total im Eimer! Ich mußte mit meinem kleinen Sohn aufs Fahrrad umsteigen.«

»Absolut«, pflichtete Andy mir bei, »Maja hat völlig recht, das kann ich bezeugen. Als ich neulich in deiner Schüssel saß, ist mir Hören und Sehen vergangen.«

Max brummte, er hätte vor dem Urlaub keine Zeit gehabt, sich darum zu kümmern.

»Hat die Mutter von Felix einen Beruf?« fragte ich.

»Regine ist Krankengymnastin oder so was«, meinte Max. »Sie scheucht ihren Sohn ziemlich wild herum, aber sie hat ja auch keinen Mann...«

Nach einer halben Stunde stieg Felix in einem blauen Batikhemd wieder ein und stöhnte: »Mein Gott, ich hab' vergessen, ihre Blumen zu gießen!«

Wir lachten über seine Verzweiflung. Wenn seine Mutter ahnen würde, daß ihr Liebling während ihrer Abwesenheit mit seiner Kusine nach Italien entschwunden war und den heutigen Tag mit Fesseln und Entfesseln verbracht hatte, würde sie sich wahrscheinlich noch mehr aufregen.

Als wir endlich wieder daheim in der WG waren, setzte Andy Tee- und Nudelwasser auf, Max ging mit dem Hund spazieren. Mir taten die Brandblasen so weh, daß ich mich in Kathrins ehemaligem Zimmer bäuchlings auf eine Matratze warf. Kaum blieb ich allein, war die Angst wieder da. Sollte ich mich heute nacht zu einem meiner Beschützer flüchten? Leicht amüsiert dachte ich an die mütterliche Emilia, die mich stets vor allzu schneller Hingabe gewarnt hatte. *Wer gleich serviert, hat später nichts zum Nachlegen,* pflegte sie zu sagen.

Schließlich hatte Felix serviert und rief zum Essen, an dem auch die mir unbekannte Zilli teilnahm. Mit meinem privilegierten Status als einzige Frau zwischen drei netten Typen war es vorbei; Zilli war jedoch keine echte Konkurrenz und wurde keineswegs hofiert.

»Kannst du morgen bei deinem Freund pennen?« fragte Felix ohne Umschweife. »Wir erwarten nämlich noch weitere Gäste. Aber falls es dir nicht in den Kram paßt, kann ich auch bei meiner Mutter übernachten!«

»*No problem*«, sagte die gutmütige Zilli, »so habe ich einen Grund, ihm mal wieder auf die Pelle zu rücken.«

Auch in dieser Nacht kamen die Angstträume wieder, und ich flüchtete mich schließlich zu später Stunde in Andys Zimmer.

Ich hielt es für besser, daß die anderen meine Umsiedlung nicht bemerkten. Die freundlichen Liebkosungen taten wohl, aber ich war mit meinen Gedanken nicht bei der Sache.

Wie sollte ich mich Cora gegenüber verhalten? Wenn ich zu heulen anfinge, würde sie sich womöglich endgültig von mir abwenden. Sollte ich so tun, als ob nichts gewesen sei? Und warum reiste sie an? Kam sie, um mich nach Hause zu holen, weil sie es ohne mich nicht aushalten konnte, oder war es am Ende gar nicht meine Gesellschaft, die sie vermißte, sondern die ihres Vetters? Immer neue Fragen marterten meinen müden Kopf.

Wenn Cora nun sagte: »Komm, pack deinen Krempel, wir holen Béla ab, und es geht zurück nach Italien!« – sollte ich dann widerspruchslos und freudig gehorchen oder mich bitten lassen? Und wenn sie schlimmstenfalls gar keinen Wert mehr auf meine Freundschaft legte, wo sollte ich bleiben, und wer sollte dann meine Schulden bezahlen? Schließlich weinte ich in Andys langes Haar hinein, aber er merkte es nicht, sondern schlief wie ein Murmeltier. Ich atmete den Geruch seines leicht verschwitzten T-Shirts ein und lauschte seinem leise pfeifenden Atem. Es tat gut, nicht allein zu sein, einen Körper nah an meinem zu spüren und dabei alle Probleme auf den nächsten Tag zu verschieben. Aber war einer wie Andy nicht eine Verlegenheitslösung?

9

Es war noch nicht Herbst, dennoch fiel bereits gelbes Laub von den Bäumen; als ich genau hinsah, löste sich ein Blatt aus dem Schwarm heraus und flog wieder himmelwärts. Es war ein Zitronenfalter. Coras Ankunft stand bevor.

Auch Felix bereitete sich auf ihren Besuch vor und ging zum Frisör. Mir gefiel er nach diesem Radikalschnitt nicht unbedingt besser, aber er hatte wahrscheinlich das Bedürfnis, seiner Kusine durch Veränderung zu imponieren. Obwohl Cora erst am Nachmittag erwartet wurde, traf sie bereits gegen 12 Uhr mittags übermüdet bei uns ein.

Um Vorwürfe abzuwenden, tat Cora so, als sei alles Friede, Freude, Eierkuchen – küßte und umhalste Felix und mich, schließlich auch den überraschten Max und den verschlafenen Andy. Zu ihrem Vetter sagte sie: »Falls du dich bei den Skinheads bewerben möchtest, muß die Wolle aber ganz ab!« Dann ließ sie sich hauchdünnen Toast mit Krabbensalat und geeisten Jasmintee servieren und legte sich in mein Bett.

»Wir haben sie ja sowieso erst später erwartet«, tröstete mich Felix, aber ich sah ihm auch eine gewisse Enttäuschung an. »Wenn sie doch bloß schläft, kann ich schnell bei meiner Oma vorbeischauen; ich habe es ihr versprochen.«

Als Max auf dem Balkon eine Selbstgedrehte rauchte, gesellte ich mich zu ihm.

»Im Grunde sind alle aus unserer WG wieder zu Singles geworden«, meinte Max grüblerisch. »Kürzlich hat sich Felix von seiner Susi getrennt. Noch vor ein paar Monaten wohnte meine Freundin hier, aber...«

»*Dem traue nie, der einmal Treue brach*«, zitierte ich Shakespeare, und er nickte. Gab es einen einzigen Menschen, der niemals Treue brach?

Max schien meine Gedanken zu lesen und sagte: »Da lob' ich mir doch meinen Hund!«

»Von wegen! Deinen Hund mußte ich aus meinem Bett verjagen«, sagte ich. »Der läuft zu jedem, der ihn bloß einmal hinterm Ohr gekrault hat.«

Da Cora lange schlief, wurde mit dem gemeinsamen warmen Essen gewartet. Max begann stöhnend, an einer längst fälligen Hausarbeit zu schreiben, Andy ging Taxi fahren. Von Felix kam ein Anruf: »Fangt schon mal ohne mich an, wenn ihr Hunger habt. Meinem Großvater geht es schlechter, ich muß meine Oma sofort zu ihm bringen. Drückt mir die Daumen, daß er nicht gerade heute stirbt!«

Also saß ich allein in der Küche, als Cora aufwachte. Nach einem Schluck Kaffee wurde sie putzmunter und fakkelte nicht lange. »Los, fang an zu quatschen!« rief sie. »Und zwar ein bißchen zügig, denn ich habe dir auch etwas Aufregendes zu erzählen.«

Als ich über Kathrins Ehe mit einem sadistischen Rechtsverdreher, von meiner Tätigkeit in der Volkshochschule und dem Überfall berichten wollte, winkte sie ungeduldig ab. »Das hat mir Felix bereits in groben Zügen geschildert. Er konnte mir allerdings nicht plausibel erklären, warum die

Banditen dich überhaupt einkassiert haben! Was suchen sie bei euch? Doch nicht etwa Koks?«

Nun war meine Stunde gekommen, denn für Kunstobjekte konnte sich Cora fast noch mehr begeistern als ich. »Wir haben Kathrins Mann vier wertvolle Bilder geklaut, die eigentlich aus einem Museum stammen. Im Grunde ist es nur gerecht, wenn sie auf diese Weise ein wenig an seinem Vermögen partizipiert, denn freiwillig rückt er sicher nichts heraus. Das brauchen meine Retter aber nicht zu wissen; die lieben Jungs sollen weiterhin an den Weihnachtsmann und die Mafia glauben.«

Cora hing geradezu an meinen Lippen. »Was für Bilder?« fragte sie mit wachsendem Interesse.

»Ein wunderbarer Matisse, eine Radierung von Heinrich Vogeler, eine Skizze von Feuerbach. – Das Ölbild eines alpenländischen Malers aus dem neunzehnten Jahrhundert hat Kathrin bereits im Ausland verscheuert.«

Fröhlich lachend blies Cora den Rauch in die Sonnenstrahlen über der Spüle. »Chapeau!« sagte sie. »Wo ist das pfiffige Kathrinchen abgeblieben, und wo befinden sich die Bilder zur Zeit?«

»In Innsbruck und bei deinen Eltern«, sagte ich.

Cora glaubte nicht richtig gehört zu haben. »Wie kannst du es wagen, meine Alten in die Sache hineinzuziehen!« herrschte sie mich an und sah so wütend aus, daß mir ganz gegen meinen Willen die Tränen in die Augen schossen. Tapfer kämpfte ich dagegen an.

»Außer uns beiden weiß kein Mensch, daß die Bilder in Heidelberg auf dem Speicher stehen«, sagte ich. »Deine Eltern glauben, es seien Werke meines Vaters.«

»Maja«, sagte Cora drohend, »das mußt du so schnell wie möglich in Ordnung bringen. Stell dir vor, du wirst von neuem geschnappt und gefoltert: Du hältst doch keine fünf Minuten dicht! Und dann müssen meine Eltern dran glauben. Nein, das haben sie wirklich nicht verdient.«

»Okay«, sagte ich schuldbewußt, »so weit habe ich gar nicht gedacht. Wir holen die Bilder wieder ab – aber wo sollen wir sie hinbringen?«

»Natürlich nach Florenz«, meinte Cora, »ein echter Matisse hat mir zu meinem Glück schon lange gefehlt. Meinst du nicht auch, wir sollten ihn über die Ottomane hängen?«

Ich hoffte schon, daß dieser Gedanke sie besänftigte, aber das Thema war keineswegs abgehakt.

»*Ich* will auf keinen Fall meine Eltern besuchen«, stellte sie klar, »du weißt, daß ich ihnen lieber aus dem Weg gehe, die reden mir nur wieder ins Gewissen. Du hast dir die Suppe eingebrockt und mußt sie jetzt auslöffeln. Vielleicht überlasse ich dir aber meinen Wagen und fliege nach Hause, denn diese lange Strecke ohne Beifahrer war ziemlich anstrengend. Auf dem Weg nach Italien müßtest du also zuerst bei meinen Alten die Bilder und dann bei Jonas unseren Béla einsammeln.«

Aus ihren Worten ging zu meiner Erleichterung hervor, daß sie meine Rückkehr für selbstverständlich hielt. Was ihre Familie anging, verstand sie keinen Spaß, obwohl sie selbst gegen ihre Eltern manchmal so heftig vom Leder zog, daß es eine Schande war. Doch egal, Hauptsache, sie hatte sich einigermaßen beruhigt. Im Moment gierte sie ohnedies nur danach, mit ihren eigenen Erlebnissen die meinen zu übertrumpfen.

»Schieß endlich los!« sagte ich. »Du willst mir doch von deinem Honeymoon in der Toskana berichten.«

»So würde ich diesen Pipikram lieber nicht nennen«, sagte Cora, »es geht um Wichtigeres. Ich plane einen Mord.«

Mit offenem Mund starrte ich sie eine Weile an. Bisher hatten wir noch nie einen Mord geplant; die Todesfälle in unserer unmittelbaren Umgebung hatten sich stets ganz zwanglos und spontan ergeben. »Soll ich etwa deinen Vetter kaltmachen?« fragte ich.

Cora zog eine Schnute. »Du hast eine völlig versaute Phantasie. Felix kann von mir aus so alt werden wie Methusalem.«

»Und wer hat die Ehre, von uns abgestochen zu werden?«

»Maja, das ist kein lausiger Witz, sondern blutiger Ernst. Wir müssen leider die Amerikanerin beseitigen, um endlich an das toskanische Landgut zu kommen.«

Ihr ließ die Traumvilla also immer noch keine Ruhe!

»Cora«, sagte ich beschwörend, »wir bringen keine Frauen um, das haben wir noch nie gemacht! Ich kenne diese Dame nicht, und sie hat uns nichts getan. Deine Idee ist absolut Scheiße. Ich wüßte zwei Männer, bei denen sich die Mühe lohnt!«

»Okay«, sagte Cora und zog nervös an ihrer Zigarette, »mir kann es ja nur recht sein, wenn es auch anders geht. Also gib mir einen guten Rat, wie ich mir dieses Haus ohne Mord unter den Nagel reißen kann!«

Ich drückte grübelnd meine Kippe in Coras Untertasse aus und dachte flüchtig daran, wie die beiden Nichtraucher Andy und Felix über ihre vollgequalmte Küche die Nase rümpfen würden. Wir stellten die Toleranz unserer Gastgeber permanent auf die Probe. »Du wolltest mir eigentlich von einem Abenteuer erzählen«, begann ich, um Cora auf eine neue Fährte zu locken, »nicht von unausgereiften Projekten.«

Unter beifälligem Nicken sprach sie die sibyllinischen Worte: »Da hast du zwar recht, aber das eine hat mit dem anderen zu tun!« Und dann bekam ich eine ziemlich abgeschmackte Geschichte zu hören.

Als sich Cora in der Toskana mit Dino traf und eine verflossene Affäre wieder aufwärmte, fühlte sich der Vetter aus Darmstadt derart gekränkt, daß er die beiden Knall auf Fall verließ. Bis zu diesem Punkt hatte mich Felix bereits informiert, was ich aber lieber verschwieg. Cora, die von ihrem Wolkenkuckucksheim nach wie vor besessen war, hatte Dinos Leidenschaft benutzt, um Mittel und Wege zur Beseitigung der Amerikanerin zu erkunden.

»Machst du diese geile Schwimmbadtour mit allen Mädchen, die du aufreißt?« fragte sie.

Dino bejahte stolz. Sie sollte bloß nicht glauben, daß sie die einzige in seiner Touristinnen-Sammlung war.

Eines Morgens las Cora in der Zeitung, daß es zum ungeklärten Todesfall des Engländers neue Erkenntnisse gab. Bei der Obduktion sei Methadon im Blut nachgewiesen worden. Seltsam sei allerdings, daß *il barone* mit Sicherheit niemals opiatabhängig gewesen sei. Da die Polizei bei den Ermittlungen nicht weiterkam, wurde die Bevölkerung um Hinweise und Mitarbeit gebeten.

Zum Abendessen nahm Cora den Zeitungsausschnitt mit und steckte ihn auf gut Glück in Dinos Serviette; seine Reaktion verriet ihr, daß er kein reines Gewissen hatte. Um ihn zum Sprechen zu bringen, versuchte es Cora mit Hypnose, wie sie es nannte. Aus Erfahrung wußte ich, daß sie jeden ihrer Liebhaber auch ohne suggestive Experimente hörig machen konnte, wenn sie es darauf anlegte. Jedenfalls verriet Dino nach einigen Gläsern seinerseits und tiefen Blicken ihrerseits, daß er vor zwei Jahren ein Verhältnis mit einer Deutschen gehabt habe, deren Eltern in der Nähe eine Ferienwohnung besaßen. Dino hatte diese Studentin ein paarmal mit dem verbotenen Reiz des nächtlichen Schwimmens verführt. Der Engländer flog in den heißen Tagen stets zu seinem Freund in die Heimat, und es gab kaum ein Risiko, erwischt zu werden.

Im darauffolgenden Sommer verbrachte sie ohne ihre Eltern, aber mit einer Freundin die Urlaubszeit in Italien. Sie war kaum wiederzuerkennen, so abgemagert und schlecht sah sie aus. Dino, der in solchen Dingen wenig Erfahrung hatte, wurde von einem Kumpel darauf aufmerksam gemacht, daß die beiden Deutschen mit großer Wahrscheinlichkeit Drogen nähmen. Von da an hatte Dino jegliches Interesse an dieser Beziehung verloren und fand auch schnell einen Ersatz.

Eines Abends war Dino zu später Stunde mit einer neuen Eroberung unterwegs, als er im Unterholz einen Wagen mit deutschem Nummernschild entdeckte. Um seine Begleitung nicht zu enttäuschen, schlich sich Dino an, öffnete leise das Tor und spähte wie ein Indianer, wer da in seinem illegalen Jagdrevier wilderte. Er war ausnahmsweise nicht gerade erfreut, zwei nackte Frauen im Schwimmbad des Engländers zu entdecken.

Die Junkie-Mädels lachten ihn aus und ließen sich nicht aus dem Paradies vertreiben. Wenn Dino hier heimlich schwimmen gehe, warum dann nicht auch andere? Falls er sie aber anzeigen wolle, dann könnten sie das ebenfalls tun. Dino hatte wenig Lust, sich mit zwei Verrückten herumzuschlagen, fühlte sich jedoch in gewisser Weise für das Anwesen verantwortlich. Schließlich war es sein eigener Großvater Umberto, der hier als Gärtner arbeitete und im Fall einer Unregelmäßigkeit zur Rechenschaft gezogen wurde. Aber er konnte nicht viel mehr tun, als die beiden zu verwarnen und die baldige Ankunft des Besitzers anzukündigen.

Aus Verärgerung mied Dino eine ganze Zeit lang den nächtlichen Pool; erst als der Engländer zurückgekehrt war, mußte er wohl oder übel am hellichten Tag auf dem Landgut einige Reparaturen vornehmen. Wenige Tage später war sein Arbeitgeber tot. Und jetzt, nach diesem Artikel in der Zeitung, fragte sich Dino, ob die deutschen Touristinnen etwas mit dem Todesfall zu tun haben könnten.

An dieser Stelle hielt Cora inne und blickte mich erwartungsvoll an.

»Weiter«, forderte ich.

»Bei meinen kommenden Recherchen wirst du mir helfen müssen«, sagte Cora, »gemeinsam sind wir stärker.«

Obwohl ihre Worte wie Musik in meinen Ohren klangen, versuchte ich, es mir nicht anmerken zu lassen. »Was befiehlst du, o Gebieterin?« fragte ich.

Sie blieb ganz ernst. »Maja, ich habe von Dino die Adresse der Fixerin erfahren. Ist es nicht ein Wink des Schicksals, daß sie ausgerechnet in Frankfurt wohnt? Morgen besuchen wir die Kleine und erpressen sie ein wenig. Wenn sie den Engländer umgebracht hat, dann kann sie das in Gottes Namen auch bei der Amerikanerin erledigen. Wir müssen ein bißchen pokern, aber versuchen sollte man es auf alle Fälle.«

Mir blieb die Spucke weg. Cora war anscheinend nur gekommen, um mich wieder einmal bei einer heiklen Sache vor ihren Karren zu spannen. Offensichtlich war ich dämliches Aschenputtel dafür prädestiniert, Frauen wie Kathrin und Cora aus der Patsche zu helfen. In meiner Wut verfiel ich auf eine besonders blöde Ausrede: »Morgen kann ich nicht erpressen, weil ich für Kathrin den Unterricht halten muß.«

Cora mußte kichern. »Frau Lehrerin, das ist ein schlechtes Argument, denn du wirst ja nicht länger als eine Stunde die Dozentin spielen. Abgesehen davon muß ich deinen Mut bewundern, denn mir wäre es etwas unangenehm, diese Schule zu betreten! Im übrigen sehe ich eigentlich nicht ein, daß du dich plagen mußt, nur weil Kathrin sich einen schönen Lenz in Innsbruck macht. Man soll die Stiefel, mit denen andere durch die Scheiße gelatscht sind, doch nicht selber anziehen!«

In allen Punkten hatte Cora recht, nur war mein Mut weit geringer, als sie annahm. Ich schlug einen Kompromiß vor. »Wenn du mich zur vhs begleitest, komme ich anschließend mit zu dieser Fixerin; wie heißt sie eigentlich?«

»Sie nennt sich Polly Wacker, und sie wohnt irgendwo im Norden von Frankfurt, wir müssen mal auf der Karte nachschauen.«

Nach den Aufregungen der letzten Tage gelang es mir schlecht, mich auf eine Sache zu konzentrieren; überdies saß ich vor einem ungeputzten Gemüseberg, weil ich versprochen hatte, für die gesamte Belegschaft Ratatouille zu kochen. Coras Worte hatten mich vollends verunsichert. Sollte ich weiterhin Kathrins Unterricht übernehmen, nur damit ihr diese Stelle erhalten blieb? Verdiente sie so viel Loyalität? Ich für meinen Teil hatte durch eigenes Verschulden meine Anstellung als Fremdenführerin verloren, und es tat mir heute noch leid. Womöglich würde mich Bernd Koppenfeld ohnehin feuern, weil meine letzte Stunde unentschuldigt ausgefallen war. Aber wozu besaß ich ein ärztliches Attest?

Da Cora die ganze Zeit in erwartungsvoller Pose verharrte, fuhr ich mit der Schilderung meiner eigenen Erlebnisse fort und zeigte ihr zum Beweis die Brandwunden. Meine traumatischen Erlebnisse waren vor lauter Mordplänen viel zu wenig gewürdigt worden. Meine Freundin strahlte, als ich die Fesselung von Dickwanst und Dandy so anschaulich schilderte, als sei ich dabeigewesen; es gefiel ihr auch über die Maßen, daß ich Erik zur Putzfrau gemacht hatte. Aber als ich schließlich zum Abschluß das unterzeichnete Protokoll vorlesen wollte, konnte ich es nicht finden. Ich suchte herum, störte Max in seiner Klause und wühlte schließlich vergeblich in den Schreibtischen von Felix und Andy. Nach Eriks Abgang hatte ich dieses wichtige Dokument noch auf dem Küchentisch liegen sehen. Einer von uns mußte es doch eingesteckt haben.

Mir ließ die Angelegenheit keine Ruhe. Als sich abends alle, bis auf die verbannte Zilli, wieder eingefunden hatten

und mein zerkochtes Gemüsegericht mit Weißbrot auf-
tunkten, fragte ich Felix, Max und Andy nach dem Verbleib
unseres Schriftsatzes aus. Keiner von ihnen wollte das Papier an sich genommen haben.

»Ich dachte, Maja hätte es in der Handtasche«, meinte
Felix.

Max schüttelte unvermittelt und ärgerlich den Kopf, weil
ihn der eigene Gedankenblitz nicht sonderlich froh stimmte;
aber er glaubte plötzlich, des Rätsels Lösung zu wissen.
»Erik kam noch einmal die Treppe hoch«, sagte er und
blickte dabei mehr oder weniger schuldbewußt in die Runde,
»und wollte sein Handy zurückhaben. Dieser Kerl ist offenkundig cleverer, als wir angenommen haben. Wahrscheinlich hat er das Protokoll hinter unserem Rücken einkassiert.«

»Scheiße«, sagten wir im Chor.

Nur Cora schwieg fassungslos und sammelte sich zum
Angriff, um uns schließlich eine Kanonade von Schimpf-
wörtern an den Kopf zu werfen. Nieten, Nullen, Deppen,
Versager, Flaschen – das waren noch die harmlosesten Aus-
drücke. Als sie erreicht hatte, daß alle beleidigt waren,
fragte sie in harmlosem Plauderton: »Wie geht es eigentlich
deinem Großvater, Felix?«

Er schluckte ein paarmal und ließ sie wissen, daß die Tage
des alten Herrn gezählt seien.

»Oma tut mir so leid«, sagte Cora, ganz Mitgefühl,
»kann man ihr in irgendeiner Weise helfen?«

»Ich fahre sie täglich ins Krankenhaus, am Wochenende
übernimmt es meine Mutter«, sagte Felix, »mehr kann man
nicht machen. Hoffentlich erwischen wir den richtigen Mo-

ment, damit sie bei ihrem Hugo ist, wenn er die Augen schließt. Ich gönne es den beiden, daß sie bis zum letzten Atemzug beisammen sind.« Wir nippten alle gleichzeitig an unserem Tee und sagten nichts mehr.

Cora hatte mich dazu überredet, am nächsten Tag noch vor meinem Termin in der Volkshochschule bei Polly Wacker vorbeizuschauen. Nachdem wir uns einige Male verfahren hatten, landeten wir vor einem Hochhaus in Frankfurts Norden und entdeckten unter den vielen Schildern tatsächlich den gesuchten Namen. Cora drückte auf den Klingelknopf und mußte lange warten, bis aus dem Lautsprecher ein gedehntes *Wer?* ertönte. »Ich bin's, die Hildegard von Bingen«, rief meine Freundin wie der kreidefressende Wolf, der die Großmutter überfällt.

»Kenn' ich nicht«, tönte es durch die perforierte Wand.

»Doch«, sagte Cora, »wenn du mich siehst, wirst du dich sofort erinnern.«

Polly fiel darauf rein. Wir fuhren mit dem Fahrstuhl in den neunten Stock und wurden dort vor einer Tür in Empfang genommen.

»Hallo«, sagte Polly unsicher, »ich wüßte aber wirklich nicht...«

»Ich bin Bianca Martini«, sagte ich, »vor drei Jahren haben wir uns in der Toskana kennengelernt.«

Ihre Miene drückte Zweifel aus, aber sie ließ uns trotzdem in ein pedantisch aufgeräumtes Zimmer eintreten, in dem sie sich offensichtlich die Zeit mit *Malen nach Zahlen* vertrieben hatte; zum Glück schien sie allein zu leben. Auf mich wirkte die von Akne gezeichnete Polly eigentlich

nicht wie eine Süchtige, sondern eher wie eine ordnungs-
fixierte Zwangsneurotikerin, denn sie befahl uns sofort, die
Schuhe auszuziehen.

»Was wollt ihr eigentlich von mir? Ihr seid doch nicht nur
gekommen, um hier Kaffee zu trinken«, sagte unsere Gastgeberin, die allerdings nicht auf die Idee kam, schon mal
Wasser aufzusetzen, »Zeugen Jehovas?«

»Nein«, sagte Cora, »ein bißchen komplizierter, aber ich
möchte keine Zeit mit Small talk verlieren, wir sind in Eile.
Woher hattest du das Methadon? Soviel ich weiß, darf es
nur unter ärztlicher Aufsicht eingenommen werden!«

Polly wurde leichenblaß und stotterte: »Wieso? Wer seid
ihr überhaupt? Wie kommst du darauf...«

Da Cora sie so flott eingeschüchtert hatte, fiel es mir
leicht, in die gleiche Kerbe zu hauen. »Woher wir es wissen,
ist zweitrangig. Jedenfalls hast du den Engländer auf dem
Gewissen.«

»Es war ein Unglücksfall, kein Mord!« rief sie, aus der
Fassung gebracht. »Wir haben es nicht gewollt, uns trifft
keine Schuld! Er kann auch gar nicht von dem bißchen Methadon... Seid ihr etwa von der Polizei?«

Cora wartete, bis sich die Angeklagte beruhigt hatte.
»Wir wollen dich nicht in den Knast bringen«, sagte sie mit
der gütigen Strenge einer Pastorin, »und du brauchst im
Grunde keine Angst vor uns zu haben. Aber singen mußt
du schon, sonst kriegst du ein Problem.«

Polly beichtete stockend. Ihre Freundin nahm an einem
Methadon-Programm teil und schluckte täglich in Gegenwart eines Sozialarbeiters die ihr zugeteilte Ration.

Da sie sich im Lauf der Therapie stets als motiviert und

disziplinert erwiesen hatte, konnte sie ihren Betreuer über-
reden, ihr die nötige Menge für einen kurzen Urlaub in Italien auszuhändigen.

Eines Nachts, als sie – wie manches Mal zuvor – zum
heimlichen Schwimmen fuhren, stand der Jeep des Engländers wieder in der Garage; er selbst schien bereits im Bett
zu liegen. Die beiden Frauen konnten ihr nächtliches Vergnügen jedoch nicht wie sonst genießen, weil sie ständig
fürchteten, der Besitzer könnte aufwachen und sie wutent-
brannt vertreiben oder gar die Polizei benachrichtigen.

Pollys Freundin ließ sich deshalb etwas einfallen: Im
Kofferraum befand sich das Methadonfläschchen. Kurz entschlossen goß sie eine geringe Dosis in eine Karaffe mit
Ananassaft, die in einem gekühlten Einbauschrank neben
dem Schwimmbad aufbewahrt wurde. »Wenn wir morgen
wiederkommen«, sagte sie fröhlich, »dann schläft *il barone*
wie ein Stein!«

Als sie in der nächsten Nacht den Pool nicht abgedeckt
vorfanden, glaubten sie zunächst nur an eine kleine Schlam-
perei, dann entdeckten sie den treibenden Körper und versuchten in Panik, alles zu vertuschen, indem sie den Schalter für die Überdachung bedienten.

Wir hörten uns diese zwar glaubwürdige, aber doch recht
merkwürdige Geschichte aufmerksam an.

Schließlich sagte Cora: »Wegen Mordes wird man euch
wahrscheinlich nicht verurteilen, aber ein paar Jährchen
Strafvollzug könnten durchaus herausspringen. Unser
Schweigen hat seinen Preis, wie du dir vielleicht denken
kannst. Die jetzige Besitzerin der Villa ist eine amerikani-
sche Lady. Was einen Engländer umgehauen hat, wird mit

etwas Glück auch bei einer Amerikanerin funktionieren. Also: *same procedure*! Wenn es klappt, kriegst du sogar eine kleine Erfolgsprämie.«

Anscheinend verstand Polly uns nicht richtig. Wie einem begriffsstutzigen Kind mußte ich ihr geduldig erklären, was Cora von ihr verlangte.

»Ihr macht mir Spaß«, sagte sie schließlich, in hohem Maße beleidigt, »ich bin doch keine Killerin! Kommt überhaupt nicht in die Tüte!«

Obwohl wir auf sie einredeten wie auf einen lahmen Gaul, war sie nicht zu Einsicht und Kooperation zu bewegen. Keine zehn Pferde brächten sie noch einmal in die Toskana. Außerdem hätte ein Experte ihr glaubhaft versichert, daß eine geringe Menge Methadon normalerweise nicht zum Tode führen könne. Im Fall des Engländers handele es sich um eine Verkettung unglücklicher Umstände, weil er bei erhöhter sportlicher Anstrengung wohl einen Kreislaufkollaps erlitten habe. Die Amerikanerin sei dagegen ein ganz anderer Fall. Vielleicht benutze sie das Schwimmbad nur, um gelegentlich die Beine hineinzuhängen.

»Wenn es nicht funktioniert, kann man natürlich nichts machen«, lenkte Cora ein, »aber du riskierst doch nicht viel bei einem kleinen Versuch…«

Fast imponierte mir Pollys sture Weigerung; sie war außerdem nicht bereit, uns die Adresse ihrer Freundin zu nennen. Angeblich hätten sie seit der italienischen Katastrophe keinen Kontakt mehr miteinander. Auch als Cora sie mit Drohungen und finsteren Andeutungen unter Druck setzte, blieb sie standhaft, ja versuchte sogar ihrerseits, uns als Verbrecherinnen abzustempeln. »Ich kenne keinen einzigen Menschen aus Bingen«, sagte sie zu Cora. »Du hast mich von Anfang an belogen. Ihr seid zwei ordinäre Kriminelle, mit denen ich nichts zu tun haben möchte. Wenn ihr nicht sofort meine Wohnung verlaßt, rufe ich die Polizei!«

»Hahaha!« machte Cora.

Als ich auf die Uhr schaute, war es höchste Zeit für die Volkshochschule. »Cora, bitte...«, sagte ich.

Fairerweise brach sie den Erpressungsversuch auf der Stelle ab. »Wir sprechen uns noch«, sagte sie zu Polly. Ich nahm an, daß sie im Augenblick selbst nicht genau wußte, wie sie sich verhalten sollte, und Zeit zum Nachdenken brauchte.

Als wir an die Bürotür von Bernd Koppenfeld klopften, regte ich mich stärker auf als zuvor beim Besuch von Polly Wacker. Nichts konnte ich schlechter ertragen, als wenn man mich abkanzelte, kritisierte, mir Moralpredigten hielt.

Bernd hob den Kopf, als ich eintrat, sah Cora an meiner Seite und rief aufgebracht: »Da kommt ja schon wieder eine Neue! Mit unzuverlässigen Mitarbeitern möchte ich mich ein für allemal nicht mehr herumplagen; ich werde mich persönlich um einen Ersatz für Kathrin Schneider bemühen. Schönen Gruß, und sie soll sich gemeinsam mit ihrer Großmutter beerdigen lassen.«

Bereits auf dem Flur hatte ich das ärztliche Attest herausgekramt, das ich Kathrins Chef nun mit leidender Miene unter die Nase hielt.

Wie stets hatte Cora die Situation schnell erfaßt. »Ich bin keineswegs zur Unterrichtsvertretung mitgekommen«, versicherte sie, »sondern nur, um meiner Freundin bei Gefahr zur Seite zu stehen.«

»Gefahr? Hier in unserer Schule?« Ungläubig las Bernd das Attest. »Das muß man mir erst einmal erklären!«

Ich behauptete, Skinheads hätten mich direkt vor dem Gebäude gekidnappt und gefoltert; selbstverständlich hätte ich bereits Anzeige erstattet.

»Seltsam«, sagte Bernd, »bei mir hat sich noch kein ermittelnder Polizist gemeldet, und auch sonst ist dieser Stadtteil einer der friedlichsten. Aber du hättest mich wenigstens anrufen können!« Immerhin schien er mir zu glauben, denn er setzte mich nicht gleich wieder vor die Tür, sondern erlaubte mir, einen Blick in die Anmeldungslisten zu werfen. Die Bögen für den Kurs ›Deutsch als Fremdsprache‹ waren etwas mühsam zu finden, und ich konnte erst nach längerem Suchen nachlesen, daß die Thailänderin Seng Aroon Hilter hieß.

Voller Hemmungen begann ich schließlich, meine Gruppe zu unterrichten, was mir aber in Coras Gegenwart gründlich mißlang. Als sie sah, wie unkonzentriert und fahrig ich war, griff sie ein und improvisierte einen charmanten Vortrag über die italienische Küche, schrieb *l'antipasto, gli spaghetti* und *il brodo* an die Tafel und verstand es, in Windeseile meine Schüler für sich zu gewinnen. Wahrscheinlich konnte man es mir nie recht machen, denn ich freute mich keineswegs über die gutgemeinte Hilfe.

10

Als Cora und ich die Volkshochschule verließen, stand der angebliche Zuhälter aus Groß Gerau am Schultor, verzog aber diesmal bei meinem Anblick den Mund zu einem stupiden Grinsen. Wegen dieses rumhängenden Biedermanns hatte sich Kathrin vor Angst schier ins Hemd gemacht. Ich erzählte Cora lieber nichts von jenem Fiasko. Sie fing nämlich gerade wieder damit an, den Verlust unseres Protokolls zu beklagen.

»Das war eine total überflüssige Panne. Wie kann man nur so unprofessionell sein! Warum habt ihr eigentlich keine Fotos gemacht? Die verwüstete Wohnung, die gefesselte Maja, das sind doch erstklassige Motive! Aber vielleicht ist noch etwas zu retten – liegt eure Wohnung hier in der Nähe, und hast du überhaupt die Schlüssel dabei? Dann sollten wir auf alle Fälle prüfen, ob dieser Wisch nicht vielleicht unter den Küchentisch getrudelt ist...«

Es war zwar ein Umweg, aber ich dirigierte sie unverzüglich ins Westend. »Fahr jetzt langsam«, bat ich, als wir in unsere Straße abbogen, »vielleicht sehen wir ja, ob Erik das Haus überwachen läßt. Falls Kathrin demnächst zurückkommt, darf sie sich hier nicht blicken lassen. Er wartet sicher nur darauf, sie hoppzunehmen.«

Sofort drosselte Cora die Geschwindigkeit auf Schritttempo. Meine Ahnung hatte mich nicht getäuscht, denn wir sahen in einem parkenden Wagen einen Mann lümmeln, der tat, als lese er mit dunkler Sonnenbrille die Bildzeitung. Wenn mich meine Augen nicht trogen, dann observierte jener dubiose Typ, der vor der Toilettentür am Flughafen Wache geschoben hatte, jetzt unsere Wohnung.

»Ein filmreifer Auftritt! Hochgestellter Kragen, Schiebermütze und Dreitagebart, das hat Stil! Schade, daß man nicht sehen kann, ob er Gamaschen trägt«, sagte Cora beeindruckt. »Paß auf, ich gehe einfach mal rein in die Wohnung, mich kennt hier niemand, und mein italienisches Nummernschild wird er kaum mit euch in Zusammenhang bringen. Du bleibst im Auto und warnst mich, falls er aussteigt. Für alle Fälle lasse ich dir das Handy hier…«

Wir fanden einen Abstellplatz im absoluten Halteverbot, von wo aus ich den Mafioso gut beobachten konnte. Cora übernahm meine Schlüssel und verließ mich. »Erster Stock, zweite Tür links«, rief ich leise hinter ihr her.

Sie war keine fünf Minuten im Haus verschwunden, und ich war noch damit beschäftigt, Steinchen aus meinen Profilsohlen zu klauben, als das Handy klingelte. »Sitzt er noch brav im Auto?« fragte sie. »Leider kann ich euer legendäres Protokoll nirgends finden! Eriks Saubermann-Aktion hat übrigens keine anhaltende Wirkung gehabt, hier ist noch mal einer drin gewesen. Zum Glück haben sie die Telefonleitung nicht gekappt.«

»Hast du schöne Fotos gemacht? Soll ich kommen?«

»Nein, lohnt sich nicht, ich haue jetzt sowieso wieder ab. Falls Eriks Schuldbekenntnis wirklich noch hier lag, dann haben sie es längst wieder in den Griffeln. Aber ich schau vorsichtshalber noch mal ins Schlafzimmer…«

»Cora«, warnte ich, »er steigt gerade aus! Er geht aufs Haus zu! Mach dich schleunigst aus dem Staub!«

Einen Moment lang war sie still. Dann drängte sie: »Ich kann den Typ vom Fenster aus beobachten, er wird gleich hier sein. Mach schnell, liegt im Handschuhfach nicht noch Marios schwere Taschenlampe?«

Ich gehorchte, ohne zu überlegen. Barfüßig huschte ich hinaus. Als ich an den Stufen zur Haustür ankam, summte bereits der automatische Türöffner. Atemlos stürmte ich die Treppe hoch; der Kerl hatte vor der Tür gelauert und packte Cora gerade an den Handgelenken. »Na, wen haben wir denn hier erwischt?« fragte er. »Suchst du vielleicht nach Beutekunst?«

Sie kam nicht dazu, ihm eine freche Antwort zu geben, weil ich mit einem Satz aus dem Hinterhalt hervorschoß und dem Typ mit der robusten Taschenlampe kräftig eins überzog.

Cora schüttelte sich vor Lachen. »Das war große Klasse!« rief sie, denn der ungeladene Besucher lag blutend am Boden. »Du hast nichts verlernt!«

Jetzt erst dämmerte es mir, daß ich wieder einmal auf Coras Befehl einen Mann niedergestreckt hatte; aber noch ehe ich mir Gedanken über die Leichenbeseitigung machen konnte, begann mein Opfer zu stöhnen. »Pack mal das andere Bein«, sagte Cora, »wir schleifen ihn in die Diele, denn ich möchte korrekt abschließen. Es muß ja nicht gerade jeder in eure Wohnung hereinspazieren.«

Gesagt, getan. Dann nahm Cora ihm noch schnell seine Auto- und Hausschlüssel sowie den Metallring mit den Dietrichen weg. Bei ihrer erneuten Suche hatten die Übeltäter sogar die Tapeten von den Wänden gefetzt. Das Chaos ließen wir unangetastet, schließlich sollte auch noch ein wenig Arbeit für Kathrin übrigbleiben.

Drei Minuten später zerriß ich den Strafzettel, der unter den Scheibenwischern klemmte; in der Ferne tauchte bereits ein Abschleppwagen auf. »Das macht Laune«, sagte Cora und gab Gas, »altes Mädchen, du bist immer noch auf Zack! Gemeinsam sind wir ein unschlagbares Team. Das müssen wir feiern.«

Wie zwei Schulmädchen hockten wir kurz darauf in einem Café und alberten mit dem italienischen Kellner herum. Cora bestellte eine riesige Eisbombe, obwohl klar war, daß wir sie nicht aufessen konnten. »Béla fehlt mir«, konstatierte sie schleckend, »ich fand es immer so süß, wenn er dir das Eis auf die Bluse kleckerte. Eigentlich kann ich es nicht gutheißen, daß du ihn so mir nichts, dir nichts bei Jonas abgeliefert hast. Im übrigen habe ich mir überlegt, daß ich ihm später einmal eine Eliteschule finanziere.«

Mir war die Petersilie verhagelt. Schließlich stand es meiner kinderlosen Freundin nicht zu, mich als Rabenmutter einzustufen. »Wenn wir Béla heute dabeihätten«, bemerkte ich finster, »dann wäre nichts aus dem Besuch bei Polly und dem Unterricht in der VHS geworden, geschweige denn aus dem Coup mit der Taschenlampe!«

»Geschenkt«, sagte sie, »das war heute tatsächlich kein Kinderprogramm. Wenn wir Béla das nächste Mal nach Deutschland mitnehmen, zeige ich ihm den Frankfurter Zoo, und bevor du gleich zu heulen anfängst, gehe ich schnell aufs Klo. Kannst du inzwischen zahlen?«

Wortlos öffnete ich mein leeres Portemonnaie.

»Ach so«, sagte sie nur, drückte mir das eigene in die Hand und verschwand. Es wurde höchste Zeit, daß sie sich darüber klar wurde, wie lange ich ohne ihre Unterstützung ausgekommen war. Ich nahm mir vor, Cora mit Nachdruck auf meine Schulden hinzuweisen.

Dann dachte ich voller Sehnsucht an Béla und erinnerte mich, wie wir kürzlich einen italienischen Zoo besucht hatten. Ein kinderlieber junger Tierwärter nahm sich die Zeit, uns genau zu erklären, wo sich die interessantesten *animali* befanden – zum Beispiel die Affenfamilie, die Löwenmutter mit ihren Jungen und so weiter. Auf der Heimfahrt fragte Cora: »Welches Tier hat dir denn am besten gefallen?«

Béla grübelte ein wenig und sagte dann mit Nachdruck: »Der Wärter!«

Ein so süßes Kind wie meines erregte wahrscheinlich Coras Neid, obwohl sie selbst unter keinen Umständen Mutter werden wollte. Es war vielleicht ein unterschätztes Problem, daß ich etwas besaß, was sie nicht kaufen konnte.

Als wir in Darmstadt ankamen, spazierten wir noch ein wenig durch den Platanenhain der Mathildenhöhe, um das schöne spätsommerliche Wetter auszukosten. Die ersten Spinnweben hatten sich auf die Reise gemacht und schwebten wie Silberhaare alter Weiber durch die Luft. Es roch bereits ein wenig herbstlich nach modernden Blättern. Plötzlich stürzte eine tote Taube vor uns auf den Bürgersteig, als sei sie geradewegs vom Himmel gefallen.

»Seltsam«, sagte Cora, ein wenig erschrocken, »so etwas habe ich noch nie erlebt! Dabei sind jede Menge Vögel in der Stadt, wer begräbt sie eigentlich, wenn sie sterben? Warum liegen sie nicht überall herum und stinken?«

Ich führte die Müllabfuhr ins Feld und verschwieg, daß ich eine tote Taube für ein böses Omen hielt. Cora zeigte niemals Verständnis für meine kleinen abergläubischen Anwandlungen und hatte auch keine Ahnung, daß geflügelte Wesen stets Boten aus dem Jenseits sind. Vielleicht hätte ich sie warnen sollen, denn in diesem Fall bewahrheitete sich das Menetekel.

»Wenn ich wüßte, wie man an Methadon herankommt«, sinnierte Cora und schubste das graublaue Friedenssymbol mit der Schuhspitze vom Bürgersteig, »dann würde ich es höchstpersönlich und ohne Hemmungen an dieser überfälligen Amerikanerin ausprobieren.« Anscheinend dachte sie an nichts anderes mehr als an das verlorene Paradies in der Toskana.

Vielleicht wollte ich mich wichtig machen, als ich sagte: »Das könnte ich dir besorgen, ich hab' da gewisse *connections.*«

»Echt? Sag bloß...«, Cora wunderte sich, »dann hätten wir uns doch die sture Polly schenken können!«

»Ohne Geld läuft nichts«, sagte ich, »als du mit Felix abgedampft bist, hast du mir keine müde Mark hinterlassen. Ich habe Schulden bei Andy, Jonas, Felix, Kathrin...«

Cora setzte sich unverzüglich auf eine niedrige Gartenmauer und schrieb zehn Blankoschecks aus. »Tut mir leid, daß du mich daran erinnern mußtest«, sagte sie, »ehrlich! Aber laß dir die Papierchen nicht gleich von Erik wieder abjagen!«

In der WG erwartete uns bereits Felix; diensteifrig holte er eine Kanne mit Rooibuschtee und schenkte uns ein. Zum Dank strubbelte Cora ihm über die Stoppelhaare, verzog sich aber mit ihrem Handy in eine Ecke und buchte kurz entschlossen für den nächsten Tag einen Flug nach Florenz. Ich bettete meine Füße auf einen Hocker und erzählte Felix, daß wir einen weiteren Bösewicht erfolgreich überwältigt hatten, aber er schlug sich keineswegs lachend auf die Schenkel und rief *bravo, Mädels!*, sondern machte ein besorgtes Gesicht. Das sei nicht unsere Kragenweite, meinte er, wir sollten lieber die Finger von solchen Kerlen lassen. Jetzt gäbe es bereits drei üble Typen, die nach Rache lechzten.

»Wenn Kathrin in den nächsten Tagen zurückkommen sollte, dann mußt du sie warnen! Sie sollte eure Wohnung lieber gar nicht erst betreten und auf keinen Fall ohne Eskorte ihre Arbeitsstelle aufsuchen. Am besten, ihr verschwindet alle nach Italien!«

Er mochte recht haben. Cora wollte sowieso am nächsten Tag zurückfliegen, vielleicht war es auch für mich an der Zeit aufzubrechen. Wenn es sogar ihr auffiel, daß ich mich zuwenig um mein Kind kümmerte, wurde es höchste Eisenbahn.

Mit der gleichen forschen Zielstrebigkeit, die Cora gerade an den Tag legte, wollte ich mich sofort bei ihren Eltern anmelden, denn Heidelberg sollte die erste Station meiner Heimreise werden, doch es nahm niemand ab. Bei Jonas mußte ich mich nicht unbedingt ankündigen, denn es war fast ausgeschlossen, daß eine Bauernfamilie in der Erntezeit verreiste.

Wir waren erst bei der zweiten Tasse Tee, als das Telefon klingelte. Da der Apparat immer noch vor mir stand, nahm ich das Gespräch entgegen und erwartete eigentlich Kathrins Geplapper.

»Felix, deine Großmutter«, sagte ich und übergab ihm den Hörer.

Bei ihren Worten wurde er sichtbar blaß, rief: »Ich komme sofort« und sprang auf. Es gehe mit seinem Großvater zu Ende, sagte er, nun müsse er seine Oma auf der Stelle ans Sterbebett bringen.

Cora meinte: »Was dagegen, wenn ich mitkomme? Schließlich ist es auch meine Großmutter.« Fast schwang ein gekränkter Ton in ihren Worten mit.

Als Andy mit dem Hund im Schlepptau hereinkam, war ich allein. Obwohl er wie immer ziemlich müde wirkte, beugte er sich über mich, küßte meinen Scheitel und machte mir ein Angebot: »Ich muß mich unbedingt ein bißchen aufs Ohr legen, denn es war eine anstrengende Schicht. Eine Schmusekatze im Bett wäre mir lieber als der alte Köter…«

Ich folgte ihm. Wenn man von seinen Füßen einmal absah, verströmte Andy einen unschuldigen Geruch nach Kinderschweiß, den ich mochte. Bevor er in allzu festen Schlaf sinken konnte, fragte ich: »Hast du nicht neulich erwähnt, daß man dir schon alle Arten von Drogen offeriert hat?«

Er gähnte. »Wenn man zur rechten Zeit am richtigen Platz steht und außerdem ein paar Scheine in der Tasche hat, sollte das kein großes Problem sein. Was hast du denn damit vor?«

Schon beim Ausziehen hatte ich mir eine plausible Erklärung zurechtgelegt, nämlich Pollys Geschichte in leichter Abwandlung: Eine frühere Schulfreundin von Cora hätte trotz Fixerkarriere ein leidlich gesundes Baby geboren und starte nun den Versuch, endlich vom Heroin loszukommen. Aus Sicherheitsgründen müsse Polly das Methadon in Gegenwart eines Sozialarbeiters einnehmen, und das mache einen Urlaub unmöglich. Wir hätten sie gern nach Florenz eingeladen, weil ihr ein kurzer Tapetenwechsel sicherlich guttäte und motivierend wirke.

Nachdem ich uns derart zu Samariterinnen hochgejubelt und dabei Andys Strähnen liebevoll entwirrt hatte, waren seine Skrupel fast beseitigt. »Ich denke, das kann man verantworten«, sagte er, »reichen 20 Milligramm pro Tag? Aber du solltest wissen, daß Methadon und auch DHC körperlich schädigen können. Sagtest du gerade, sie hieße Polly? Ein Kollege von mir war einmal mit einer gewissen Polly Wacker zusammen, einer ganz scheinheiligen Ratte, aber die wird bestimmt nicht eure Freundin sein. Im übrigen hat Cora ja reichlich Kohle, wie man hört...«

Sofort füllte ich den ersten ihrer Schecks großzügig aus.

»Wenn genug Geld übrigbleibt, kannst du das Auto von Max wieder verkehrstauglich machen lassen. Hat Cora dich eigentlich schon einmal vernaschen wollen?« fragte ich.

Er schien überrascht zu sein, brummte: »Wie kommst du denn darauf?« und schlief bald darauf ein.

War es Liebe, die wir für einander empfanden? Ehrlicherweise gestand ich mir ein, daß wir auf gegenseitigen Trost angewiesen waren. Das Leben schien uns beiden wie eine wacklige Leiter zu sein, die durch einen kräftigen

Windstoß oder einen Bösewicht rasch umgestoßen werden konnte.

Etwas später stahl ich mich aus seinem Zimmer. Für mich war es noch viel zu früh fürs Bett, außerdem wollte ich auf die anderen warten. Es dauerte auch nicht allzu lange, bis Cora und Felix wieder heimkamen. Ich forschte in ihren Gesichtern. »Er lebt noch«, sagte Cora, »ist aber nicht bei Bewußtsein.«

»Im Grunde hat mein Großvater schon vor ein paar Tagen von mir Abschied genommen; er wußte, daß es bald soweit ist«, behauptete Felix.

Cora wurde neugierig. »Was hat er gesagt?«

Auch ich wollte es wissen.

Felix sah zu Boden.

Dann lächelte er verschämt. »*Bub*, hat er gesagt, *wenn du ein Mädchen liebst, dann solltet ihr heiraten und Kinder kriegen. Schließlich darf die Kette nicht abreißen...*«

Cora lachte laut auf.

Verletzt sah Felix plötzlich hoch, schaute aber nicht sie, sondern mich an. Sein Blick traf mich wie ein Blitz. Aus reiner Verlegenheit fing ich an, abzuräumen und die Tassen zu spülen. Felix ging hinaus, Cora griff sich ein Handtuch.

»Diese alten Leutchen«, meinte ich, »deine Großmutter und ihr Geliebter, geben mir Rätsel auf. Anscheinend ist es möglich, einen einzigen Menschen das ganze Leben lang zu lieben. Oder ist das bloß ein Traum, ein frommer Wunsch, den man sich ein für allemal aus dem Herzen reißen soll?«

Wider Erwarten lachte sie nicht gleich los, aber ich war mir sicher, daß meine Worte für ihre Begriffe viel zu schwülstig ausfielen. »Maja, du bist und bleibst eine sentimentale Phantastin«, sagte sie nach einer Weile. »Ich seh dir an der Nasenspitze an, daß du drauf und dran bist, dich in irgendeinen Schlappschwanz zu verlieben. Dabei weißt du genau, daß so etwas auf die Dauer nur Kummer bereitet. Was spricht dagegen, sich gelegentlich einen italienischen Lover zu angeln, damit es zu keinem Hormonstau kommt. Andy und Felix sind Weicheier wie Jonas, schlag dir diese Jungs ein für allemal aus dem Kopf!«

Selten brennt bei mir die Sicherung durch, an diesem Abend war es soweit. Am liebsten hätte ich Cora die blanke Pfanne übergebraten. Warum maßte sie sich an, immer zu wissen, wo es langging? Was mischte sie sich in Bélas und mein Leben ein? Über Andy konnte sie sich kein Urteil erlauben. Und Felix konnte sie auch nicht für sich beanspruchen, brüllte ich sie an. »In Italien wird Emilia noch so eben geduldet, weil sie uns fast alle Hausarbeit abnimmt, und Mario, der dir als alter Opa nicht weiter in die Quere kommt. Aber junge Männer werden nach dem Paarungsakt erbarmungslos weggebissen. Ständig spielst du dich als Alphawölfin auf!« Ich knallte die Tür zu, ging ins Bett. Zu meiner eigenen Verwunderung mußte ich diesmal nicht weinen. Ich schlief fest und traumlos bis zum nächsten Morgen.

Die nächsten zwei Tage verbrachte ich ausschließlich mit Andy, der sich Urlaub nahm; ich wollte weder Cora noch dem traurigen Felix oder gar Kathrin über den Weg laufen. Wir fuhren in eine Kleinstadt am Neckar und wohnten in einem Romantikhotel, das dank Coras Schecks mühelos fi-

nanzierbar war. Wie alle frisch Verliebten war Andy glücklich, mich in seiner Heimatstadt herumzuführen.

Anhand der Topographie versuchte er, mir den eigenen
Lebenslauf in allen Einzelheiten nahezubringen, lief mit
mir die Wege seiner Kinderjahre ab, zeigte mir Schule und
Elternhaus und eine Stelle im Wald, wo er als Zehnjähriger
ein geheimes Räuberlager angelegt hatte.

Als ich zurückkam, saß Kathrin am Küchentisch und feilte
sich die Fingernägel. »Bin wieder da!« sagte sie. »Was machen deine Wunden?«

Ich hatte meine Füße fast vergessen, aber bei ihren Worten taten sie sofort weh. Als ich das schmutzige Pflaster vorsichtig löste, war Kathrin beim Anblick der abheilenden
Brandblasen sichtlich erleichtert. Sie hatte sich wohl ausge-
malt, daß ich mein Leben lang behindert bliebe. »Wo sind
die Bilder?« fragte sie.

Ihre Habgier ärgerte mich so, daß ich es ihr nicht verraten mochte. »Erzähl du erst mal«, schlug ich vor.

Kathrin lächelte kindlich. »Stell dir vor, man hat mir
einen Antrag gemacht! Wenn ich wollte, könnte ich den
Mitbesitzer des Trachtengeschäfts heiraten und für immer
in Innsbruck bleiben!«

Ich konnte mir nichts Blöderes vorstellen und sagte mür-
risch: »Diese einmalige Chance solltest du dir auf keinen
Fall entgehen lassen. Leider war ich so dusselig und habe dir
deine Lehrerinnenstelle warmgehalten.«

Kathrin lächelte. »Das war lieb von dir. Natürlich würde
ich auf keinen Fall ein zweites Mal heiraten, eine Pleite
reicht. Andererseits könnte man schon schwach werden,

wenn der Verehrer ein reinleinenes Brautkleid mit Herzerl-Bordüre als Köder auslegt, vorn echte Silberknöpfe, am Rücken die klassische Bänder-Verschnürung – ein Traum, sag' ich nur!«

Plötzlich sprang ich wie eine Furie auf. Was hatte ich bloß für schreckliche Freundinnen! Cora eine arrogante Besserwisserin, Kathrin eine borierte Spinnerin. »Ich weiß einen prima Filmtitel!« schrie ich. »*Die bärtige Braut!* Geh doch gleich nach Hollywood! Merkst du gar nicht, wie schwachsinnig du daherredest? Ich bin für dich durchs Feuer gegangen! Wie willst du das je wiedergutmachen? Ohne mich wären alle deine Bilder futsch!«

Natürlich war Kathrin hochgradig beleidigt. »Vergiß bitte nicht«, sagte sie, »daß ich dir das Leben gerettet habe. Ohne mich wäre niemals ein Hilfstrupp zustande gekommen! Aber von dir habe ich sowieso nicht erwartet, daß du aus purer Freundschaft etwas für mich tust. Also spuck schon aus, was du dafür haben willst!«

Ich sagte kühl: »Überhöhte Forderungen sind nicht mein Stil, ich wäre bereits mit dem Matisse zufrieden. Du weißt ja, daß man ihn nicht verkaufen kann.«

Kathrin schluckte.

Hugo wurde auf dem Waldfriedhof begraben, wo seine Frau und auch viele Verwandte der Familie Schwab ihren Platz gefunden hatten. Bei so alten Leuten kämen nur noch wenige Trauergäste, raunte mir Felix zu, die meisten Altersgenossen seien längst gestorben. Aus der Generation des Toten stammte einzig seine Geliebte, und außer Hugos beiden Töchtern standen bloß Felix, Cora und ich am Grab. Für die

Freunde aus der Wohngemeinschaft gab es keinen Grund, dem Opa ihres Mitbewohners die letzte Ehre zu erweisen. Inzwischen wußten wir von Regine, daß Coras Eltern in den Staaten weilten und momentan unerreichbar waren.

In einer kleinen Kapelle hörten wir zu Beginn der Totenfeier eine salbungsvolle Rede über das Leben des Verstorbenen, den der Geistliche offensichtlich nicht gekannt hatte. Cora und Felix hatten ihre Großmutter in die Mitte genommen. In ihrem altmodischen schwarzen Kapuzenmantel sah Charlotte entzückend aus, aber sie schüttelte immer wieder mißbilligend den Kopf. *Es war alles anders,* dachte sie wohl und blickte dabei unentwegt auf den Sarg, der ganz mit weißen Rosen bedeckt auf einem Rollwagen zum Abtransport bereitstand. Im Anschluß an die Trauerpredigt kam es zu einer kleinen Peinlichkeit, weil das gemeinsame Lied fast nur von Charlotte und mir gesungen wurde; alle anderen taten sich mit den unbekannten Noten schwer. Im Gegensatz zu mir weinte die alte Dame jedoch nie, blieb aber nach der Beisetzung noch lange auf einer eisernen Friedhofsbank sitzen.

Um meine Verbundenheit mit der Familie Schwab zu beweisen, ging ich mit zum Totenschmaus, obwohl ich mich als Fremdkörper empfand. Früher hatte ich mir oft gewünscht, von Coras Vater adoptiert oder von ihrem Bruder geheiratet zu werden. Bei jenem Essen mußte ich immer wieder zu Felix schauen, der ja ebenfalls zum Clan der Schwabs gehörte; aber diesen hoffnungsvollen Gedanken durfte ich gar nicht erst ausspinnen. Cora hätte ein Happy-End in meinem Sinne sicher nicht gebilligt.

Regine hatte das Menü vorbestellt. Als man mir zu Beginn eine Espressotasse servierte, protestierte ich zaghaft. Wie so oft wurde ich belächelt, denn es handelte sich um ein Pilzsüppchen. Verunsichert stocherte ich anschließend auf meinem Vorspeisenteller herum, dessen drei fleischige Klumpen mir Cora als Jakobsmuscheln anpries; ich hielt mich lieber an die mit Zwiebelcreme gefüllte Tomate und einen Toast. Zaghaft beobachtete ich, welche Gabeln die anderen in welche Hand nahmen und wie sie beim Fischgang geschickt die Gräten aus der Lachsforelle entfernten. Ich fühlte mich erst in meinem Element, als ich Zimteis aus einer Birne löffelte und fröhlich das Minzblatt mitaß. Als die Dessertschälchen weggeräumt wurden, sah ich, daß diese Dekoration nur auf meinem Teller fehlte.

Zu Hause angekommen, begannen Cora und ich zu packen. Wegen Hugos Beerdigung hatte sie ihren Flug verschieben müssen. Am nächsten Tag sollte ich sie zum Flughafen bringen und dann mit ihrem Wagen die Heimfahrt antreten, nicht ohne Béla auf dem Rückweg abzuholen.

Andy kochte Jasmintee. »Wo ist eigentlich Kathrin?« fragte er mich.

Zuerst zuckte ich mit den Schultern, aber dann wurde mir klar, daß sie nach der heutigen Unterrichtstunde längst wieder dasein mußte. Nur ungern überwand ich mich und versuchte mein Glück bei Bernd Koppenfeld. Jetzt am Abend rechnete ich zwar nicht mehr damit, ihn in seinem Büro zu erreichen, aber er war sofort am Apparat. Nein, sagte er mit Eiseskälte, weder Kathrin noch eine Vertretung habe sich blicken lassen, er hätte ihren Unterricht selbst gehalten. Und er habe keine Lust, sich noch weiterhin von uns verarschen zu lassen, wir sollten ihm beide nie wieder unter die Augen treten.

»Und wenn ihr etwas passiert ist?« fragte ich.

Er schnaubte ein paarmal vor Zorn und polterte los: »Bin ich ein Bulle? Geh doch zur Polizei mit deinen Problemen! Ich für meinen Teil habe nicht die Absicht, mich in irgendeiner Form für pflichtvergessene Mitarbeiter einzusetzen!«

Was nun?

Andy lief in die anderen Zimmer und holte zwecks Krisensitzung Felix, Cora und schließlich auch Max und den Hund in die Küche. Ich erklärte kurz die Sachlage: Es war schließlich gut möglich, daß Kathrin von Erik und seinen Handlangern gekidnappt worden war.

Cora wiegelte ab, aber ich ahnte, daß es aus eigennützigen Gründen geschah. »Morgen möchte ich auf jeden Fall meine Pasta in Florenz essen«, sagte sie. »Ich werde meinen Flug unter keinen Umständen noch einmal umbuchen. Im übrigen denke ich, daß ihr schon genug für diese Kathrin getan habt.«

Felix schloß sich an. »So unvernünftig ist Allerleirauh auf keinen Fall, daß sie ohne Begleitung vor der VHS aufmarschiert ist! Sicher kommt sie gleich zur Tür herein und lacht uns aus.«

Der Abend nach Hugos Begräbnis endete mit einer Sauferei, denn wir hatten das Bedürfnis, sowohl seinen Tod als auch die Angst um Kathrin zu verdrängen. Wir tranken auf Adam und Eva, Romeo und Julia, auf Hugo und Charlotte, auf Hund und Katz, Cora und mich. Und Felix und Andy, die mir zu später Stunde immer mehr wie Weicheier vorkamen, konnten nicht aufhören, unseren Abschied zu bedauern. Schließlich hatte ich das Gefühl, schleunigst fortzumüssen, um mich nicht aus Sentimentalität für einen von beiden zu entscheiden. Also lehnte ich mich an diesem Abend an Max, unseren einzigen *tough guy,* machte den Hund wild vor Eifersucht und sah nur noch durch eine Nebelwand, daß Andy aufstand und uns verließ – wahrscheinlich, weil er zu müde zum Zechen war.

Erst später erfuhr ich, daß er noch tief in der Nacht sein Versprechen eingelöst und Methadon besorgt hatte, weil er mir damit imponieren wollte.

11

Cora ließ es sich nicht nehmen, ihren Schlitten selbst zum Flughafen zu steuern; sie hatte nur eine rote Lacktasche bei sich, ihren Koffer sollte ich im Auto mitnehmen. Leicht wie ein Zugvogel konnte sie nach Florenz davonfliegen, während ich die Ochsentour mit meinem Kind ohne Unterstützung bewältigen mußte.

Da Coras Flug enorme Verspätung hatte, standen wir frustriert in der Eingangshalle herum, als niemand anderes als Sven Hilter in Begleitung seiner thailändischen Frau an uns vorbeihastete. In ihren überhohen Stöckelschuhen konnte sie kaum Schritt halten. »Cora«, zischte ich, »siehst du den Dickwanst dort? Das ist der Schuft, dem ich die versengten Fußsohlen verdanke! Er wird doch wohl nicht hier nach· mir suchen?«

»Den schau ich mir mal genauer an«, sagte meine Freundin. »Komm, wir nehmen unsererseits die Verfolgung auf!«

Im Kielwasser meines Feindes gelangten wir zum Meeting point und warteten mit anderen Abholern auf die Maschine aus Bangkok, deren Flugnummer bereits auf der Tafel blinkte. Dort entdeckte mich Seng Aroon, die Thaifrau: Von ihrem Ehemann abgewandt, legte sie den linken Zeigefinger an den Mund und deutete mit dem rechten auf das nächste Toilettenschild. Sie flüsterte ihrem Begleiter etwas zu, was ihn sichtlich verdroß, und stöckelte in Richtung

Klo. Ich informierte Cora und folgte der zierlichen Frau unauffällig.

Kaum hatten wir die Damentoilette erreicht, zupfte sie mich aufgeregt am Ärmel. »Very danger, miss!«

Wußte sie, wo Kathrin war?

»Other miss my house«, flüsterte sie.

Ich reichte ihr einen Kugelschreiber und den Parkschein, auf den sie ihre Anschrift in ungelenken Blockbuchstaben eher malte als schrieb. Bevor wir uns trennten, versuchte sie erneut, mich durch ein beschwörendes Zeichen zum Stillschweigen zu verpflichten.

Als die Reisenden aus Bangkok eintrafen, begrüßte Seng Aroon drei Thailänderinnen offenbar in der Landessprache, Hilter legte ihre Koffer auf einen Trolley, und beide geleiteten die Neuankömmlinge zur Tiefgarage, wie wir annahmen.

»Kathrin ist in großer Gefahr! Höchstwahrscheinlich wird sie von dieser Speckschwarte gefangengehalten«, sagte ich zu Cora, »aber ich habe die Adresse, falls es nicht eine Falle ist und die Thaifrau mich reinlegen will. Wir müssen sofort etwas unternehmen.«

Cora nickte und sah auf die Uhr: Sie hatte noch vier Stunden Zeit. »Schnell ins Auto«, befahl sie, »im Moment ist wenig Verkehr. Wir haben eine Chance.«

Es dauerte eine geraume Zeit, bis wir die Parkgebühr bezahlt und mit dem Fahrstuhl das dritte Tiefgeschoß erreicht hatten. Als wir endlich starten konnten, sagte Cora: »Jetzt aber mit Karacho! Wohin geht's denn überhaupt?«

Die notierte Adresse sagte uns beiden zwar nichts, doch

zum Glück hatten wir noch eine zweite Chance: Vor uns scherte ein Mercedes aus einer Parklücke, in dessen Fond wir die drei Thailänderinnen erkannten; am Steuer saß Hilter, neben ihm seine Frau. Cora stieß ihren Murmeltierpfiff aus.

»Anscheinend peilen sie den Hauptbahnhof an«, stellte Cora fest, als wir ihnen in die Innenstadt folgten. »Vielleicht werden die drei Ladies gleich wieder umgeladen.« Wir blieben in sicherem Abstand hinter dem Mercedes, bis Hilter unvermutet vor einer privaten Tiefgarage anhielt, deren Gittertor er mittels Fernbedienung öffnete.

Da Cora hier nicht anhalten konnte, fuhren wir bis zum Bahnhof weiter, um dort mit etwas Glück einen Parkplatz zu finden. Erst zwanzig Minuten später waren wir wieder an Ort und Stelle und schlichen mißtrauisch um das Gebäude herum, bis wir schließlich an der Frontseite ein rotes Leuchtschild entdeckten: *Resis Schwitzkistl, Sauna und Massage.*

»Soll ich einfach mal klingeln?« fragte Cora übermütig.

Ich zögerte mit meinem Einverständnis. Dies war zwar jenes Etablissement, das auf dem bewußten Streichholzheftchen Reklame machte, aber sollten wir nicht lieber zu der Privatwohnung fahren und dort nach Kathrin suchen?

Etwas unschlüssig standen wir noch vor dem Häuserblock, als aus dem Nachbargebäude eine ältere Frau herauskam. Höflich fragte Cora nach den Öffnungszeiten der Sauna. Die Fremde schüttelte den Kopf über so viel Naivität. »Aber Kinder, das ist doch ein Bordell! Macht lieber einen großen Bogen um dieses Haus! Wenn ich nur könnte, würde ich lieber heute als morgen von hier wegziehen. Alle paar Wochen holen sie Nachschub aus Polen, Thailand oder Südamerika«, klagte die Frau, »es ist eine Schande! Manchmal hört man die verzweifelten Mädchen weinen. Aber als ich einmal die Polizei gerufen habe, brannte am nächsten Tag ein Kinderwagen in unserem Hausflur ab.« Als hätte sie bereits zuviel gesagt, machte sie sich eilig davon.

Das war im Grunde nichts Neues. Mit einem Touristenvisum flogen die Frauen für einige Monate nach Deutschland; Seng Aroon war wohl für die Thailänderinnen zuständig, mußte ihnen berechtigte Ängste ausreden und Instruktionen erteilen. Dann bekamen sie wahrscheinlich die Pässe abgenommen und wurden im Schwitzkistl als Prostituierte eingesetzt. Häufig wurden in der Zeitung ähnliche Fälle angeprangert, die sich in der Grauzone zwischen Verletzung der Menschenwürde, Ausbeutung und Sklavenhandel bewegten. Hilter hatte Seng Aroon wahrscheinlich nicht aus Zuneigung geheiratet, sondern nur, um ihre Aufenthaltsgenehmigung zu sichern.

»Wenn die ganze Bande hier versammelt ist, könnten wir inzwischen ganz gefahrlos in ihrem Wohnhaus nach Kathrin suchen«, schlug ich vor. Also beschlossen wir, nicht länger tatenlos herumzustehen, sondern den Wagen zu holen und die notierte Privatadresse anzusteuern. Ein freundlicher Polizist beschrieb uns den Weg.

Sven Hilter wohnte in einer unauffälligen Vorortsiedlung, die sich durch gehobene Spießigkeit auszeichnete. Keine Gartenzwerge, dafür ein gußeiserner Kranich im Vorgarten. Wir parkten ein paar Häuser weiter und durchwühlten den Kofferraum nach geeigneten Waffen. Außer einem Kreuzschlüssel und der bewährten Taschenlampe hielten wir auch den Metallring mit den Dietrichen, den wir dem Mafioso abgenommen hatten, für nützlich. Da wir an der Haustür kein Glück hatten, probierten wir es schließlich erfolgreich mit dem Garagentor. Aber hatten wir dadurch auch Zugang zu den Wohnräumen?

Von der Garage aus, die im Kellergeschoß lag, führte eine Tür zum Hauswirtschaftsraum, in dem sich Waschmaschine, Trockner, Gefrierschrank und Bügelautomat befanden. Schnüffelnd öffnete Cora den Kühlschrank und krächzte mit tonloser Hexenstimme: »Beim heiligen St. Kannibal, ich wittere Menschenfleisch!« Obwohl ich nur gefrorene Erbsen, Fischstäbchen, Hamburger, Eiscreme und große Mengen eines asiatischen Fertiggerichts entdeckte, schauderte mir bei ihren Worten, ja, mir wurde richtig übel vor Angst. Ich befürchtete schon, auf Kathrins Leiche zu stoßen, mir war auch klar, daß wir trotz des Kreuzschlüssels gute Chancen hatten, nicht gerade unbeschwert im Main zu landen. Mit gutem Grund hatte mir Felix ausreden wollen, in einem derart brisanten Fall weiter mitzumischen.

Im Gegensatz zu mir war Cora mutig, ja tollkühn. Oder sollte man es Dummheit nennen? War Angst nicht ein natürlicher Instinkt, auf den man hören sollte? Ich brach meine philosophischen Gedanken ab und folgte meiner Freundin blindlings. Die Alphawölfin hätte mich sonst für immer aus ihrem Rudel weggebissen.

Ohne Zögern stieg sie die Treppe zum Erdgeschoß hinauf. Insgeheim hoffte ich, auf eine von innen dreifach verriegelte Tür zu stoßen. Aber als Cora oben ankam, drückte sie bloß die Klinke hinunter. Wir standen in einem kleinen

Flur, von dem aus Küche, Toilette, Wohn- und Eßzimmer abgingen. Das Haus wirkte unbewohnt; die Frage war nur, wie lange noch.

»Einen erlesenen Geschmack hat dein Folterknecht«, flüsterte Cora und betrachtete mit süffisantem Grinsen die Wohnwand mit eingebauter Bar und fünf Bücherbrettern, auf denen ein paar Briefmarkenalben, eine Kollektion Pornovideos, eine geschnitzte Nubierin und eine Sammlung zinnerner Pokale aufgereiht waren. Der Waffenschrank in der Ecke war verschlossen. Schreckhaft zuckte ich zusammen, als das Telefon klingelte, und noch viel mehr, als eine Geisterhand die angelehnte Tür unendlich langsam öffnete. Eine Siamkatze schlüpfte herein, rieb sich an Coras Beinen und schnurrte, während ich sehr blaß in den nächsten Sessel sank.

»Komm«, zischte ich, »jetzt ist nicht der Moment, fremde Miezen zu kraulen. Gehen wir hinauf und bringen es hinter uns!«

Im oberen Stock gab es außer einem Bad mit schwarzen und bonbonrosa Fliesen ebenfalls drei Zimmer: ein kleines Büro mit Akten auf dem Schreibtisch, ein Schlafzimmer mit einem runden Wasserbett und einen weiteren Raum, in dem ein braunes Cordsofa mit Brandlöchern und ein zweiter Fernsehapparat standen. An der Wand hing ein Poster mit der Aufschrift *Amazing Thailand*. Auch hier war leidlich aufgeräumt, von Kathrin keine Spur.

»Du hast doch das Handy dabei, sollen wir nicht versuchen, Felix und Andy um Hilfe zu bitten?« fragte ich mit klopfendem Herzen.

Cora reagierte mit ärgerlichem Kopfschütteln. »Merk dir ein für allemal: Wenn du dich mit schwachen Männern abgibst, versuchen sie sofort, dir das Mark aus den Knochen zu saugen, um selbst zu erstarken. Am Ende sind sie zu Riesen geworden, und du bist nur noch ein Schatten deiner selbst. Männer sind Vampire! Laß die Finger davon!« Bei diesen Worten schlug sie heftig mit dem Kreuzschlüssel auf das glucksende Wasserbett ein.

Dies war nun wirklich nicht der Augenblick, um über Vor- und Nachteile unserer Hausgenossen ein Streitgespräch zu beginnen. Im Moment hätte ich auch den schwächlichsten Mann an meiner Seite willkommen geheißen.

»Laß uns abhauen«, bat ich inständig, »es ist vertane Zeit und vielleicht sogar lebensgefährlich, hier noch länger zu bleiben.«

»Schnauze«, herrschte Cora mich an, »hörst du nichts?« Das leichte Kratzen, das ich nun auch vernahm, rührte von der Katze her, die sich neben einem hohen Wandspiegel beim Spiel mit einem Stückchen loser Tapete vergnügte. Wie bei Kathrins Rosenbildern, die einen wertvollen Schatz verbargen, tarnte die Blumentapete eine Wand aus Sperrholz, auf die uns die Katze aufmerksam machte. Der Spiegel verdeckte eine Tür, die ich mit zittrigen Händen öffnete. In einem engen, fensterlosen Abstellraum lagen zwei gefesselte Frauen.

Die eine war Kathrin. Als wir frische Luft hereinließen, ihre Fesseln abnahmen und ihr Wasser auf die Stirn spritzten, kehrte ein wenig Farbe ins Gesicht zurück, und sie atmete hörbar, ohne das Bewußtsein zu erlangen. Wie gern hätte ich ihren tiefen Seufzer vernommen. Meine Freundin wandte sich dem zweiten Opfer zu, aber die Unbekannte, eine Afrikanerin, hatte weniger Glück gehabt. »Die ist hin«, meinte die coole Cora, und plötzlich war es um ihre Fassung geschehen. Sie heulte unkontrolliert los, ich umarmte sie, doch sie war kaum zu trösten. Diese menschliche Regung war für mich der Anlaß, in Cora meine heißgeliebte Freundin wiederzufinden.

Als vor dem Haus ein Mercedes vorfuhr, stürzte ich zum Schlafzimmerfenster und spähte durch die Gardine. Sven Hilter und Seng Aroon stiegen aus, die drei anderen Thaifrauen waren offensichtlich im Schwitzkistl geblieben.

»Um Gottes willen, Cora, sie kommen!« rief ich und wußte so schnell nicht, ob wir fliehen, kämpfen oder letztendlich doch die Polizei rufen sollten. Aber Hilter schloß bloß die Haustür für seine Frau auf und stapfte wieder die Steinstufen zur Straße hinunter. Falls er seinen Wagen in die Garage fahren wollte, würde er sofort entdecken, daß sie nicht mehr zugesperrt war. Mit angehaltenem Atem lauerten wir hinter den Vorhängen. Kopfschüttelnd stieg Hilter jedoch zum zweiten Mal aus, ging wieder hinauf und schloß die Haustür ab, offenbar von außen. Dann brauste er davon.

Im Erdgeschoß hörten wir Seng Aroon in fremder Sprache mit der Katze reden.

»Los«, sagte Cora. »Mit der kleinen Mrs. Hilter wirst du dreimal fertig.«

»Die ist auf unserer Seite«, sagte ich. »Bleib du erst einmal hier oben bei Kathrin!«

Vor Seng Aroon fürchtete ich mich nicht und erachtete es deshalb nicht für nötig, die Treppe hinunterzuschleichen.

Doch sie war auf die Knie gesunken, hielt die zusammengepreßten Hände gegen die Brust und zitterte vor Angst am ganzen Körper – bis sie mich endlich wiedererkannte. Ohne ihre Stöckelschuhe wirkte sie winzig klein; zierlich ragten die nackten Füße aus den weiten Hosen, gegen die sie den Minirock unverzüglich eingetauscht hatte. Beruhigend strich ich ihr über das Haar. Als sie sich wieder gefaßt hatte, deutete sie nach oben: »White miss and black miss in prison!«

Ich lief zum Treppenaufgang und rief nach Cora.

Seng Aroon erschreckte sich zum zweiten Mal, als eine fremde rothaarige Frau heruntergestürmt kam. Um ihr verständlich zu machen, wie wir in ihr Haus eingedrungen waren, zeigte ich ihr unsere Dietriche und sagte »garage entrance«, dann umarmte ich Cora demonstrativ und beteuerte »good friend« und tat im Anschluß dasselbe mit Seng Aroon.

Als wir die Thailänderin über den Tod der Afrikanerin informierten, fing sie an, am ganzen Leib zu beben: »They killed Mango«, schluchzte sie. Dann erklärte sie mit Entschlossenheit ihren Willen zu tatkräftiger Kooperation. Gemeinsam schleppten wir Kathrin hinunter. Seng Aroon schien sich inzwischen auf ganz pragmatische Weise Gedanken über unsere Flucht zu machen, denn sie fragte: »You have car?«

Da ich bejahte, lief sie sofort in den Keller und hielt uns das Tor auf, damit Cora den Ferrari in die Garage fahren konnte. Von den Nachbarn unbemerkt, betteten wir die ohnmächtige Kathrin ins Auto und wollten eigentlich sofort das Weite suchen, um ihre medizinische Versorgung nicht zu verzögern.

Als ich einsteigen wollte, klammerte sich Seng Aroon heftig an mich und bettelte: »Please take me with you!« Ich wußte nicht recht, wie ich mich verhalten sollte, aber Cora blieb gelassen. »Wenn's weiter nichts ist! Okay«, rief sie »no problem!« Ohne mich um meine Meinung zu fragen, wies sie der barfüßigen Thaifrau den Beifahrersitz an. Zu viert verließen wir den unguten Ort.

Eigentlich wollten wir unverzüglich die nächste Unfallstation ansteuern und dem Notarzt eine Notlüge auftischen. Bevor wir aber geklärt hatten, welches Krankenhaus zuständig war, regte sich Kathrin. »Sie haben mir eine Spritze gegeben«, lallte sie. »Von da an weiß ich gar nichts mehr. Wo wollt ihr eigentlich hin?«

»Vor zehn Minuten ist mein Flieger gestartet«, stellte Cora fest, »deswegen können wir uns den Flughafen schenken und direkt nach Darmstadt fahren.«

Bald darauf saßen wir zu viert in der WG-Küche. Ich kochte Tee für uns alle. Keiner der Bewohner war zu Hause. Kathrin erzählte in schleppender Sprechweise, wie man sie – genau wie mich – vor der Volkshochschule abgefangen und direkt zu Sven Hilters Haus gebracht hatte.

Seng Aroon faßte erst mich, dann Cora und Kathrin am Handgelenk und sagte zu jeder von uns feierlich: »You are my sister!«

Alle mußten lächeln, und Cora versuchte, ihr unsere Namen beizubringen.

»Seng Aroon means *rising sun*«, wisperte die Thaifrau, immer noch ein wenig schüchtern, »my nickname is Pu!«

Ermuntert durch unsere Fragen, begann sie uns radebrechend von ihrer Kindheit im Nordosten Thailands zu erzählen. Ihre Mutter war früh Witwe geworden und mußte acht Kinder mit ihrer Arbeit auf den *paddyfields* ernähren.

»Das sind Reisfelder«, informierte uns Cora, die ja immer alles wußte.

Als Pu berichtete, wie sie als Jüngste der Geschwister regelrecht verkauft worden war, kamen Kathrin die Tränen.

»Und wie soll es nun weitergehen?« fragte ich. »Wohin sollen wir unsere neue Freundin bringen? Ihren Paß hat Hilter bestimmt weggeschlossen. Sie kann nicht so ohne weiteres ins Ausland verschwinden.«

Cora zuckte mit den Achseln, Kathrin meinte, sie fühle sich wie gerädert und müsse ein wenig schlafen. Danach könne man weiter beraten.

Ungefragt machte sich unsere Sister daran, Gläser und verkrustetes Geschirr zu spülen, während ich abtrocknete und wegräumte. Pu lächelte mir anerkennend zu und erklärte mir ein Thai-Sprichwort: Frauen seien die Hinterbeine des Elefanten.

Ich mußte an meinen Spitznamen denken und fragte neugierig: »Wieso die Hinterbeine?«

Männer seien die Vorderbeine und bestimmten leider die Richtung im Leben; aber die eigentliche Kraft stecke in den hinteren Extremitäten, die sich bestens zum Zertrampeln eigneten.

Cora hatte zugehört. »Da haben wir uns ja ein rechtes Herzchen angelacht«, meinte sie, »nun sind wir im Handumdrehen zur Viererbande mutiert.«

Allmählich fanden wir es an der Zeit, dem Schicksal der toten Mango nachzugehen.

Ebenso wie Kathrin hätte die Afrikanerin noch gelebt, als sie mit Hilter zum Flughafen losgefahren sei, versicherte Pu. Er habe die Frau ausschalten wollen, weil sie getobt habe und sich nicht in den Bordellbetrieb einfügen mochte.

Da uns Pu mit solchen Informationen recht vernünftig unterstützte, wurde sie von Cora als stimmberechtigte Verbündete befragt, was wir ihrer Meinung nach vordringlich unternehmen sollten.

»Please kill Seven«, bat sie.

Cora rang in gespielter Verzweiflung die Hände. »Sieben auf einen Streich? Ich bin doch nicht das tapfere Schneiderlein!« lamentierte sie.

»Mit Seven meint sie Sven, den Fettsack«, kommentierte Kathrin, die halbwegs regeneriert aus den Federn gekrochen war. »Für Asiaten ist es schwer, zwei aufeinanderfolgende Konsonanten auszusprechen.«

Pu nickte, als hätte sie alles verstanden. »And Mister Erik: same-same!« forderte sie.

»Was soll das nun wieder heißen?« fragte ich dümmlich.

Cora wußte es natürlich. »Miss Maja machen peng-peng bei Mister Seven und same-same mit Mister Erik«, sagte sie.

Das konnte ihr so passen.

Trotz unseres munteren Plauderstündchens hielt ich es nicht mehr lange in der Küche aus. Für alle Fälle wollte ich schleunigst mein bißchen Gepäck zusammensuchen, damit ich jederzeit fluchtbereit war. Als ich nach meinem Nachthemd Ausschau hielt, fand ich einen Brief von Andy auf dem Kopfkissen. Wahrscheinlich befürchtete er, ich würde mich wieder ohne ein liebes Wort aus dem Staub machen. Über diesen Punkt hatte ich zwar nicht weiter nachgedacht, aber im Grunde war klar, daß ich nach Coras Abflug nur rasch meine Siebensachen gepackt hätte und aufgebrochen wäre, um nicht allzu spät bei meinem Kind einzutreffen.

Inzwischen schien mich Andy zu durchschauen, denn er versuchte schriftlich, mich zum Warten zu bewegen. Am späten Nachmittag sei sein Taxidienst zu Ende; falls ich aber trotz seiner Bitte auf und davon sei und er mich nicht mehr umarmen könne, fände ich unter meiner Decke ein Abschiedsgeschenk. Neugierig lupfte ich das Federbett und stieß auf ein Fläschchen mit Methadontropfen. Das kam wie gerufen.

Als ich Cora Andys Andenken zeigte, war sie sichtlich erfreut. »Gut gemacht, Maja!« lobte sie. »Dann haben wir ja die olle Amerikanerin bald abserviert.«

»Please kill Seven!« ahmte ich Pu nach, und Cora feixte. »Ob es für so viele reicht?« zweifelte sie. Aber im Grunde waren wir uns ohne langes Palaver einig, daß die Herren Erik und Sven den Vortritt hatten.

Siegesgewiß begaben wir uns wieder zu den beiden anderen. »You have gun?« fragte Pu und schaute erwartungsvoll zu uns auf. Anscheinend sah man uns die Mordpläne an der Nasenspitze an.

Kathrin, die sich bis jetzt eigentlich noch nicht als Killerin qualifiziert hatte, hieb plötzlich in dieselbe Kerbe. »Same-same wäre eigentlich auch die Lösung für meine Probleme!« sagte sie. »Wenn Erik unter die Erde käme, hätte ich wieder eine eigene Wohnung und sicher einen ansehnlichen Notgroschen auf der Sparkasse. Auch sonst...« Sie dachte wohl an die Bilder.

Wie eine professionelle Pharmakologin begann Cora, Kathrin über Methadontropfen und ihre Wirkung auf einen körperlich strapazierten Organismus zu informieren. »Das mußt du auf englisch sagen«, verlangte Kathrin. »Unsere Thai-Sister sollte mitreden können. Schließlich hat sie euch den Auftrag erteilt.«

Pu machte große Augen, als wir ihr die Methadon-Flasche zeigten. »Very poison?« fragte sie hoffnungsvoll.

Aber so einfach schien mir die Sache nicht zu sein. Mühsam erklärte ich ihr, daß wir ihrem Mann und Erik, ohne daß sie es merkten, die Tropfen einflößen und sie anschließend zu einer Mount-Everest-Besteigung oder einem schweißtreibenden Parforceritt animieren müßten. Erst dann hätten wir eine geringe Chance...

»No, no, Miss Maja!« rief sie und geriet geradezu in Fahrt. Da Sven im letzten Jahr so fett geworden sei, habe Erik ihm Sport verordnet. Jeden Morgen in aller Frühe würden die beiden zusammen joggen.

»Stimmt«, unterbrach Kathrin, »Erik tut das schon seit Jahren. Noch vor dem Frühstück fährt er nach Sachsenhausen und läuft am Main entlang. Er versuchte früher immer mal wieder, mich auch zu solchen Aktivitäten zu motivieren, aber da war Hopfen und Malz verloren. Kann mir gut denken, daß er jetzt froh ist, einen Dummen gefunden zu haben. Im übrigen weiß ich ziemlich genau, wo er startet... Erik nimmt im Rucksack immer eine Flasche Mineralwasser mit, die könnten wir doch präparieren.«

Alle blickten zu ihr hin und dachten angestrengt nach.

»Kathrin«, sagte ich mit mildem Vorwurf, »du hast zwar gelegentlich gute Ideen, aber zufällig weiß ich ganz genau, was du für ein Hasenfuß bist. Traust du dich in Eriks Wohnung? Und zwar dann, wenn er noch zu Hause ist?«

»Das ist im Augenblick sekundär«, sagte Cora und legte die Stirn in Falten, »denn unsere auserwählten Opfer werden bald etwas anderes im Sinn haben als Joggen. Sobald ihnen aufgeht, daß wir bei Kathrins Befreiung Mangos Leiche entdeckt haben, werden sie die halbe Frankfurter Unterwelt auf uns ansetzen!«

Damit wurde klar, daß wir einen großen Fehler machten, wenn wir weiterhin unsere Zeit so gemütlich in der WG-Küche vertrödelten. Unsere Jäger wußten, wo wir zu finden waren.

12

Manchmal bewies Cora, daß sie kein Herz aus Stein hat. Bevor wir endgültig unser jetziges Quartier verließen, gab sie mir den Auftrag, in einem erstklassigen Hotel in Frankfurt anzurufen und zwei Doppelzimmer oder eine Suite mit Garage zu buchen.

»Ich muß noch schnell etwas besorgen, bin gleich wieder da!« rief sie und stürzte aus dem Haus.

Bepackt mit Geschenken kam sie nach einer knappen Stunde in einem eleganten neuen Regenmantel zurück. Für Kathrin hatte sie einen kleinen, aber feinen Orchideenstrauß mitgebracht und für mich ein Paar todschicke Riemchensandaletten, denn sie hatte mit Abscheu die Latschen der Ethnologin an meinen Füßen registriert. Pu bekam eine komplette Aussteuer: Unterwäsche, Pyjama, T-Shirts und ein Kleidchen aus der Kinderabteilung des Kaufhauses, außerdem eine Reisetasche und einen Kulturbeutel samt Inhalt.

Inzwischen hatte ich eine Luxussuite reservieren lassen, das Köfferchen der kraftlosen Kathrin gepackt und für Andy einen Gruß hinterlegt. Auch Cora schrieb ein paar Zeilen an Felix, denen allerdings nur zu entnehmen war, daß es uns gutging, nicht aber, ob wir bereits auf dem Weg nach Italien waren.

»Kathrin ist wieder da, ihr braucht euch keine Sorgen zu machen, alles Klärchen«, schloß sie ihren Brief, dann stiegen wir eilig ins Auto. Andy konnte jeden Moment auftauchen, und ich wollte lieber nicht in seine vorwurfsvollen Augen blicken.

Kathrin war sichtlich gerührt, daß Cora ihr einen Bund Frauenschuh gekauft hatte. »Woher weißt du eigentlich, daß ich Orchideen ganz besonders liebe?« fragte sie auf der Fahrt nach Frankfurt.

»Als Malerin darf man nicht blind sein«, sagte Cora. »Ich war mal in deinem Zimmer und habe die Blumenzucht bestaunt.«

Sie benimmt sich wie ein Kavalier auf Brautschau, dachte ich ein wenig eifersüchtig. Dann hatte ich schon wieder andere Sorgen: »Wie sollen wir beim Einchecken bloß erklären, daß Pu keinen Ausweis hat?«

Meine Bedenken waren jedoch überflüssig, denn Coras Frechheit siegte. An der Rezeption legte sie nur den eigenen Paß vor und trug die florentinische Adresse ein. Ihre gut gespielte Großkotzigkeit und der italienische Akzent, mit dem sie eine Vase verlangte, ließen die Empfangsdame katzbuckeln, während der tief beeindruckte Portier Coras hingeworfene Autoschlüssel auffing und den Ferrari in die Tiefgarage stellte. Sämtliche Kosten sowie Sonderwünsche ihres Gefolges sollten auf ihre Rechnung gehen, bemerkte Cora nebenbei, ließ unser Gepäck auf die Zimmer bringen und geizte nicht mit Trinkgeldern.

Wie eine gelernte Kammerzofe packte Pu unsere Sachen aus, hängte die Kleider ordentlich in den Schrank und knipste dann den Fernseher an.

Cora riß mich aus meinen verträumten Betrachtungen und zog mich ins Badezimmer: »Bevor dein Adrenalinspiegel absackt, sollten wir mal Nägel mit Köpfen machen. Hier werden die Verfolger uns wahrscheinlich kaum finden, aber ewig wollen wir ja nicht im Hotel wohnen!«

»Versteht sich«, sagte ich.

Sie fuhr fort: »Vom sicheren Fort aus werden wir jetzt einen Schlachtplan entwerfen und möglichst bald zuschlagen! Nach Beendigung unserer Mission kann Kathrin wieder im Westend wohnen und unbehelligt ihre Kurse an der VHS halten. Ob Pu einstweilen bei ihr unterkriechen will, kann sie sich ja noch überlegen. Jedenfalls dürfen alle beide keinesfalls abtauchen, denn sie möchten ja demnächst als unbescholtene Bürgerinnen ihre Erbschaften antreten.«

»Ist doch klar«, sagte ich.

Cora war aber immer noch nicht am Ende.

»Falls du nicht bei deinen neuen Freundinnen bleiben möchtest, gehe ich davon aus, daß wir beide spätestens in einer Woche wieder in Florenz leben und unsere geballte Energie auf lohnendere Objekte richten. Gelegentlich macht es zwar Spaß, Robin Hood zu spielen, aber es sollte eine Ausnahme bleiben.«

Nach einigem Überlegen beschlossen wir, die beiden Kleinen am nächsten Tag ausschlafen zu lassen und nur zu zweit die Männer beim Frühsport zu observieren. Wenn man ihre Gewohnheiten studiert hatte, ergab sich vielleicht eine Möglichkeit, blitzschnell zuzuschlagen. Schließlich ließen wir uns vom Zimmerkellner ein kleines Abendessen servieren und machten es uns anschließend auf den Betten im Kingsize-Format bequem; im Fernsehen lief ein Katastrophenfilm.

Weil wir nicht daran gewöhnt waren, fiel uns frühes Aufstehen immer sehr schwer; aber wenn Cora einmal einen Vorsatz gefaßt hatte, ließ sie sich selten davon abbringen. Um fünf Uhr weckte sie mich. »Steh auf, Maja, Kaffee gibt's für den fröhlichen Weidmann immer erst nach dem Ansitz.«

Mißmutig verließ ich mein warmes Bett und warf einen neidischen Blick auf unsere fest schlafenden Auftraggeberinnen, die es vermieden, sich persönlich um das Ableben ihrer Gatten zu kümmern.

Dank Kathrins Beschreibung und einem Stadtplan erreichten wir mühelos die Uferstraße, wo ich mich auskannte. Es war noch nicht lange her, daß mich ganz in der Nähe das Frettchen gebissen hatte. Cora parkte in der Nähe von Koppenfelds Schrebergarten, und wir schlichen zum Parkplatz.

Zu dieser frühen Stunde war es völlig einsam hier. Gefolgt von einem hechelnden Schäferhund radelte nur ein unrasierter Mann an uns vorbei. Vom Main stieg kühler Dunst auf, ich fröstelte trotz Coras Mantel. Als wollte sie uns warnen, flog eine Möwe kreischend über uns hinweg.

»Willst du hier Wurzeln schlagen? Du träumst ja schon wieder!« meinte Cora. »Ich möchte nicht als Hauptattraktion dieses Platzes in die Geschichte eingehen. Laß uns ein Versteck suchen!«

Hinter einem Gebüsch waren wir zwar getarnt, konnten aber nicht sitzen, weil der Boden zu schmutzig war. Ich begann bereits, unsere Expedition zu verwünschen.

»Mach nicht ein Gesicht wie sieben Tage Regenwetter!« fauchte mich Cora an. »Der frühe Vogel fängt den Wurm!«

Zum Glück mochten die Sportler ähnlich gedacht haben, denn sie ließen nicht lange auf sich warten. Kurz nach sechs hielt ein Wagen auf dem Parkplatz. Erik steckte in derselben Jogginghose wie bei meiner Entführung, Sven hatte sich für ein aufwendigeres Modell in Metallic-Blau entschieden, in dem er so grotesk wirkte, daß wir uns das Kichern verkneifen mußten.

Die zwei Frühaufsteher sprachen wenig miteinander und trabten sofort los.

Svens Gesichtsausdruck ließ auf griesgrämige Unausgeschlafenheit schließen, was von Erik gehässig kommentiert wurde: »Wenn ich bloß deine Visage sehe, krieg' ich schon so'n Kamm!«

Cora hatte sich mir gegenüber feiner ausgedrückt.

Mit einem Blick auf die Uhr schlichen wir uns zu Eriks Audi A 8, der mir in unangenehmer Erinnerung geblieben war. Halb betäubt hatte man mich auf den lederbezogenen Rücksitz gestoßen, wo jetzt ein dunkelroter Nylonrucksack lag.

Cora öffnete zufrieden die Autotür, denn sie hatte bereits bemerkt, daß Erik das Abschließen unterlassen hatte. Das demonstrativ aufgeklappte Handschuhfach war leer.

Rasch filzten wir den Rucksack, der eine Flasche Selterswasser, eine angebrochene Schokoladentafel, zwei verschrumpelte Äpfel, eine uralte alpine Wanderkarte, eine zerdrückte Tube Sonnencreme, Klopapier, Präservative, ein Seil und Verbandzeug enthielt. An den Kofferraum kamen wir nicht heran.

»Die haben es uns aber leichtgemacht«, meinte Cora, drehte kraftvoll den noch intakten Schraubverschluß der

Flasche auf, ließ etwas Wasser herausfließen und kippte dann den gesamten Inhalt des Methadonfläschchens hinein. Wir räumten so eilig das Feld, daß ich in Coras neuem Mantel an einem stacheligen Busch hängenblieb.

Sowohl Kathrin als auch Pu schliefen noch fest; ohne lang zu fackeln, zogen wir uns aus und legten uns ebenfalls wieder aufs Ohr. Das Frühstück sollte erst um zehn Uhr aufs Zimmer gebracht werden.

Als es klopfte, war ich die erste, die wach wurde und die Tür öffnete. Ein Servierwagen, der für vier Personen einschließlich der Zeitung alles enthielt, was das Herz begehrte, wurde hereingeschoben. Langsam setzte sich eine nach der anderen in ihrem Bett auf und gähnte; Pu sah im neuen Schlafanzug, der mit Motiven aus dem Kinderbuch Winnie-the-Pooh bedruckt war, richtig niedlich aus, Kathrin hatte wieder Farbe im Gesicht. Beim anschließenden Gelage gedachten Cora und ich, ihnen etwas Lustiges zu erzählen.

Leider verstand uns Pu nicht ganz und nervte immer wieder mit der hoffnungsvollen Frage: »Seven dead?«

»Kommt darauf an, wer den größeren Durst gehabt hat«, phantasierte Cora.

»Wir könnten ja mal nachsehen«, schlug ich vor. Damit sie mich nicht wieder wie kalten Kaffee oder einen ihrer zahlreichen Lover stehenließ, versuchte ich Cora wie in alten Zeiten durch Eigeninitiative zu imponieren.

Aber sie meinte, zu einem Besuch bei Sven sei sie noch nicht in der richtigen Stimmung, erst wollte sie in aller Ruhe frühstücken.

Um zwölf hatten wir zwar unser Dejeuner beendet, waren aber immer noch nicht angezogen. Ohne Eile verschwanden wir nacheinander im Badezimmer und planschten mit Hingabe, denn wir hatten ein wenig Entspannung verdient.

»Wer von euch hat bloß diese ekligen Stoppeln in der Wanne hinterlassen?« fragte Cora. »Übrigens gibt es ein Schwimmbad im Hotel, aber wie ich die Sache sehe, hat keine von euch einen Badeanzug dabei. Ich geh gleich welche kaufen!«

»Diesmal komme ich mit«, sagte ich.

Kathrin machte große Augen. »Du schmeißt ja mit deinem Geld um dich wie ein Ölscheich«, bemerkte sie nicht ohne Neid.

»Kannste auch bald haben«, sagte Cora, »doch ohne Fleiß kein Preis! Als Lehrerin bietet sich dir aber ein weites Feld, knöpf dir die Kleine mal vor, statt immer nur in die Glotze zu gucken! Wenn wir vom Einkaufen zurückkommen, werde ich eure Fortschritte kontrollieren!« Wir verließen das Hotel unter fröhlichem Winken.

Als wir zurückkamen, bewies Kathrin schon etwas mehr Courage: »Gerade habe ich ohne Erfolg bei Erik angerufen, um zu testen, ob sich jemand meldet«, sagte sie, »Fehlanzeige. Aber Pu weiß die Geheimnummer vom Schwitzkistl, und Coras Stimme kennt dort keiner. Sie könnte doch mal probeweise Sven oder Erik verlangen. Vielleicht erfährt man irgend etwas.«

»Leider kann ich nicht gut fragen, ob die Herren vielleicht zufällig heute verstorben sind«, wandte Cora ein.

»Aber meinetwegen! Ich kann mich ja als Sachbearbeiterin vom BKA ausgeben.«

Im Schwitzkistl bekam Cora die Auskunft, im Augenblick sei weder Rechtsanwalt Schneider noch der Geschäftsführer, Herr Hilter, im Haus. Eine zuckersüße Stimme fragte, ob sie etwas ausrichten könne. Cora drückte auf die Austaste ihres Handys. »Nun wissen wir genausowenig wie zuvor.«

Als es uns allen am späteren Nachmittag etwas langweilig wurde, wollte Cora aus pädagogischen Gründen den Fernseher nicht gleich wieder anmachen und drehte statt dessen am Radio herum, bis sie auf einen lokalen Nachrichtensender stieß. Ich hörte nur mit halbem Ohr hin, als Kathrin plötzlich »Ruhe!« brüllte.

Heute morgen gegen sieben Uhr kam auf der A8 aus bisher ungeklärten Gründen ein Frankfurter Rechtsanwalt kurz vor dem Darmstädter Kreuz von der Fahrbahn ab und prallte gegen eine Leitplanke. Der Fahrer des Audi verstarb noch an der Unfallstelle...

Eine Weile verharrten wir regungslos. Pu starrte uns fragend an, denn sie begriff immerhin, daß wir gerade eine wichtige Information erhalten hatten.

»Könnte der Tote dein Mann sein?« fragte Cora.

Kathrin nickte. »Zweifellos! Er ist Rechtsanwalt, es ist seine Automarke. Außerdem war Erik genau zu dieser Zeit unterwegs, anscheinend wollte er zu mir nach Darmstadt...« Unverhofft begann sie aufzuschluchzen.

»Wer wird denn gleich heulen«, sagte Cora mißbilligend, »das war doch dein eigener Wunsch!«

Erregt packte Pu die weinende Kathrin am Ärmel. »Seven same-same?« fragte sie.

Wir erklärten ihr, daß aus dem Polizeibericht nicht hervorginge, ob Sven auch im Wagen gesessen hätte, wahrscheinlich aber nicht.

»Er hatte auch gute Seiten«, begann Kathrin ihre Totenklage, »an Weihnachten hat er jedes Jahr für UNICEF gespendet. Mein Gott, wie toll sah er im Smoking aus!«

»Er wollte nach Darmstadt...«, fiel ich Kathrin ins Wort. »Verstehst du nicht, er wollte uns schon wieder an den Kragen!«

Cora ging an die Zimmerbar und prüfte die Fläschchen. »Kommt Mädels, jetzt geb' ich erst mal einen aus. Vielleicht sind ja durch Eriks Abgang alle Probleme gelöst.« Dann fiel ihr Blick auf Pu. »Okay, okay, keiner muß hungern und frieren. Unsere Sister soll sich auch bald als lustige Witwe die Hände reiben.«

Als Kathrin den zugeteilten Schnaps gekippt hatte, wirkte sie befreiter. »Wie verhalte ich mich jetzt am geschicktesten?« wollte sie wissen. »Soll ich bei der Polizei anrufen und fragen, ob es sich bei dem Verunglückten wirklich um meinen Mann handelt?«

Cora nickte. »Um glaubwürdig zu wirken, würde ich nicht lange damit warten. Sag in verstörtem Ton, du hättest gerade eben die Nachrichten gehört. Dann solltest du aber laut losplärren, ist das klar?«

Wir rätselten, ob Kathrin die Leiche identifizieren mußte. Im übrigen konnte sie ruhig zugeben, daß sie von ihrem

Mann getrennt lebte, denn dann erwartete man keine Reaktion, zu der sie eventuell nicht fähig war.

Beim zuständigen Polizeipräsidium bekam Kathrin die Auskunft, daß der Tote mit an Sicherheit grenzender Wahrscheinlichkeit ihr Mann sei. Einer der Rettungssanitäter habe Erik erkannt, außerdem liege der Personalausweis mit einem aktuellen Foto vor. Dennoch könne man ihr die traurige Pflicht nicht ersparen...

Sie bekam einen Termin für den nächsten Morgen.

»Ich fürchte, wir müssen wieder auf dem Zimmer essen«, meinte Cora, »wir sollten uns lieber nicht zu viert in der Öffentlichkeit zeigen. Auf welche Schmankerln habt ihr Lust?«

Sie las uns vor, was der Roomservice zu bieten hatte. Pu, die fleißig an Coras Mantelsaum nähte, überraschte uns mit zwei deutschen Wörtern. Offensichtlich hatte Kathrins Unterricht Wunder gewirkt.

»Ich essen same-same Miss Maja!« sagte sie, als ich mich für pochierten Lachs mit Kartoffelgratin und Rucola entschied.

Wir klatschten Beifall. Eigentlich war es ein Rätsel, daß Pu von ihrem Mann bisher kein Wort Deutsch gelernt hatte, obwohl sie angeblich schon seit vier Jahren in Frankfurt lebte.

»Sie ist hochbegabt«, sagte Kathrin. »Ich habe ihr eine Stunde lang Vokabeln eingetrichtert, die sie alle sofort behalten hat. Aber sie erzählte mir, daß Sven kaum je mit ihr gesprochen hat. Ihr armseliges Englisch lernte sie in einem thailändischen Bordell von einer Mama-San – einer Puffmutter. Hier in Frankfurt wurde sie wie eine Arbeits- und Sexsklavin gehalten und eingeschlossen, wenn ihr Mann das Haus verließ. Kontakte zur Außenwelt waren ihr nicht möglich. Als sie einmal einen Fluchtversuch wagte, wurde sie sofort wieder eingefangen und eine Woche lang im Keller eingesperrt. Als sie ein anderes Mal die neu eintreffenden Thailänderinnen warnte, wurde sie ausgerechnet von einer Leidensgenossin verraten; die Strafe fiel noch brutaler aus.«

»Schade, daß sie sich nicht gleich nach ihrer Ankunft bei der Volkshochschule einschreiben durfte«, sagte ich bedauernd und erfuhr, daß auch jene Anmeldung zum Deutschkurs nur ein Vorwand war, um Kathrin in Eriks Auftrag nachzuschnüffeln.

»So ein Saubeutel«, sagte Cora, »dem gehört die Rübe abgehackt. Wenn es einer verdient hat, dann der! Immerhin sollte sich die Sache mit den Bildern durch Eriks Tod erledigt haben. Ohne Befehl und auf eigene Rechnung treten seine Gorillas wohl kaum in Aktion. Und von Kunst verstehen die sowieso nichts.«

Am nächsten Vormittag war es Kathrin, die früh aufstehen mußte. Im Taxi fuhr sie zum Gerichtsmedizinischen Institut, um sich dort pflichtgemäß ihren toten Mann präsentieren zu lassen. Wie sie hinterher berichtete, fiel ihr das Heulen nicht schwer. Man habe ihr verschiedene Fragen gestellt, die sie mühelos beantworten konnte; unter anderem habe sie ausgesagt, daß sie seit einiger Zeit getrennt lebten, daß Erik mit seinem Freund Frühsport treibe und deswegen einen Jogginganzug getragen habe und so weiter. Im nachhinein erfuhr sie, daß man bereits Eriks Sekretärin befragt habe, die zum Glück die gleichen Auskünfte gegeben hatte.

Darüber hinaus wollte man wissen, ob Kathrin eine Obduktion wünsche, denn eigentlich sei das Ausmaß der inneren Verletzungen nicht hundertprozentig abgeklärt. Ein Alkoholtest sei negativ ausgefallen. Um nichts zu versäumen, werde man auch seinen gepflegten Wagen unter die Lupe nehmen, der mit Airbag und solider Sicherheitstechnik ausgestattet war und wohl kaum durch Wartungsfehler den Unfall ausgelöst habe.

Gegen eine Obduktion habe sie im Grunde nichts einzuwenden, hatte Kathrin beteuert, sei aber auch nicht sonderlich daran interessiert. Ob ihr Mann nun einen Schwächeanfall oder einen Herzinfarkt erlitten habe oder sekundenlang eingeschlafen sei, ändere nichts mehr an der traurigen Tatsache. Im übrigen schien die Rechtslage unkompliziert zu sein, denn es gab keine geschädigten Verkehrsteilnehmer, die Klage erheben konnten. Eine Lebensversicherung zu Gunsten seiner Frau hatte Erik nicht abgeschlossen.

Allerdings meinte Kathrin, bei Erwähnung von Hilters Namen ein kurzes Flackern im Auge des Kommissars erkannt zu haben. »Sicherlich war er für die Polizei kein Unbekannter.«

»Dann wird Sven heute vorgeladen oder kriegt Besuch«, prophezeite Cora.

»Der Polizist hat mir Eriks Schlüsselbund überlassen«, sagte Kathrin, »genaugenommen brauchen wir jetzt nicht mehr in diesem teuren Hotel zu residieren. Die Wohnung steht leer, und es gibt genug Platz für uns alle!«

Cora schüttelte mißbilligend den Kopf. »Hast du Watte in den Ohren? Sven lebt! Selbst wenn er noch nicht über Eriks Tod informiert ist, wird er doch auf jeden Fall nach Pu suchen und seine Leute auf uns hetzen. Auch der dümmste Holzkopf wird schnell darauf kommen, daß dein Verschwinden mit Pus Flucht zu tun hat. Stell dir vor, seine Bluthunde stoßen in der Neuhausstraße auf einen Harem! Es bleibt uns gar nichts anderes übrig, als vorerst im Hotel zu schlafen!«

»Höchste Zeit, daß wir diesen Schweinepriester aus der Welt schaffen«, sagte die enttäuschte Kathrin. Sie hatte sich bereits auf den lang entbehrten Inhalt ihres Kleiderschranks und auf die Stereoanlage gefreut.

13

Unser dritter Morgen im Hotel verlief ohne Termin, der
unseren ausgedehnten Vormittagsschlaf hätte stören können. Beim Frühstück übte Kathrin mit Pu die Vokabeln
Kaffee, Tee, Brötchen, Rührei und Schinken, während sich
Cora mit mir die Zeitung teilte. Ich fand eine kurze Notiz
über Eriks Tod, in der von überhöhter Geschwindigkeit die
Rede war; Cora stieß auf eine interessantere Nachricht. Sie
las vor:

> *Gestern morgen machte ein Radfahrer am Deutsch-*
> *herrnufer in Höhe der Gerbermühle eine grausige Ent-*
> *deckung, als sein Schäferhund in einer flachen Baugrube*
> *den kopflosen Rumpf einer Frau aufspürte. Die Leiche,*
> *deren Identität noch nicht feststeht, war nur oberfläch-*
> *lich mit Erde bedeckt. Die Hintergründe des mysteriö-*
> *sen Falls liegen im dunkeln, die Ermittlungen laufen auf*
> *Hochtouren.*
>
> *»Wahrscheinlich kam die Unbekannte gewaltsam zu*
> *Tode«, hieß es bei der Staatsanwaltschaft Frankfurt. Die*
> *Polizei wendet sich mit der Frage an die Öffentlichkeit,*
> *ob im hiesigen Raum eine etwa 20- bis 30jährige Farbige*
> *vermißt wird? Um sachdienliche Hinweise wird gebeten.*

»Sie haben ihr den Kopf abgeschnitten!« rief Kathrin fassungslos. Wahrscheinlich ging ihr durch den Sinn, daß sie

selbst einem solchen Schicksal nur knapp entronnen war. Obwohl diese Vorstellung ihr zusetzen mußte, bemühte sich Kathrin nach Kräften, Pu über den entsetzlichen Inhalt des Zeitungsartikels in Kenntnis zu setzen. Ihre Schülerin bewies mit den Worten »Seven is Schwein«, daß sie verstanden hatte.

»Warum mag sie ihn bloß geheiratet haben?« fragte ich.

Pu belehrte uns mit melancholischem Ernst, daß ihr Status als Ehefrau eines unsympathischen Deutschen immer noch angenehmer sei als ihr früherer Job im Heimatland. Überdies hätte Sven versprochen, seiner Schwiegermutter die monatliche Miete von etwa 30.– DM nach Udon Thani zu überweisen, Grund genug, einem fremden Mann in ein unbekanntes Land zu folgen.

»Kaum zu fassen!« sagte Cora. »Außerdem hat Hilter wenig Phantasie an den Tag gelegt: Ausgerechnet dort, wo er mit Erik joggen ging, wurde die Tote verscharrt.«

Anschließend gab es eine längere Debatte, ob wir auf den Fund der Leiche in irgendeiner Form reagieren sollten.

»Die Polizei kriegt einen anonymen Hinweis«, schlug ich vor und holte aus der wappengeschmückten Schreibmappe unseres Grandhotels einen Bogen Briefpapier. »Vergiß nicht, deinen Namen neben den Absender zu schreiben«, schimpfte Cora und wühlte in ihrer großen Basttasche nach einem neutralen Skizzenheft. Mit der linken Hand schrieb sie in Blockbuchstaben:

DIE TOTE VOM MAINUFER ARBEITETE IM SCHWITZ-
KISTL UNTER DEM NAMEN MANGO. IHR MÖRDER HEISST
SVEN HILTER.

Als Pu uns mit Papier und Stift hantieren sah, arbeitete

es offensichtlich in ihr: Sie wollte ihrerseits einen Brief schreiben, um die Frauen im Schwitzkistl zu warnen.

»Aber wird die Post nicht abgefangen und kontrolliert?« fragte Kathrin besorgt.

»Wir müssen einen unserer Jungs ins Bordell schicken«, sagte Cora begeistert. »Ist das nicht der ideale Job für arme Werkstudenten? Ich rufe gleich mal an.«

Froh darüber, daß sie diesen Auftrag nicht mir erteilte, sah ich Pu fasziniert zu, wie sie in geschwungenen Lettern einen Brief produzierte, kunstvoll zusammenfaltete und ihn an NISACHON adressierte.

Schließlich kam Cora aus dem Nachbarzimmer, warf das Handy aufs Bett und lachte. »Dein tapferer Freund Andy hat behauptet, daß er mit dem Taxi schon so viele widerliche Freier ans Ziel befördern mußte, daß er einen unüberwindbaren Ekel vor allen Freudenhäusern dieser Erde hätte. Und meinem Vetterchen Felix ist keine bessere Ausrede eingefallen als seine phobische Angst vor Aids. Kurz und gut, nur Max ist ein ganzer Kerl! Er laberte zwar, daß Prostitution die Würde der Frau verletze, aber unser Wunsch sei ihm Befehl. Ich treffe ihn nachher vor der Alten Oper und übergebe ihm Pus Schreiben.«

Als sie mein skeptisches Gesicht sah, redete sie sofort weiter: »Ich hab's ja immer gewußt, Andy und Felix sind Schlappschwänze. Nur weil sie selbst nicht gern etwas risikieren, verurteilen sie unsere besten Ideen. – Maja, kannst du mal in die Rezeption springen und einen unbedruckten Umschlag mit einer Marke besorgen?«

Unser Brief war bereits zugeklebt, als ich ihn wieder zerriß. Meinen verdutzten Mitstreiterinnen erklärte ich es so: »Wenn Coras Nachricht zur Folge hat, daß die Polizisten Hilter ins Visier nehmen, kommen wir nie mehr an ihn heran! Dann wird er pausenlos vorgeladen, verhört und observiert. Und sollte er in den Knast wandern, wird er dafür sorgen, daß einer der Luden Pu an die Kandare nimmt. Als Witwe ist sie dagegen frei von allen Verpflichtungen und erbt zudem ein Häuschen. Ich stelle mir vor, daß sie vom Erlös in ihrer Heimat einen kleinen Laden oder ein Restaurant eröffnen kann.«

Als ich fertig gesprochen hatte, herrschte anerkennendes Schweigen. Irgendwie war es mir gelungen, Coras absolute Vorherrschaft zu brechen. Sie schien das durchaus zu spüren, denn sie bemerkte spitz: »Weil unser Winnetou so superschlau ist, wird er bestimmt den Feind mit einem vergifteten Pfeil erlegen oder heute nacht in sein Haus eindringen und ihm nach bewährter Manier den Tomahawk durch den Kürbis ziehen.«

Ich fand ihre Worte überhaupt nicht witzig, doch zum Glück konnte sie nicht so schnell damit ernst machen. Schließlich hatte sie sich mit Max verabredet, und ich sollte sie bestimmt begleiten. Sie brauchte immer Zeugen ihrer Schlagfertigkeit, Bewunderer ihrer Tatkraft, Spießgesellinnen und Schicksalsgenossinnen.

Meine Ahnung erwies sich als fast richtig. »Kathrin, kommst du mit?« fragte Cora, als sie in den Mantel schlüpfte.

»Ich weiß nicht recht«, kam die zögernde Antwort, »schon das Wort *Bordell* macht mich krank, es ist der Ort, wohin es meinen eigenen Mann abends zog. Und eigentlich finde ich es auch nicht in Ordnung, wenn ihr anständige Jungs mit solchen Aufträgen versaut...«

»Ein keuscher Chorknabe, der noch keinen Puff von innen gesehen hat, ist Max gewiß nicht«, sagte Cora munter. »Also kommst du, Maja?«

Ich hatte ein Hotel im Herzen Frankfurts ausgesucht, so daß wir viele Wege, wie auch diesen Spaziergang, zu Fuß machen konnten. Auf dem Opernplatz herrschte reger Betrieb. Suchend ließ ich meine Blicke schweifen, bis ich plötzlich unsanft am Ärmel gepackt wurde. Max war nicht allein gekommen, sondern hatte Felix und Andy zur Verstärkung mitgebracht. Jetzt ging es also wieder mit Vorwürfen, Beschimpfungen und Moralpredigten los.

Als wir zwecks Lagebesprechung zu fünft im Café saßen, erkundigte sich Cora nach dem Befinden ihrer Oma und trug Felix herzliche Grüße auf. Dann fauchte sie Max an: »Das war gegen die Abmachung! Du solltest doch ohne Eskorte kommen!«

Keine Minute lang hätten sie unsere Geschichten geglaubt, behauptete Felix.

Und Andy ergänzte: »Erst haben wir Maja gefesselt und geknebelt in Eriks Wohnung vorgefunden und mußten unsererseits die Entführer überwältigen, dann sollten wir eure finsteren Andeutungen über Kathrins sizilianische Abstammung schlucken, und schließlich habt ihr unter einer windigen Begründung Methadon verlangt.«

Felix ergänzte etwas abmildernd: »Wer sagte uns denn, daß ihr freiwillig angerufen habt? Das Ganze konnte ja eine Falle sein!«

Und Max drohte: »Wenn ihr uns nicht endlich reinen Wein einschenkt, dann kratzen wir jetzt die Kurve.«

Cora und ich sahen einander an. Als sie zu einer längeren Lügengeschichte ansetzen wollte, kam ich ihr zuvor.

»Wir haben euch zu keiner Zeit einen Bären aufgebunden, sondern waren gezwungen, über einige brisante Tatsachen Schweigen zu bewahren.« Das hörte sich gut an, aber wie weiter? Alle hingen an meinen Lippen, weil sie erwarteten, daß dieses Schweigen nun gebrochen würde. Notgedrungen fuhr ich fort und hoffte, daß man mir die Unsicherheit nicht anmerkte: »Wenn euch das Risiko dadurch kleiner erscheint, könnt ihr ruhig zu dritt ins Schwitzkistl gehen, wir verlangen von euch ja keine Saalschlacht, sondern nur, daß ein Briefchen nicht in falsche Hände gelangt. Für euch ist es ein netter, kleiner Betriebsausflug, wir dagegen können auf diese Weise einer ausgebeuteten Asylantin helfen und andere Betroffene warnen.«

»Sollen mir jetzt die Tränen kommen?« fragte Max. »Dein karitatives Geschwätz rührt uns absolut nicht. Ihr scheint das männliche Geschlecht für reichlich einfältig zu halten, daß ihr es wagt, uns solche hanebüchenen Schauermärchen aufzutischen. Ich möchte wetten, daß es bloß um Rache geht. Die beiden Typen, mit denen wir uns euch zuliebe angelegt haben, sind gemeingefährlich. Falls ihr sie ausradieren wollt, dann solltet ihr nicht gerade uns als Ratzefummel benützen.« Bei seinen letzten Worten lachte Max ein wenig, Felix stimmte ein.

Andy blieb finster. »Wohin seid ihr überhaupt abgetaucht?« insistierte er und musterte mich unfreundlich. »Wenn ihr uns so wenig vertraut, daß ihr noch nicht einmal

euren Unterschlupf verratet, dann macht euren Scheiß ge-
fälligst allein.«

Nun versuchte es Cora mit einem filmreifen Augenauf-
schlag und einem halben Geständnis. »Wir wohnen im Augenblick in einer kleinen Pension auf dem Lande«, sagte sie,
»weil wir Kathrin und eine weitere Person vor Gangstern
schützen müssen. Auch Erik Schneider gehörte zu dieser
Bande, aber wie wir erfahren haben, ist er tödlich verunglückt. Stellt euch vor, dieser Schuft war gerade auf dem
Weg zu euch nach Darmstadt! Im übrigen hält Kathrin
Kontakt zur Polizei, ihr könnt euch also darauf verlassen,
daß wir nichts Unüberlegtes oder gar Ungesetzliches vor-
haben. Ihr sollt uns wirklich nur eine kleine Gefälligkeit erweisen und einer Thailänderin im Schwitzkistl ein Briefchen aushändigen, ohne daß die Zuhälter zugucken!« Dabei
legte Cora, scheinbar impulsiv, ihrem Vetter Felix die Hand
aufs Knie, während ich Andy anglupschte wie ein verwun-
detes Rehlein.

»Kinder, ich hab' nicht ewig und drei Tage Zeit, also
bringen wir's hinter uns!« sagte Max. »Felix, du bleibst bei
den Mädels und läßt sie nicht aus den Augen, bis wir wieder hier sind.«

Andy prägte sich den thailändischen Namen Nisachon
ein und folgte Max ins Ungewisse.

Zwei Stunden können sich ziemlich dehnen. Selbst Cora
wurde unruhig, Felix sah ständig auf die Uhr.

Ohne daß man ihnen ein Härchen gekrümmt hatte, jedoch leicht verlegen kehrten die Helden schließlich aus der
Schlacht zurück; sie hatten etwas warten müssen, weil Ni-

sachon bereits Kundschaft hatte. Dann war es ihnen aber gelungen, den Brief persönlich und ohne Zeugen zu überreichen. »Ob man uns allerdings durch ein Guckloch beobachtet oder gar mit einer Videokamera überwacht hat, kann man nicht genau wissen«, sagte Max, »aber wir haben versucht, den Brief nicht allzu auffällig zu übergeben, es konnte also für einen Voyeur auch wie ein Geldschein aussehen. Apropos, wer bezahlt unsere Spesen?«

Cora schrieb auf der Stelle einen Scheck aus und sagte: »Der Rest ist für ein weiteres Fläschchen Methadon bestimmt.«

Andy schüttelte bloß den Kopf.

Beim Abschied mußten wir ihnen versprechen, täglich anzurufen und auf der Heimfahrt nach Italien noch ein letztes Mal in Darmstadt vorbeizukommen.

»Tja, so sind sie, diese jungen Rüden!« sagte Cora, als wir zufrieden Richtung Hotel schlenderten. »Hast du bemerkt, daß sie mit leuchtenden Augen vom Schwitzkistl zurückgekehrt sind? Ich möchte wetten, sie sind gut bedient worden. Aber vorher wird das Maul aufgerissen!«

»Mein Gott, sei doch zufrieden, daß sie uns diesen Gefallen getan haben! Ich hätte mich bei aller Liebe nicht von Max auf den Strich schicken lassen«, wandte ich ein.

»Das ist ein besonders schwachsinniger Vergleich«, meinte Cora. »Aber mich beschäftigt etwas anderes: Findest du nicht auch, daß Kathrin wie eine spießige Tunte reagiert hat?«

Ich stimmte Cora zu.

In einer Buchhandlung kauften wir ein Thai-Wörterbuch,

Kreuzworträtselhefte und ein Bilderbuch für Béla, dann widmeten wir uns der Auswahl erlesener Leckerbissen.

Während Cora und ich im Hotelbad schwimmen gingen, deckte Pu diensteifrig eines der großen Betten für ein Picknick auf Papptellern. Da Messer und Gabel fehlten, mußten wir nach Art der Römer essen, fielen wie eine ausgehungerte Kohorte über Parma-Schinken und alten Gouda, Wildleberpastete mit Cumberlandsauce, frisches Weißbrot und Oliven her. Dazu schlürften wir endlich Champagner.

Kathrin trank hastig und viel. Erfolglos versuchte sie, ihre sonst so gelehrige Schülerin mit Zungenbrechern wie »Fischers Fritze fischt frische Fische« zu malträtieren.

»Das ist unfair«, tadelte Cora. »Zeig erst mal selbst, was du kannst! Zum Beispiel: Blaukraut bleibt Blaukraut, und Brautkleid bleibt Brautkleid!«

Kathrin scheiterte kläglich, und zum ersten Mal hörten wir Pus piepsige Stimme in schadenfrohes Kichern ausbrechen. Auch ich konnte zur allgemeinen Heiterkeit beitragen, denn ich erinnerte mich an einen englischen *tongue-twister,* den mir ein gewisser Don, ein Anhalter aus Neuseeland, beigebracht hatte. »She sells sea shells by the sea shore. The sea shells that she sells are sea shells for sure.«

Als unsere zwei Kleinen sich ausgetobt hatten und eingeschlafen waren, warf ich die leeren Flaschen in den Papierkorb, lüftete, strich die Krümel vom Bett und begann mich auszuziehen.

»Halt, Maja«, sagte Cora, »hast du vergessen, daß es jetzt ernst wird? Du wolltest doch heute nacht…«

»Wer wollte was?« fragte ich argwöhnisch.

»Stell dich nicht dümmer, als du bist. Wir fahren jetzt zu Hilter.«

Tausend Ausreden fielen mir ein. »Du kannst erst morgen wieder Auto fahren«, versuchte ich es, »du hast zuviel Promille!«

Das war ein Gesichtspunkt, den Cora stets gelten ließ, denn sie hatte vor etwa einem Jahr eine Zeitlang auf ihren Führerschein verzichten müssen.

»Dann fährst du eben«, kommandierte sie, obwohl ich sicherlich ebensoviel getrunken hatte.

Ich erhob sofort Protest: »Ohne Methadon macht es doch überhaupt keinen Sinn.«

Da dieses Argument kaum zu entkräften war, meinte sie: »Wir können es uns nicht leisten, unsere Zeit zu vergeuden; ich will die Sache endlich abschließen. Die drei Darmstädter Musketiere sind Hosenscheißer, von denen ist wenig Hilfestellung zu erwarten, und mit Polly, dieser Schnecke, hatten wir totales Pech. Also müssen wir wohl oder übel das Kind alleine schaukeln. Wir nehmen uns jetzt ein Taxi und fahren zum Bahnhof. Da werden wir ja wohl Methadon auftreiben können.«

Ich meinte gelesen zu haben, daß dort schon lange nicht mehr gedealt wurde.

»Dann versuchen wir eben unser Glück auf der Zeil«, sagte Cora. »Nach Mitternacht soll dort jeder zweite Passant ein Dealer sein.«

Woher sie das wissen wollte, war mir zwar nicht klar, aber ich folgte ihr todunglücklich.

Wenn ich nun hoffte, Cora hätte auf einer belebten Flaniermeile keinerlei Chancen, so täuschte ich mich. Zielsicher suchte sie sich den richtigen Ansprechpartner aus, einen grauhaarigen Mann in Lederkleidung, den sie zuvor im Gespräch mit einem Strichjungen beobachtet hatte. Zwar trug er keinen Bauchladen mit sich herum, führte uns aber ein paar Straßen weiter in einen zwielichtigen Hintereingang, wo wir auf ihn warten sollten.

»Cora«, zischte ich, »noch können wir abhauen. In ein paar Minuten hast du vielleicht kein Portemonnaie mehr in der Handtasche, sondern ein Messer im Bauch!«

Meine Warnung war unbegründet; der Handel erfolgte zügig. Wie von einem höflichen Metzger wurden wir gefragt, ob es ein bißchen mehr oder sonst noch etwas sein dürfte. Dann verschwand der fremde Mann blitzschnell von der Bildfläche, bevor mir richtig klar wurde, daß Cora bei gleicher Menge fast doppelt soviel wie Andy bezahlt hatte.

Entrüstet über die ungerechte Behandlung brüllte sie hinter dem Schatten her: »Du hast mich reingelegt!« Aber auch ich bekam mein Fett ab. »Mensch, Maja! Von dir hätte ich mehr Grips erwartet! Warum rührst du dich erst, wenn es zu spät ist?«

Zwar hatten wir nun den benötigten Stoff, wenn auch teuer erworben, aber bis zu Hilters Haus war es nach wie vor zu weit, um ohne Fahrzeug hinzukommen. Insgeheim hoffte ich, daß Cora langsam müde werden und ihren Plan auf morgen verschieben müsse.

Doch sie verhielt sich fatalerweise so, als hätte ihr der Unbekannte noch ein paar Amphetaminbonbons in den Rachen geschoben. »Am besten reißt du dir zwei Fahrräder unter den Nagel«, schlug sie vor. »Wir können schließlich schlecht mit dem Taxi am Tatort vorfahren.«

»Das kann stundenlang dauern. Mitten in der City ist es fast unmöglich, Räder zu finden, die nicht gesichert sind«, wandte ich ein. »Aber gesetzt den Fall, es gelingt. Was dann?«

»Die Dietriche habe ich hier«, sagte Cora und ließ sie in der Tasche klirren. »Wir machen es wie beim letzten Mal und dringen durch die Garage ins Haus ein. Dann werden wir in die Küche schleichen und ihm das Frühstück versalzen. Zum Beispiel in die Kaffeemaschine...«

Sie war einfach nicht kleinzukriegen. »Cora!« beschwor ich meine Freundin, »du weißt doch selbst, daß Methadon nur schadet, wenn man im Anschluß an den Konsum körperliche Anstrengungen unternimmt.«

Sie freue sich schon darauf, Sven in den Schweinsgalopp zu treiben, meinte Cora vergnügt. Schließlich werde er alles tun, um Pu wieder einzufangen.

»Erpressung ist eine Sprache, die er versteht. Per Handy kriegt er die Kommandos. Wir lassen ihn anfangs mit dem Auto ein wenig durch Frankfurt kreuzen und irgendwo in der Pampa anhalten. Wenn er ausgestiegen ist, zeigen wir ihm Pu aus weiter Ferne. Bei der Übergabe laufen wir flink davon, und er muß hinterherwetzen.«

»Cora, du spinnst nicht nur, du bist ein absolut verrücktes Huhn! Wir haben beide überhaupt keine Kondition! Außerdem wird der Mistkerl nicht sprinten, sondern ballern!«

Cora aber war von der eigenen Idee begeistert. »Von einer Schwarzseherin lasse ich mir nicht in die Suppe spukken. Ich fahre jetzt auf der Stelle hin, du wirst ja sehen, daß ich auch ohne dich und trotz Promille klarkomme!«

Wie zu erwarten war, machte sie mich mit diesen Worten gefügig. Ich konnte lediglich durchsetzen, daß wir an der Hauptwache die S-Bahn bestiegen, um uns am Bahnhof einen starken Kaffee einzuverleiben. Wachmänner und Bahnhofspolizisten mit Schäferhunden demonstrierten dort ihre Präsenz. In einem Punkt hatte ich recht behalten: An diesem Ort mußte man sich bestens auskennen, um ungestört Drogengeschäfte zu machen.

Als wir die Hotelgarage erreicht hatten, war meine Müdigkeit hellwacher Überdrehtheit gewichen. Cora hatte mich angesteckt. Ob es nackte Angst war, die in meinem Bauch pulsierte, oder ein prickelndes Gefühl der Abenteuerlust vermochte ich nicht mehr zu unterscheiden.

»Natürlich können wir nicht direkt vor Hilters Haus parken«, sagte Cora, »mein Wagen fällt zu sehr auf. Das wolltest du mir doch sicher schon die ganze Zeit ins Ohr flüstern. Weißt du noch, wo man abbiegen muß?«

Wir fuhren Richtung Norden und orientierten uns am Ginnheimer Fernsehturm. In einer nächtlich-stillen Seitenstraße stellten wir den Wagen ab und stiegen aus.

Cora trug das kostbare Fläschchen und die Dietriche, ich hatte mich mit der bewährten Taschenlampe und dem Kreuzschlüssel bewaffnet. Als wir uns bereits einige Schritte entfernt hatten, kehrte Cora wieder um und öffnete den Kofferraum. »An alles muß man selber denken!« sagte sie vorwurfsvoll. »Da müßten noch irgendwo ein Paar olle Handschuhe liegen.«

Sicherheitshalber blieben wir eine Weile im benachbarten

Vorgarten stehen, um Svens dunkles Haus auf uns wirken zu lassen.

»Ob er wirklich hier ist, stellt sich erst heraus, wenn wir seinen Wagen in der Garage vorfinden«, flüsterte Cora, »obwohl es natürlich auch kein hundertprozentiger Beweis ist.«

»Warte noch ein paar Minuten«, bat ich.

Nach fünf Minuten, in denen ich nichts anderes als mein pochendes Herz hörte, huschten wir wie die Fledermäuse vor das Garagentor und machten uns daran zu schaffen. Unser redliches Bemühen wurde durch das ständige Tauschen der Handschuhe erschwert; abwechselnd richteten wir den Lichtstrahl auf das Schlüsselloch, weil jeweils die andere meinte, sie könne es besser.

»Es ging doch damals ziemlich easy«, fluchte ich, »warum klappt es diesmal nicht? Ich fürchte, unser Geklimper weckt die halbe Nachbarschaft auf!«

Mit einemmal gab das Schloß zwar knirschend nach, aber die Flügeltüren ließen sich dennoch nicht öffnen. Offensichtlich war von innen ein zusätzlicher Riegel vorgeschoben worden.

Nun standen wir wie der Ochs vorm Tor und konnten froh sein, daß niemand unsere dämlichen Mienen sah.

»Wir versuchen es mal an der Rückseite des Hauses«, schlug Cora vor, »vielleicht entdecken wir ja ein offenes Fenster.«

Obwohl die Wahrscheinlichkeit gering war, daß Hilter die Türen verriegelte, aber die Fenster geöffnet ließ, schlichen wir die steinerne Außentreppe hinauf und betraten einen stockfinsteren Garten. Wieder blieben wir stehen, um wie jagende Hyänen Witterung aufzunehmen, bis die Augen sich an die Dunkelheit gewöhnten.

Allmählich erahnten wir die Umrisse der Fenster und einer Verandatür. Das Küchenfenster war zwar zum Lüften gekippt, ließ sich aber nicht ausheben. Unterhalb der Hausfassade wurde der Schacht eines Kellerfensters von einem Gitterrost abgedeckt, den wir mit vereinter Kraft lüften konnten.

Cora ließ sich hinuntergleiten, ich kauerte vor dem schwarzen Loch und wartete angespannt. »Gib mir mal die Taschenlampe!« befahl sie, und ich hörte, wie sie sich mit wachsender Ungeduld abquälte. »Es ist wie verhext, auch dieses Fenster ist nicht zu knacken«, murrte sie ärgerlich. »Also muß ich wohl die Scheibe einschlagen.«

Cora pflegte ihren Worten auf der Stelle Taten folgen zu lassen. Es schepperte gräßlich, in einem der Nachbarhäuser fing ein Hund an zu jaulen. Wenn Hilter wirklich hier schlief, dann mußte er auf jeden Fall wach werden und nach der Ursache des Lärms fahnden. Wir hielten beide den Atem an.

Eine Weile rührte sich nichts. Dann ging im ersten Stock das Licht an, eine Tür knarrte und schließlich rauschte die Spülung. Kurz darauf wurde es wieder dunkel und still.

»Er ist also da, mußte aufs Klo, schläft schon wieder weiter«, kommentierte Cora flüsternd. »Jetzt klettere ich in den Keller, bleib du aber erst mal oben!«

Ein unterdrückter Aufschrei, ein leises »ach, du Schande« – hatte sich Cora geschnitten? Ich stellte mir bereits inmitten der Scherben eine klebrige Blutlache vor, die unsere Schuhe wie mit Stempelfarbe präparierte.

Nach einer Schreckminute bekam ich Coras Lagebericht zu hören: »Pu kriegt Arbeit, hab' mir leider die neue Bluse zerrissen, als ich in eine Vorratskammer geplumpst bin. Du wirst es kaum glauben, die Tür zum oberen Stockwerk ist ebenfalls abgeschlossen. Hast du den Fettsack etwa gewarnt?«

Eine blöde Frage.

In diesem Augenblick hörte ich in rasanter Folge quietschende Bremsen, dann eine zuschlagende Autotür und gleich danach treppaufwärts stürmende Schritte. So gänzlich unverfroren verhielt sich wohl nur ein Freund des Hauses oder ein blindwütiger Rächer. Falls es aber Sven war, der so spät nach Hause kam, wer war dann im oberen Stockwerk auf der Toilette gewesen?

14

Nicht allzu oft in meinem Leben habe ich eine Stern-schnuppe gesichtet, doch ausgerechnet in jenem gefährlichen Augenblick und an einem so unheimlichen Ort wurde ich Zeuge dieses Phänomens. Weil ich nicht darauf vorbereitet war, fiel mir nicht gleich ein Wunsch ein. Aber ich war geistesgegenwärtig genug, Bélas Namen auszusprechen, gleichsam als Inbegriff aller Hoffnungen auf eine erfüllte Zukunft.

Doch die Gegenwart verlangte ungeteilte Aufmerksamkeit. Ich versuchte mich ausschließlich auf die Geräusche an der vorderen Hausseite zu konzentrieren. Man hörte, wie der späte Besucher sich mit dem Türschloß abmühte. Ich beugte mich zum Kellerfenster hinunter und wisperte Cora zu: »Komm sofort wieder hoch, ein Kollege macht uns Konkurrenz!«

Einen Augenblick lang berieten wir noch, ob es nicht sicherer sei, wenn ich zu Cora in den Keller schlüpfte, als wir bereits das brutale Krachen einer Brechstange hörten; der Nachbarhund fing sofort wieder an zu jaulen. Ich reichte Cora die Hand und zog sie empor.

»Was jetzt?« flüsterte sie, nun doch etwas verunsichert, während ich vor Angst schlotterte.

»Es hat wohl keinen Sinn, auf die Straße zu flüchten«, sagte ich. »Wahrscheinlich laufen wir dort einem Komplizen in die Arme. Am besten, wir verstecken uns im Garten!«

Aber bevor wir uns im Dunkeln einen Weg ins Gebüsch ertasten konnten, wurden im ersten Stock die Lichter eingeschaltet, deren heller Schein den ganzen Rasen überflutete. An die Hauswand gedrückt, verharrten wir mucksmäuschenstill. Über uns war es mit der nächtlichen Ruhe vorbei, es scheppterte und rumpelte. Aus einem wütenden, aber unverständlichen Wortwechsel meinte ich den Namen Mango herauszuhören. Als mir plötzlich ein haariger Puschel um die Beine strich, explodierte die angestaute Hysterie, und ich schrie mir die Seele aus dem Leib, obwohl ich im Bruchteil einer Sekunde begriff, daß es die Katze sein mußte.

Der Unbekannte im oberen Stockwerk verlor durch mein Zetermordio wohl ebenfalls die Nerven, denn unmittelbar darauf krachten zwei Schüsse.

Wenige Sekunden später polterte es die Treppe hinunter, der Motor und der Hund heulten auf, der Spuk war vorbei. Dennoch blieben wir noch eine Weile wie angewurzelt stehen.

»Cora«, flüsterte ich, »die Nachbarn werden den Notruf wählen! Wir müssen weg, gleich ist die Streife hier!«

Sie schaute zu den umliegenden Fenstern empor, von denen nicht ein einziges plötzlich erleuchtet wurde; keine Menschenseele schien es zu interessieren, daß gerade Schüsse gefallen waren. Oder sollte die gesamte Aktion längst nicht so geräuschvoll abgelaufen sein, wie wir sie wahrgenommen hatten?

Wir schlichen wieder zur Frontseite, um möglichst schnell auf der Straße zu entkommen. Die demolierte Haustür stand sperrangelweit offen.

»Und wenn du dich auf den Kopf stellst, diese Gelegenheit lasse ich mir nicht entgehen«, zischelte Cora. »Warte hier auf mich, ich sehe schnell mal nach, wen es erwischt hat.« Sie wußte nur allzugut, daß ich ihr folgen würde.

Der Eindringling hatte das Licht im Treppenhaus nicht wieder ausgeschaltet. Eilig warfen wir einen Blick in die Küche, in Wohn- und Eßraum und stolperten die Treppe hinauf, geradewegs ins Schlafzimmer; Wasser sickerte uns entgegen. Reglos lag Sven auf dem äußersten Kreisabschnitt des runden Betts. Die Kugel hatte ihn direkt zwischen die Augen getroffen. Meine Verstörung war so groß, als hätte ich ihn selbst erschossen.

Cora meinte grinsend: »Wenn man nur ein wenig Geduld aufbringt, erledigen sich manche Dinge von allein.« Dabei war sie diejenige, die nie abwarten konnte.

»Wir sollten hier nicht lange rumstehen und gaffen«, sagte ich. »Hältst du es für besonders witzig, wenn uns die Polizei in Gesellschaft einer frischen Leiche vorfindet?«

»Wir besitzen ja noch nicht einmal eine Schußwaffe«, sagte Cora abwiegelnd und ließ ihre flinken Augen im Raum herumwandern. »Aber hallo, der Mörder hatte immerhin noch Zeit genug, um sich aus dem Safe zu bedienen.«

Ich trat an den offenstehenden Tresor, dessen Schlüssel steckte. Offensichtlich war er in der Eile nur unvollständig ausgeräumt worden, denn es lagen noch Papiere darin.

»Nicht ohne Handschuhe!« ermahnte mich Cora. Die Fotos hatten unseren Vorgänger anscheinend genausowenig interessiert wie uns, aber zwischen den Aktaufnahmen entdeckte ich die Pässe von Pu und Kathrin.

»Mitnehmen!« befahl Cora und war endlich damit einverstanden, daß wir Svens Haus verließen.

Als ich die Autotür öffnete, sprang die Katze auf den Rücksitz, die – wie zuvor ihre Herrin – nicht an diesem unguten Ort zurückbleiben wollte. Bei unserem überstürzten Aufbruch hatten wir gar nicht bemerkt, daß sie uns in vorsichtigem Abstand leichtpfotig gefolgt war.

Es begann bereits zu dämmern, als wir im Hotel ankamen, den Wagen in der Tiefgarage abstellten und von dort direkt mit dem Lift in unser Stockwerk gelangten.

»Beneidenswert«, sagte Cora, als sie unsere fest schlafenden Auftraggeberinnen betrachtete, »die ahnen ja nicht, welchen Stress wir ihretwegen hatten! Weißt du eigentlich, welche Adresse Kathrin bei der Polizei angegeben hat?«

»Das können wir morgen klären«, sagte ich, »jetzt sollten wir uns für einige Stunden flachlegen.«

Cora sah das ein. Als sie ins Bad ging, hörte ich zu meiner Genugtung, wie sie beim Zähneputzen erbärmlich würgen mußte. Die Katze hatte sich ohne sichtbare Zeichen der Verwunderung zu Pus Füßen niedergelassen.

Obwohl wir nun eigentlich zur Ruhe kommen konnten, bekam ich kein Auge zu. Erik und Sven waren zwar keine besonders angenehmen Zeitgenossen, aber rechtfertigte das einen Mord? Erst allmählich klärten sich meine verworrenen Gedanken, und ich sah ein, daß wir nichts zu befürchten hatten. Svens Ermordung ging nicht auf unser Konto, und auch Erik hatten wir nur indirekt ins Jenseits befördert.

Leider fiel mir aber auch ein, daß wir bei unserem ersten

Eindringen in Svens Haus keine Handschuhe getragen hatten; es gab also Fingerabdrücke. Außerdem hatten unsere Schuhe durch das auslaufende Wasserbett vielleicht feuchte Spuren auf der Treppe hinterlassen.

Ein wenig hatte ich dann wohl doch geschlafen und im Traum einen Löwen besiegt. Als ich die Augen öffnete, saß Pu an meiner Seite und kraulte die schnurrende Katze. Sie hatte wohl schon lange auf mein Erwachen gewartet, denn sofort kam die hoffnungsvolle Frage: »Seven dead?«

Ich nickte, und ihr Gesicht erhellte sich. Schläfrig langte ich nach meiner Tasche, die unter das Bett gerutscht war, und zog ihren Paß heraus. »Mrs. Seng Aroon Hilter! This is for you!« sagte ich feierlich.

Cora fuhr bei diesen Worten ebenfalls in die Höhe und starrte uns völlig desorientiert an.

Damit wir durch das Klopfen nicht gestört wurden, hatte Pu den Zimmerkellner bereits auf dem Flur abgepaßt und den Frühstückswagen hereingeschoben. Nun weckte sie auch Kathrin und machte sich nützlich, während wir im Bad verschwanden; schließlich lagerte das komplette Mädchenpensionat wieder auf einem einzigen Bett. Mit ihrer Polaroidkamera machte Cora Fotos, wie wir herzhaft in frische Croissants bissen, Kaffee tranken und die Katze mit sahnegetränkten Weißbrotbröckchen fütterten.

»An ein Katzenklo habt ihr nicht zufällig auch gedacht?« fragte Kathrin. »Aber nun erzählt mal, was eigentlich passiert ist.«

Cora gab in knappen Zügen Auskunft, dann wandte sie sich auf englisch der erwartungsvollen Pu zu. »Dear Sister«, sagte sie, »wir haben dir zwar deinen Paß und deine Katze wiederbeschafft, bald erbst du auch Geld und ein Haus, aber wahrscheinlich kriegst du noch einen Haufen Ärger mit der Polizei. Sie werden dich in die Mangel nehmen, sobald sie über deinen toten Gebieter stolpern...«

Pu nickte. »I kill Seven!« sagte sie stolz.

»Sie hat wieder nix begriffen«, meinte Cora bedauernd.

Doch Pus große Stunde kam, als sie uns über Details ihres Schreibens an Nisachon ins Bild setzte, denn dieser Brief war genaugenommen ein Hinrichtungsbefehl. Schon lange schwelte in der Frankfurter Rotlichtszene ein Krieg zwischen verschiedenen Zuhälterbanden. Es ging, wie so oft im Milieu, um die Aufteilung einzelner Reviere, um die Abwerbung exotischer Huren und zunehmend auch um den Rauschgiftmarkt. Ohne viel Federlesens hatte die Konkurrenz dem Schwitzkistl eine gewinnbringende Polin ausgespannt; im Gegenzug entführte Sven die rassige Mango. Als Hilter sie durch Dunkelhaft und Drogen gefügig machen wollte, war Mango an einer überdosierten Morphiumspritze gestorben.

Da Nisachon diese Tatsachen den konkurrierenden Gangstern zutragen sollte, war fest damit zu rechnen, daß Sven über kurz oder lang ein toter Mann sein würde.

»So weit, so gut«, sagte Cora, »dafür kriegt Pu bestimmt das Große Verdienstkreuz am goldenen Bändel. Aber wie soll es mit ihr weitergehen? Sie verfügt zwar wieder über ihren Paß, aber wenn sie jetzt mit uns nach Italien fährt oder sonstwie untertaucht, dann sieht das nach Flucht aus, und sie gerät in die vorderste Schußlinie. Pu muß freiwillig auf dem Kommissariat mit einer gut durchdachten Version vorsprechen. Mit welchem Alibi könnte sie zum Beispiel aufwarten?«

Jede von uns grübelte vor sich hin.

In etwas schärferem Tonfall wandte sich Cora direkt an Pu: »Wenn du ein Wort davon sagst, daß du drei Tage lang mit uns im Hotel gewohnt hast, dann soll dich der Teufel holen! Maja und ich wollen in eure Angelegenheiten nicht hineinverwickelt werden.«

»Kathrin, das gilt auch für dich!« ergänzte ich.

»Das ist doch selbstverständlich«, sagte Kathrin. »Denkst du etwa, ich würde mich so undankbar verhalten? Als ich mich nach Eriks Unfall bei der Polizei gemeldet habe, habe ich die WG als Adresse angegeben; schließlich bin ich dort ja wirklich eine Zeitlang untergekommen. Wir müssen den Jungs nur noch eine entsprechende Aussage einbleuen, damit sie uns nicht in den Rücken fallen.«

Gemeinsam erarbeiteten wir eine Strategie. Spätestens dann, wenn über Sven Hilters Tod öffentlich berichtet wurde, sollte sich Kathrin mit Pu im Schlepptau bei der Polizei einstellen. Sie sollten glaubhaft versichern, daß sie sich in der Volkshochschule kennengelernt hätten, wo Pu sofort Vertrauen zu ihrer künftigen Lehrerin gefaßt habe. Als Pu die Leiche der toten Mango entdeckte, sei sie in Panik aus Svens Haus geflüchtet und habe Schutz bei Kathrin in Darmstadt gesucht. Die Studenten mußten also zusätzlich bezeugen, daß sie Pu ein paar Tage lang Asyl gewährt hätten.

»Eigentlich können wir jetzt das teure Hotel aufgeben«, sagte Kathrin. »Pu darf vorerst bei mir in meiner frischgeerbten Wohnung bleiben. Ins Westend will ich nicht mehr zurück. Als nächstes muß ich dringend bei Bernd anrufen!«

»Was deinen Job angeht, brauchst du dir kein Bein mehr auszureißen«, sagte ich, »Bernd Koppenfeld hat dich hochkantig rausgeschmissen. Und wenn du dir einbildest, daß *ich* die Ethnologenwohnung in Ordnung bringe, dann bist du schiefgewickelt!«

»Bevor ihr euch ums Putzen streitet«, sagte Cora angeekelt, »sollten wir lieber ein bißchen feiern. Maja und ich sind in zwei Stunden weg von der Bühne, darauf könnt ihr Gift nehmen!«

Als von Abschied die Rede war, wurde Kathrin plötzlich sentimental und hielt eine Dankesrede. In der Einleitung führte sie aus, daß niemand sich vorstellen könne, wie grauenvoll es sei, wenn man dem eigenen Mann den Tod wünsche.

»Doch«, sagte Cora.

Kathrin fuhr unbeirrt fort, wie grundlegend sie sich in Erik geirrt habe, wie sie von seiner feschen Erscheinung, seiner kühlen Arroganz und seiner sportlichen Ausstrahlung völlig geblendet gewesen sei. Er wiederum habe einzig und allein ein irregeleitetes zärtliches Gefühl für ihren kleinen Oberlippenbart gehegt, keineswegs aber Verständnis und Liebe für sie als Frau und Mensch. Da Kathrin nicht ohne Pathos sprach, traten Pu Tränen in die Augen, obwohl sie nichts verstand.

»Und irgendwann kannst du es nicht mehr ertragen, ihm beim Essen zuzuschauen, du ekelst dich vor seiner Zahnbürste und seiner getragenen Unterwäsche, dir graut vor seinem ewig gleichen dummen Geschwätz«, ergänzte Cora.

Durch diese Seelenverwandtschaft bestärkt, kam Kathrin endlich zum Abschluß und Höhepunkt ihrer Ansprache. Bevor sie eines Nachts das gemeinsame Heim für immer verließ, habe sie den schnarchenden Erik mit einem solchen Haß betrachtet, daß sie ein großes Messer aus der Küchenschublade geholt habe...

»Und dann?« fragte ich gähnend.

»Dann habe ich die Tür zugezogen«, meinte Kathrin, »Theorie und Praxis sind eben zwei Paar Stiefel. Aber ihr habt getan, wozu ich nicht fähig war, dafür werde ich euch ewig dankbar sein!«

»Hoffentlich«, sagte ich und dachte an den Matisse.

Nach einem Glas Sekt gerieten wir in eine euphorische Aufbruchstimmung. Kathrin rasierte sich, Pu wusch unsere BHs mit Shampoo und fönte sie trocken, Cora versuchte, ihren Flug nach Florenz zu erneuern, ich fing an zu packen. Als das Handy schließlich frei wurde, rief ich bei Jonas an. In den letzten Tagen hatte ich nicht den Mut dazu gehabt, weil ich ungern als pflichtvergessene Mama von meiner Schwiegermutter abgekanzelt wurde. Zum Glück meldete sich Jonas selbst und verhielt sich so lammfromm und zuckersüß, daß ich Unheil witterte. Ich sei jederzeit willkommen, sagte er, es gebe auch einiges zu besprechen.

»Zum Beispiel?« fragte ich mißtrauisch.

»Schließlich haben wir ein gemeinsames Kind«, sagte Jonas bedachtsam, »ein prächtiger kleiner Bursche. Aber ich bin mir nicht sicher, ob es in dieser Entwicklungsphase normal ist, wenn...«

»Was ist nicht normal?«

»Gerlinde hat Béla ein paarmal zum Einkaufen mit nach Freiburg genommen. Du mußt wissen, sie näht alles selbst und stöbert gern in einem großen Stoffgeschäft nach Resten. Gestern haben wir in Bélas Spielzeugköfferchen einen größeren Vorrat bunter Nähseide entdeckt.«

Ich gab einen undefinierbaren Laut von mir, weil ich mir mühsam ein beifälliges Kichern verkniff.

»Maja, ich weiß, dir fehlen jetzt die Worte«, fuhr Jonas fort, »und wie ich dich kenne, wirst du mir die Schuld an Bélas Fehlverhalten zuschieben. Aber wir sind auf der Stelle mit ihm in den Laden gefahren, wo er das Diebesgut abliefern und sich entschuldigen mußte. Er hat bitterlich geweint.«

»Wer ist *wir*?« fragte ich.

»Gerlinde hat uns natürlich begleitet«, sagte Jonas.

Einen Moment lang schwiegen wir beide. Dann meinte ich: »Es wird Zeit, daß ich Béla wieder zu mir nehme; er fehlt mir sehr.«

Es hatte erstaunlicherweise keine zwei Stunden gedauert, bis wir reisefertig waren. Während Cora die Rechnung bezahlte, warteten Kathrin und Pu samt Katze in der Tiefgarage. Dann fuhren wir die Auffahrt hoch und ließen unser Gepäck vom Portier im Kofferraum verstauen; Cora verteilte Geld und startete. Vereinbarungsgemäß hielten wir zuerst auf dem Parkplatz der Volkshochschule, wo zwei Koffer in Kathrins Wagen umgeladen wurden und wir uns trennen mußten.

»Hast du deinen Paß noch gar nicht vermißt? Er lag in Hilters Tresor. Ich hoffe doch, daß du uns demnächst in Italien besuchen wirst«, sagte ich zu Kathrin und rückte das wichtige Dokument heraus.

Sie riß verblüfft die Augen auf.

»Fangt jetzt bloß nicht wieder zu flennen an«, sagte Cora warnend. »Wir bleiben in Kontakt, ihr könnt Maja bis morgen früh noch in Darmstadt erreichen, mein Flieger geht in zwei Stunden, diesmal muß ich ihn kriegen. Heute abend gibt es endlich ein anständiges Essen; der deutsche Fraß bekommt mir nicht, irgendwie ist mir dauernd übel, den Kaffee könnte ich glatt wieder ausspucken.«

Nachdem uns Kathrin zum Abschied umarmt und Pu unsere Handgelenke nur unter Tränen wieder freigegeben hatte, brachte ich Cora zum Flughafen. »Mach keine Dummheiten«, sagten wir gleichzeitig.

Sie steckte mir noch ein Bündel Geldscheine zu und verschwand im Terminal. Ich war auf mich allein angewiesen. Äußerst zögerlich lenkte ich den Ferrari auf die Autobahn. Kurz vor Darmstadt war Erik vor wenigen Tagen verunglückt, und ich bildete mir ein, es könnte mich zur Strafe an der gleichen Stelle erwischen. Als mich schließlich sogar LKWs überholten, gab ich mir einen Ruck und fuhr zügig bis Darmstadt durch. Ich hatte meinen Freundinnen versprochen, bei Felix, Max und Andy gut Wetter zu machen und sie durch geschickte Manipulation zu einer falschen Aussage zu bewegen.

Da ich keinen Schlüssel mehr besaß, mußte ich klingeln. Wer würde mir öffnen? Falls es Andy war, sollte ich ihn innig umhalsen? Die schlurfenden Schritte paßten nicht zu seinen Wollsocken. Jene Zilli, deren Existenz ich völlig vergessen hatte, begrüßte mich ohne Begeisterung. »Ach, du bist es«, sagte sie gedehnt, als hätte sie jemand anderen erwartet.

»Wo sind die Jungs?« fragte ich.

»Keiner da«, antwortete sie, »aber deine Jungs sind echte Kindsköpfe! Ich dachte, nur Teenager könnten so albern herumgackern. Sie wollen in Frankfurt eine Sauna aufsuchen, als ob wir hier in Darmstadt nicht genug Schwitzkästen hätten. Willst du warten?«

Mir blieb nichts anderes übrig.

Nachdem ich aus Höflichkeit mit der mürrischen Zilli einen Kamillentee getrunken hatte, verspürte ich nur noch bleierne Müdigkeit, rollte mich auf dem Sofa zusammen und schlief sofort ein.

So wie ich heute morgen beim Aufwachen zuerst in Pus Augen geschaut hatte, so erging es mir bald darauf mit Felix, der still in einer Ecke saß. »Schon zurück?« fragte ich leicht ironisch.

»Mehr als zwei Stunden braucht man bei Oma nicht zu putzen«, sagte Felix.

In diesem Moment öffnete sich die Tür, und Zilli steckte neugierig den Kopf herein. »War es dir zu heiß in der Sauna?« fragte sie.

Felix lächelte und sah mich vielsagend an. »Ich war gar nicht in Frankfurt, ich vertrage kein Dampfbad.«

Seltsamerweise freute ich mich.

Als ich mit Felix allein war, begann ich unverzüglich mit den Instruktionen. Es sei immerhin möglich, daß ihm die

Frankfurter Polizei ein paar Fragen stelle. Damit er auf keinen Fall die Termine durcheinanderbrachte, schrieb ich auf, bis zu welchem Datum Kathrin und später auch Pu hier gewohnt haben sollten.

»Müssen wir etwa einen Meineid schwören?« fragte Felix skeptisch.

»Von Schwören kann keine Rede sein«, versicherte ich.

»Aber wir kennen diese Pu doch gar nicht! Wie sieht sie überhaupt aus?« bohrte er weiter.

Zufälligerweise hatte ich eines der Fotos dabei, die Cora im Hotel aufgenommen hatte. Leider zeigte sich Felix etwas widerborstig, und ich mußte meine ganzen Überredungskünste aufbieten, um ihn zu beruhigen: Wahrscheinlich werde es überhaupt keine polizeilichen Ermittlungen geben, unsere Bitte gelte nur für den Fall eines Falles...

Dann müsse ich mich auch mit Max und Andy auseinandersetzen, verlangte Felix, er könne nicht über ihren Kopf hinweg ein Versprechen für die gemeinschaftliche Irreführung der Behörden abgeben.

Also traf ich mich noch spät in der Nacht mit den Sauna-Heimkehrern zu einer kurzen Konferenz, die leidlich erfolgreich verlief. »No problem«, versicherte Max in forschem Ton.

Andy jammerte: »Willst du uns immer tiefer in deinen Sumpf hinunterziehen?« Im übrigen bekundete er in dieser Nacht keinerlei Interesse, mich auf seine Matratze zu locken.

Anderntags wollte ich eigentlich früh aufstehen und zeitig abfahren. Aber erst um elf Uhr wurde ich von Felix geweckt, der mir das Telefon ans Bett brachte. Kathrin plapperte los: »Weißt du es schon? Heute steht es in der Zeitung!«

»Lies vor!« befahl ich und scheuchte Felix mit einer Handbewegung hinaus.

Erbitterter Kampf im Frankfurter Rotlichtmilieu
Im Stadtteil Ginnheim erweckte die seit Stunden offenstehende Eingangstür des Nachbarhauses den Verdacht eines aufmerksamen Anwohners. Niemand reagierte auf sein Rufen oder Klingeln. Als er besorgt in den Flur trat, tropfte ihm Wasser aus dem oberen Stockwerk entgegen, und er alarmierte per Notruf die Polizei. Im Schlafzimmer entdeckte Kriminalhauptkommissar Mühlbauer die Leiche des Hausbesitzers, der durch einen Kopfschuß zu Tode gekommen war, eine zweite Kugel hatte das Wasserbett getroffen. Laut Polizeibericht scheinen Fund- und Tatort übereinzustimmen. Der Ermordete war Mitinhaber eines einschlägigen Bordellbetriebs im Bahnhofsbezirk. Ein Zusammenhang mit dem kürzlich gemachten Fund eines weiblichen Torsos am linken Mainufer ist nicht von der Hand zu weisen. Wahrscheinlich wurde die thailändische Ehefrau des Toten von konkurrierenden Zuhältern entführt und befindet sich in Lebensgefahr. Die Polizei verfolgt mehrere heiße Spuren. Sie bittet die Bevölkerung um Mithilfe; die SoKo Hilter ist jederzeit unter der Telefonnummer...

Kathrin setzte ab und wartete auf meinen Kommentar.

»Über den aufmerksamen Anwohner kann ich nur lachen – der muß in der Mordnacht geschlafen haben wie ein Stein! Jetzt wird es Zeit, daß ihr auf der Wache antanzt«, riet ich. »Aber Pu muß vorher ihre Rolle bis zur Perfektion beherrschen! Und denk daran, daß man von da an vielleicht dein Telefon abhört. Außerdem solltet ihr euch überlegen, woher ihr so plötzlich eine Siamkatze habt! Vielleicht ist dem Nachbarn aufgefallen, daß Sven Hilters Katze erst drei Tage nach Pu verschwunden ist!«

»Stimmt, daran hätte ich gar nicht gedacht«, sagte Kathrin, »die Katze heißt übrigens Lao-Lao. Falls der Kommissar sie überhaupt zu Gesicht kriegen sollte, war sie eben schon immer meine Katze. Sag den Jungs, daß auch Lao-Lao in Darmstadt gewohnt hat!«

Ich brummte: »Noch was? Ich will nämlich bald losfahren, sonst wird es zu spät.«

Ein tiefer Seufzer bewies, daß ihr der folgende Satz nicht leichtfiel: »Hast du meine Bilder schon abgeholt? Zum Abschied wollte ich dir sagen, daß du sie behalten kannst!«

»Im Ernst? Nett, daß du dich noch daran erinnerst. Ich will nur den Matisse, die anderen werde ich dir zuschicken. Ciao, Kathrin, grüß Pu! Ihr hört bald von mir!«

Tatsächlich saß ich eine Stunde später im Auto und wünschte nur, ich wäre bereits in Florenz. Die erste Unterbrechung fand schon in Heidelberg statt; Coras Eltern freuten sich aufrichtig über meinen unerwarteten Besuch, bedauerten jedoch, daß sich weder ihre Tochter noch Béla in meiner Begleitung befanden.

»Cora fand es auch schade, daß Sie sich verpaßt haben«, sagte ich schnell; dann holte ich die Bilder vom Dachboden und verabschiedete mich.

Am späten Nachmittag traf ich endlich in Freiburg ein und fand mit Mühe die Landstraße, die in das kleine Dorf und schließlich zu dem Bauernhof führte, wo mein Sohn seit einiger Zeit zu Gast war. Ich schämte mich, weil ich nur selten angerufen und kein Geschenk mitgebracht hatte. Als ich den Ferrari schwungvoll neben den Misthaufen setzte, eilte man mir von allen Seiten entgegen – Béla, Jonas und die Schwiegermutter in ihrer unsäglichen Kittelschürze.

Der Junge sah kerngesund und fast wie ein kleiner Jonas aus. Doch das Temperament hatte er glücklicherweise nicht vom Vater: Béla sprudelte vor Erzählfreude und schien es nicht im geringsten übelzunehmen, daß ich ihn wochenlang abgeschoben hatte. Als erstes zog er mich zu den jungen Katzen.

Eigentlich hatte ich geplant, mit meinem Kind unverzüglich weiterzufahren, aber es kam mir dann allzu unhöflich vor, die herzliche Einladung zum Abendessen und zur Übernachtung im Fremdenzimmer auszuschlagen. Es gab Schweinehaxe mit Kartoffelbrei und sauren Bohnen, ein Gericht, das meine Vorfreude auf das italienische Essen grenzenlos steigerte. Aber Béla, der früher nichts außer Pasta gemocht hatte, aß die Haxe mit wahrer Leidenschaft. »Oma, echt hammerhart!« schmeichelte er. Wie gut, daß Emilia den Verräter nicht hören konnte.

Als Béla schlief und seine Großmutter sich taktvoll zurückgezogen hatte, blieb ich mit Jonas in der Küche sitzen. Wie erwartet, kam er auf unsere Scheidung zu sprechen und schlug vor, die Auflösung der Ehe recht bald und in aller Freundschaft zu regeln.

»Aber warum?« fragte ich gereizt. »Eine neue Heirat steht nicht an, zwei Rechtsanwälte kosten nur unnötiges Geld.«

»Maja, seit Jahren lebst du in Italien! Inzwischen habe ich eingesehen, daß unsere Ehe ein jugendlicher Irrtum war. Noch sind wir aber beide im richtigen Alter, um einen neuen Partner zu finden. Von meinem Glauben her fällt es mir verdammt schwer, mich scheiden zu lassen, aber hier auf dem Dorf gehen die Uhren nun einmal anders«, sagte er. »Jeder weiß, daß ich verheiratet bin. So blöde es auch klingt, du vermasselst mir alle Chancen bei den Mädchen.«

»Gerlinde?« fragte ich.

Jonas nickte. »Eigentlich möchte ich sie dir gern vorstellen, sie wohnt ganz in der Nähe und hat sich sehr liebevoll mit Béla beschäftigt. Wahrscheinlich ist es noch nicht zu spät, auf einen Sprung bei ihr vorbeizuschauen!«

Entgeistert starrte ich Jonas an. Neugier und Eifersucht mischten sich mit Ärger und Wut über ein solches Ansinnen, aber die Neugier siegte.

Bald darauf merkte ich, daß meine Komplexe dieser Dorfschullehrerin gegenüber überflüssig waren. Die Freundin von Jonas war ein bißchen langweilig, nicht eigentlich hübsch, etwas bieder, außerdem mindestens vier Jahre älter als er. Nach dieser heimlichen Blitzanalyse versuchte ich, ihr durch weltmännisches Benehmen zu imponieren. Später ließ ich mir Bélas Diebstahl schildern und bat mit geheucheltem Interesse um pädagogischen Rat. »Was hat er denn selbst zu seiner Verteidigung vorgebracht?« fragte ich.

Gerlinde lächelte verständnisvoll. »Er behauptet, die Garnröllchen *gefindet* zu haben! Nun, bei einem kleinen Kind sollte man keine Staatsaktion daraus machen, aber wichtig ist schon, daß es grundsätzlich begreift, was mein und dein, was recht und unrecht ist!«

Ich verkniff mir eine mokante Spitze, weil ich im Grunde wußte, daß ihr moralisches Postulat durchaus berechtigt war.

Nach einer halben Stunde brach ich gemeinsam mit Jonas wieder auf. Schon bald konnte ich Cora über spießige Details in Gerlindes Wohnung Bericht erstatten, daß beispielsweise alle die selbstgenähten Sofakissen stramm zum Fernseher ausgerichtet waren.

»Ich will deinem Glück nicht im Wege stehen«, sagte ich zu Jonas, als ich mich am nächsten Morgen verabschiedete. »Unter einer Bedingung kannst du die Scheidung einfädeln: Du mußt geloben, daß ich das Sorgerecht für Béla erhalte und er nur die Sommerferien bei dir verbringt.«

Er nickte dankbar, ich nutzte die Gelegenheit und bat: »Tust du mir noch einen Gefallen? Im Kofferraum liegen zwei Bilder, die einer Freundin gehören. Ihre Anschrift habe ich hier notiert. Könntest du sie netterweise nach Frankfurt schicken?«

Er war so zufrieden mit unserer gütlichen Einigung, daß er mir versprach, sie persönlich bei Kathrin abzuliefern.

Als Béla zu mir ins Auto kletterte, mußte sich Jonas allerdings noch einmal aufregen, weil kein Kindersitz vorhanden war; Cora hatte ihn anscheinend ausgebaut. »So lasse ich euch nicht fahren!« sagte der besorgte Vater und holte einen funkelnagelneuen Sitz aus dem eigenen Wagen.

Dann kurvten wir noch einmal winkend um den Misthaufen und konnten endlich losfahren. Drei Minuten später stellte Béla die unvermeidliche Frage: »Wann sind wir endlich da?«

Kurz vor Lugano wachte Béla auf, mußte aufs Klo und hatte Hunger. Mir ging es nicht anders. Nach einem reichlichen Essen hatte ich keine Lust mehr zur Weiterfahrt, denn ich hatte viel Schlaf nachzuholen. Ich suchte ein kleines Hotel und legte mich neben Béla aufs Bett. Lange ließ ich Coras Telefon läuten, aber es nahm wieder einmal kein Mensch den Hörer ab. Bei Kathrin hatte ich mehr Glück. Sie fragte nach meiner derzeitigen Telefonnummer, um zurückzurufen.

In Eriks Sekretär hatte sie einige tausend Mark gefunden und sich als erstes ein Mobiltelefon gekauft. »Weil du gesagt hast, sie überwachen mich vielleicht – und von meinem neuen Handy kann doch keiner etwas wissen! Auf der Polizei hat alles vorzüglich geklappt, Pu hat ihre Sache sehr gut gemacht. Im Augenblick bringt sie gemeinsam mit der tüchtigen Emine die Ethnologenwohnung wieder ins Lot. Was knurrst du so, hast du etwas dagegen? Übrigens habe ich morgen einen Termin bei Eriks Sekretärin. Bevor ich sie entlasse, kann sie mir noch in einigen bürokratischen Dingen zur Seite stehen!«

Donnerwetter, dachte ich, die Kunst des Delegierens will auch gelernt sein.

Als ich mit meinem Reisegefährten an einem strahlendschönen Tag die letzte Etappe in Angriff nahm, waren wir beide bester Laune. Zum Glück hatte Béla bereits verschmerzt, daß wir keines der Kätzchen mitgenommen hatten. Mit mäßigem Erfolg versuchte er, mir ein neu erlerntes, gleichwohl rührend altmodisches Kinderlied beizubringen. »Stein auf Stein, Stein auf Stein, das Häuschen wird bald fertig sein!« sang er unermüdlich und klatschte dabei zwei Legosteine aus seinem geheimen Schatzkoffer aneinander. Ich war unendlich dankbar, das Kind wieder bei mir zu haben.

15

Als wir in Florenz ankamen, wurde uns das Tor geöffnet, noch bevor ich aussteigen und klingeln konnte. Müde von der langen Fahrt, freute ich mich über diesen Service, und auch Béla jubelte, als Mario ihn zur Begrüßung durch die Luft wirbelte. Dann erst reichte mir der Gärtner seine rauhe Hand und sah dabei eher bekümmert aus.

»Wo sind Cora und Emilia?« fragte ich.

Mario war ein hoffnungsloser Stotterer. Im Laufe der Zeit hatten wir gelernt, ruhig abzuwarten, wenn er kein verständliches Wort herausbrachte; wenn er nämlich nervös wurde und sich aufregte, war Hopfen und Malz verloren.

Offensichtlich gab es eine wichtige Information, die er mir vermitteln wollte, aber er brachte nur ein klägliches Au, au, au heraus. Ich reichte ihm seine Tafel und die Kreide, und er schrieb in steifer Schrift: AUTOAMBULANZA. Erschrocken wartete ich auf eine kommentierende Erklärung. OSPEDALE fügte er hinzu.

Schon ein paarmal hatte unsere treue Seele Emilia über Herzbeschwerden geklagt, ohne daß wir sie ernst genommen hatten. Mußte Emilias und Marios spätes Glück so rasch schon enden? Eigentlich war es doch die statistische Pflicht der Männer, noch vor ihren Frauen den Löffel abzugeben. Und was den Löffel anbelangte – eine begnadete Köchin war leider am allerwenigsten zu ersetzen! »*Infarto cardiaco?*« fragte ich mit schwermütig-gedämpfter Intonation.

Plötzlich mußte Mario grinsen und schüttelte den Kopf, aber seine Zunge löste sich noch immer nicht.

Zum Glück kam Emilia just in diesem Moment nach Hause, von einem Herzinfarkt war keine Rede. Ihr Bericht zeichnete sich durch melodramatische Höhepunkte aus: Cora sei vorgestern etwas blaß und verfroren eingetroffen, habe aber Mario und Emilia dennoch in ihr Lieblingslokal eingeladen. Sie freue sich so auf ein gutes Essen, hatte sie behauptet, aber dann fast nichts angerührt.

»Und woran denkt man sofort, wenn es einer jungen Frau aus heiterem Himmel übel wird?« fragte Emilia und sah mich bedeutungsvoll an. Cora sei früh zu Bett gegangen, habe sich aber am nächsten Tag übergeben und gegen Abend heftige Bauchschmerzen und Fieber bekommen. Ein herbeigerufener Arzt ließ die Patientin auf der Stelle ins Krankenhaus bringen, wo man ihr heute den Blinddarm herausgenommen habe.

»Und morgen kannst du sie besuchen«, schloß Emilia, »leider hatte ich überhaupt keine Zeit, für euch zu kochen. Hoffentlich habt ihr unterwegs etwas gegessen.«

So kam es, daß wir an unserem ersten Abend in Italien mit vertrocknetem Weißbrot und der fetten Leberwurst meiner Schwiegermutter vorliebnehmen mußten. Aber diese kleine Enttäuschung war bereits vergessen, als ich am nächsten Tag in der warmen Spätsommersonne im Garten saß und mit Emilia Espresso trank.

»Ich hoffe, ihr habt keinen Mist gebaut«, sagte sie und sah mich forschend an, »wenn man so lange nichts von euch hört, hat das meistens nichts Gutes zu bedeuten.«

»Natürlich haben wir allerhand angestellt«, sagte ich,

»aber alles nur zum Wohl der Menschheit! Was meinst du, welche Zeit für einen Krankenbesuch günstig wäre?«

Emilia riet mir, ein wenig abzuwarten. »Gestern war Cora noch gar nicht richtig wach...«

Es war ein ungewohntes Bild. Weiß wie ihr gestärktes Hemd lag Cora in einem hellen Einzelzimmer aufgebahrt, die roten Haare fluteten malerisch auf das Kopfkissen, in ihre linke Armvene tropfte eine Infusion. »Was machste für Sache!« unternahm ich einen kläglichen Versuch, meine Freundin aufzuheitern.

»Dabei hatte ich solche Lust auf *spaghetti alle vongole*«, meinte sie, »aber jetzt ist Haferschleim angesagt. Wie war es bei Jonas?«

»Er will sich scheiden lassen«, sagte ich.

Cora kräuselte mißbilligend die Nase. »Damit verdirbt er mir ja den Spaß, dich ebenfalls zur Witwe zu machen. Aber vielleicht vollbringe ich sowieso keine Heldentaten mehr, ich habe das dumme Gefühl, ich muß selber abkratzen.«

»Unsinn! Heutzutage stirbt man nicht an einer Blinddarmoperation!« Mehr fiel mir dazu nicht ein, aber ich betrachtete das blasse Gesicht doch mit einiger Sorge.

»Tust du mir noch einen letzten Gefallen?«

Ich lächelte: »Jeden!«

Cora griff nach meiner Hand und lispelte: »You are my sister! Auf dich kann ich mich immer verlassen.«

»In alle Ewigkeit, amen«, sagte ich.

Gleich darauf mußte ich einsehen, daß meine Zustimmung voreilig gewesen war.

»Du hast doch noch das Methadon?« begann sie, und ich nickte widerwillig.

»Maja, es wäre eine Sünde, wenn wir es vergammeln ließen. Fahr nach Castellina und mix der Amerikanerin einen kräftigen Cocktail!«

Meine Mimik drückte anscheinend so viel Abscheu aus, daß Cora lachen mußte. »O Gott, tut das weh!« fuhr sie mich an. »Du darfst heute auf keinen Fall Witze machen.«

Mir war nicht nach Scherzen zumute. Diesmal würde ich mich von Cora nicht wieder vorschicken lassen. Ich schüttelte den Kopf. »Ohne mich! Falls du deine Schnapsidee nicht aufgibst, mußt du sie höchstpersönlich verwirklichen, die Tropfen sind sicherlich noch jahrelang wirksam!«

Unser Gespräch dauerte fast zwei Stunden und bestand über längere Strecken aus meinem trotzigen *Nein* und ihrem herrischen *Doch*. Da wir uns fast wie im Kindergarten stritten, kam eine Krankenschwester herein und setzte mich vor die Tür.

Cora war derart auf das toskanische Landgut fixiert, daß sie mir einerseits ein Drittel ihres gesamten Besitzes als Belohnung in Aussicht stellte, andererseits bei Verweigerung den totalen Krieg androhte. Auf dem Heimweg überlegte ich allen Ernstes, ob meine Freundin durch die gestrige Narkose nicht mehr bei Sinnen oder gar von Natur aus eine abgefeimte Kriminelle war. Falls schon wieder ein Verbrechen begangen werden sollte, warum plante sie dann für sich selbst ein perfektes Alibi? Bisher hatten wir die Suppe stets gemeinsam ausgelöffelt. Wollte sie mich testen oder loswerden? Auf jeden Fall hatte ich jetzt nicht mehr vor, sie täglich im Krankenhaus zu besuchen. Sollte ihr doch

Mario einen Blumenstrauß und Emilia die frischgewaschenen Nachthemden bringen.

Alles kam wieder einmal anders. Emilia bat darum, Béla über Nacht zu einem Besuch bei einer Kusine mitnehmen zu dürfen, in deren Dorf gerade ein kleiner Zirkus gastierte. Vielleicht war Béla auch ein Vorwand für Emilia und Mario, um ihrem eigenen kindlichen Vergnügungsbedürfnis nachgeben zu können.

Eigentlich hatte ich mir für diesen Tag eine ganze Menge längst fälliger Arbeiten vorgenommen, die aber alle von jener Art waren, daß man sie gern und ohne verhängnisvolle Folgen ein wenig vor sich herschiebt. Ohne schlechtes Gewissen ließ ich den Tag erst einmal geruhsam angehen. Im Grunde genommen hatte ich nie allein gelebt, nun ergab sich unverhofft die Möglichkeit, den Garten, alle Räume und auch die Küche nach Lust und Laune zu nutzen. Heute konnte ich zum ersten Mal im Leben nur für mich etwas Leckeres kochen. Ich schaute in die Speisekammer und entdeckte sofort, daß die Flasche mit dem grüngoldenen Olivenöl leer war. Selbst Emilia war nicht immer perfekt.

Wer mit dem Feuer spielt, kommt darin um. Ich hatte mir Eriks Spruch gemerkt, obwohl er sicherlich eher für Cora galt als für mich. Im Gegensatz zu ihr liebte ich die Gefahr überhaupt nicht und war deswegen auch heil und unversehrt mit meinem Kind zu Hause angekommen. Hätte mir Emilia nicht eine leere Ölflasche hinterlassen, so wäre ich auch an jenem Tag brav daheim geblieben.

Diesmal fuhr ich sehr schnell, ohne auch nur im geringsten von ängstlichen Vorahnungen gepeinigt zu werden. Wein und Öl kaufte man am besten direkt beim Erzeuger, und ein kleiner Spaziergang auf dem Lande könnte mir nur guttun. Ob ich die Schotterstraße zu Coras Sehnsuchtsobjekt überhaupt wieder finden würde? Ich hatte nichts anderes vor, als mir das Anwesen noch einmal von weitem anzuschauen, um Coras Hirngespinste um so besser wegpusten zu können.

Wahrscheinlich hatte ich mich verfahren; die Serpentinenstraße, in die ich abgebogen war, führte zwar bergan, wurde aber immer enger, steiniger und unwegsamer. Es war die stille Stunde Pans, in der man selten ein menschliches Wesen antrifft, das man um Auskunft fragen könnte. Macht auch nichts, dachte ich, dann werde ich eben bei einem x-beliebigen Bauern mein Olivenöl kaufen, ein bißchen herumschlendern und in Castellina Mittag essen. Unbekümmert ließ ich den Wagen in der sommerlichen Einsamkeit stehen und begann, wilde Wicken zu pflücken. Ich war in heiterer Stimmung und sang aus voller Brust: *Wem Gott will rechte Gunst erweisen, den schickt er in die weite Welt...*

Gerade war ich bei der letzten Strophe und *Den lieben Gott laß ich nur walten* angekommen, als es in unmittelbarer Nähe furchtbar rumste. Ein viel zu schnell fahrender Wagen hatte an Coras Ferrari, der zugegebenerweise in einer Kehre parkte, die geöffnete Tür halb abgerissen.

Eine Frau in schneeweißer Hose und pinkfarbenem Hemd hielt ein Stückchen weiter an und stieg aus ihrem ebenfalls ramponierten Luxusjeep. Langsam kamen wir aufeinander zu. Es war zwölf Uhr mittags.

Die Fremde hatte allzu goldblond gefärbtes Haar und stöckelte recht mühselig über die Steinbrocken; auf den zweiten Blick sah ich, daß sie in etwa Emilias Alter hatte, im Gegensatz zu ihr aber spindeldürr war. Als wir in Reichweite für ein klärendes Gespräch kamen, schluckte ich die Flüche hinunter und fragte wohlerzogen, ob sie verletzt sei. Sie schüttelte den Kopf, mit einem Blick zu meiner Autotür, die nur noch an einem Fädchen zu hängen schien. Gleich in die Offensive gehen, nahm ich mir vor und sagte streng: »La mia macchina è danneggiata, ed è colpa Sua!«

In gebrochenem Italienisch fragte sie beschämt, ob der Ferrari überhaupt noch fahrtüchtig sei. Anscheinend hatte sie gar nicht vor, um Schadenersatz, Schuld- und Versicherungsfragen zu feilschen, sondern entschuldigte sich mehrmals für ihr Mißgeschick und forderte mich eher kleinlaut auf, bei ihr einzusteigen. Ihrem Atem nach hatte sie erst kürzlich einen Aperitif zu sich genommen.

»Sollen wir lieber Englisch sprechen?« fragte ich.

Daraufhin wurde die Unbekannte gesprächiger. Ihr Name sei Pamela Lachnit, und sie wohne bloß zwei Kilometer weiter. Wir könnten dort einen Kaffee trinken, ihr Gärtner würde sich unterdessen meinen Wagen ansehen, ihn gegebenenfalls abschleppen und mich anschließend ans Ziel meiner Wünsche bringen. »Was wollten Sie überhaupt in dieser Wildnis?« fragte sie.

»Olivenöl kaufen«, antwortete ich, »aber ich habe mich offensichtlich verfahren. Der Wagen gehört meiner Freundin, sie wird sich maßlos aufregen. Wir wohnen in Florenz.«

»Sind Sie Deutsche? Sagen Sie ruhig Pam zu mir, wir Amerikaner sind ein unkomplizierter Menschenschlag.«

Erst bei diesem Stichwort fiel bei mir der Groschen: Das Schicksal führte mich geradewegs in die Höhle der Löwin.

»Vielleicht sollten Sie nichts im Auto liegenlassen«, empfahl Pamela. »Es ist zwar ziemlich einsam hier, aber gerade deswegen ginge ein Dieb nicht das geringste Risiko ein.«

Ich öffnete den Kofferraum, in dem eine Menge Plunder herumlag, den ich noch nicht ausgeräumt hatte. Hinter dem Rücken meiner Begleiterin fischte ich zwischen leeren Coladosen, Legosteinen und angebissenen Müsliriegeln das Methadonfläschchen heraus und steckte es nebst dem verpackten Matisse, einer Leinenjacke von Cora, Taschenlampe und Kreuzschlüssel in eine große Plastiktüte. Dann kletterte ich auf den Beifahrersitz des Jeeps und erkannte bald, daß ich wirklich dort angekommen war, wo mich Cora hingeschickt hatte.

Pam fragte, ob ich lieber ein Eis, einen Espresso oder – sie sah mich nicht gerade vorurteilsfrei an – ein Münchner Bier haben wolle, und rief nach ihrer *maid*.

»Darling, sagen Sie ihr selbst, was Sie trinken wollen! Diese Sprache werde ich nie manierlich lernen!« bat Pamela, außerdem sollte ich dem Gärtner die Sache mit dem Auto erklären, das sei ihr erst recht zu kompliziert.

Obwohl sicherlich jeder Gast die Terrasse mit der zauberhaften Aussicht auf die Chianti-Berge zum Kaffeetrinken bevorzugt hätte, führte sie mich ins Wohnzimmer.

Seit ich damals mit Dino und Cora hier eingefallen war, sah alles verändert aus, denn selbstverständlich hatte die neue Besitzerin das Haus nach eigenen Wünschen eingerichtet. Da auch ich meine Vorurteile gegen andere Nationalitäten nur ungern aufgab, mußte ich Pamela widerstrebend einen relativ guten Geschmack zubilligen.

An den Wänden hingen impressionistisch gemalte Landschaften, die mir in ihrer heiteren Luftigkeit durchaus gefielen. Als der Kaffee gebracht wurde und ich meine Bilderbetrachtung beenden mußte, stellte sie anerkennend fest: »Es gefällt mir, daß Sie meiner Sammlung so viel Aufmerksamkeit schenken, es gibt viele Besucher, die nehmen keine Notiz davon. Wieso leben Sie eigentlich in Italien?«

Ich faselte etwas von der ewigen deutschen Sehnsucht und gab die Frage zurück.

»Honey«, sagte sie und fuchtelte nervös mit ihren beringten Spinnenfingern herum, »wie sagt man gleich? Cherchez l'homme! Wenn eine Frau in den besten Jahren sich plötzlich liften läßt, wenn sie fromm und karitativ oder völlig verrucht wird, wenn sie sich dem Marxismus oder Buddhismus zuwendet und am Ende gar in einen fremden Erdteil übersiedelt, dann steckt fast immer ein Mann dahinter. Im nachhinein bereut man solche radikalen Entscheidungen oft, und so ist es auch bei mir.«

Ich war neugierig geworden. Pamela war mir nicht unsympathisch, aber ich konnte mir nur mit Mühe vorstellen, daß eine über fünfzigjährige Frau noch den Männern nachstieg. Vorsichtshalber stellte ich vorerst keine diesbezüglichen Fragen, denn ich wollte als wohlerzogene junge Dame auftreten und auf keinen Fall das Mißtrauen meiner Gastgeberin wecken. Sie plauderte jedoch auch unaufgefordert weiter.

»Sehen Sie, ich war dreimal verheiratet, man sollte also meinen, daß ich die Nase voll hätte. Aber leider war dem nicht so, und darum sitze ich jetzt in dieser Einöde und langweile mich zu Tode.«

»Warum gehen Sie nicht nach Amerika zurück?« fragte ich hoffnungsvoll.

»Gute Frage! Ich sollte mich eher heute als morgen zu diesem Schritt entschließen«, meinte sie. »Dabei ist es noch ein Glück, daß ich meinen *Italiano* nicht geheiratet habe! Sonst müßte ich mich jetzt zum vierten Mal scheiden lassen, mit dem kleinen Unterschied, daß diesmal kein Cent dabei herausspringt! Vor einer Woche habe ich erfahren, daß dieser undankbare Casanova sich mit einem zwanzigjährigen Flittchen eingelassen hat!« Sie betrachtete mich mit so finsterem Argwohn, als seien alle jungen Frauen potentielle Hetären. Angesichts meines unschuldigen Augenaufschlags wurde sie wieder milder.

Mehrmals ließ Pamela ihren Blick zu einer großen Barockuhr schweifen, denn der Gärtner war immer noch nicht zurückgekehrt. Die Haushälterin servierte Oliven und Salzmandeln, dazu genehmigte sich Pamela einen Whiskey und goß mir einen Campari ein.

Als das Telefon läutete und sie im Nachbarzimmer verschwand, hätte ich in aller Ruhe ihren Drink mit Methadon verlängern können.

»Umberto hat angerufen, der Ferrari steht jetzt in einer Werkstatt unten im Dorf, kann aber leider erst morgen repariert werden. Mein Gärtner wird Sie zurück nach Florenz fahren, sobald Sie es wünschen.«

Ich überlegte. »Ich möchte Ihrem Personal keine Mühe machen«, sagte ich höflich. »Außerdem müßte ich ja morgen schon wieder herkommen, um den Wagen abzuholen. Vielleicht übernachte ich in Castellina, sicher kennen Sie ein nettes kleines Hotel!«

Als Pamela ein weiteres Gläschen gekippt hatte, wurde sie zunehmend herzlicher. »Bleiben Sie doch einfach hier, *my love*! Ich habe mehr Platz, als mir lieb ist, und viel zu selten Gäste. Um die Wahrheit zu sagen, ich bin es absolut leid, jeden Abend allein zu essen. Und wenn man hierzulande ohne Begleitung ins Lokal geht, wird es zum reinsten Spießrutenlaufen. Sie würden mir eine große Freude machen!«

Von wegen unkompliziert, die Alte ist eher zickig, dachte ich. Gerade in der Toskana kann eine Frau sehr gut allein ins Restaurant gehen, wir sind doch nicht im Iran!

Schließlich brachte mich die junge Haushälterin zum Gästezimmer und legte mir einen Schlafanzug aus chinesischer Seide und das Miniatur-Kosmetikset einer amerikanischen Fluggesellschaft aufs Bett. Pamela würde jetzt eine verspätete Siesta halten, ob ich noch etwas brauche, fragte sie.

»Wie heißen Sie?« wollte ich wissen.

Ihr Name sei Lucia, sagte sie und hielt an der Tür inne, wahrscheinlich dankbar für jedwede Abwechslung.

»Im Garten habe ich vorhin ein wunderschönes Schwimmbad gesehen«, sagte ich, »sicher wird Pamela täglich ein paar Runden darin drehen. Erlaubt sie es Ihnen auch?«

Lucia bedauerte, daß sie selbst gar nicht schwimmen könne. »Es ist schade, daß der Pool kaum mehr genutzt wird. Anfangs ging Pamela gelegentlich schon mal ins Wasser, aber dann hörte sie, daß der frühere Besitzer – wir nannten ihn *il barone* – in diesem Bassin ertrunken ist, jetzt macht sie einen großen Bogen darum. Vielleicht ist es aber auch nur eine Ausrede, denn eigentlich faulenzt sie lieber im Liegestuhl.«

Ich ergänzte: »...und gerbt ihre Eidechsenhaut! Dabei nahm ich an, alle Amerikaner seien Fitneßkanonen!«

Erleichtert stellte ich fest, daß ich unter diesen Umständen das Methadon endgültig in den Ausguß schütten konnte. Demnächst würde ich Cora in allen Details schildern, wie Pamela zwar die gesamte Dosis im Kaffee konsumiert habe, aber mangels sportlicher Betätigung ohne die erhofften Folgen.

»Macht Ihnen Ihre Arbeit Spaß?« fragte ich.

»Ja, durchaus, hier ist es wie im Paradies«, sagte Lucia artig, »allerdings ein wenig einsam. Nun, anfangs mußte ich auch über Nacht bleiben, aber jetzt erlaubt sie mir, daß ich nach dem Abendessen heimfahre. Und zum Glück essen die Ausländer ja schon sehr zeitig und diese Amerikanerin überdies nur ganz wenig!«

Belustigt über die wunderlichen Sitten der Yankees, lächelten wir uns verständnisinnig zu. »Also kommen Sie wenigstens rechtzeitig nach Hause, denn sicher haben Sie einen Freund«, meinte ich.

Sie nickte: »Schließlich besteht das Leben nicht bloß aus Kochen und Bügeln. Dino holt mich jeden Abend ab, dann gehen wir oft noch aus. Und am Wochenende habe ich meistens frei.«

Als ich gähnen mußte, zog die reizende Lucia die Gardinen der Terrassentür zu und trat ab. Vielleicht erschien es ihr auch etwas fragwürdig, sich mit einem Gast ihrer Her-

rin so vertraulich zu unterhalten. Ich hielt ein kurzes Nik-
kerchen und träumte, daß der verstorbene Engländer von
den Toten auferstand und seinen Besitz zurückforderte.
Beim Erwachen war ich ein wenig überrascht, mich in der
Traumvilla wiederzufinden.

Da meine Gastgeberin noch zu ruhen schien, nahm ich
mir ein paar Bildbände aus dem Regal, das für etwaige Besucher direkt neben dem Bett aufgestellt war. Als ich in
einem der kunsthistorischen Bücher blätterte, entdeckte ich,
daß Pamela Lachnit eine Biographie der amerikanischen
Malerin Mary Cassat verfaßt hatte. Ich nahm mir vor, Pam
auf keinen Fall zu unterschätzen.

Auch in diesem Raum wiesen mehrere Bilder auf Pamelas Faible für den Impressionismus hin. Aber gegen meinen
Matisse war das alles Pipifax, dachte ich stolz. Die Plastiktüte lag neben mir auf dem grüngeäderten Marmorboden,
so daß ich, ohne mich aus dem Bett zu bequemen, das Gemälde aus dem Kopfkissenbezug herausziehen konnte.

Der Matisse gehörte jetzt mir! Hingerissen starrte ich
auf das delikate Haremsmotiv, dessen enorme Spannung
zwischen Realismus und phantasievoll-dekorativem Detail-
reichtum mich überaus entzückte.

Plötzlich fiel helle Nachmittagssonne auf mein Gemälde,
und Pamela schwebte lautlos wie ein Phantom durch die
duftigen Gardinen der Terrassentür; ich hatte keine Zeit
mehr, um den Matisse unter die Bettdecke zu schieben.

Der Schreck stand mir wohl so verräterisch im Gesicht
geschrieben, daß Pamela sich wie ein Geier auf das Bild
stürzte. Als Kunstkennerin war sie mit Recht begeistert,
ja mehr als das – sie geriet in einen Zustand der Ekstase.

»Wundervoll! Einfach exzeptionell! Wie sind Sie an so ein wertvolles Stück geraten?«

»Geerbt«, behauptete ich reaktionsschnell, obwohl ich auf ihren Anschlag überhaupt nicht vorbereitet war.

»Dann sind Sie ja einem vermögenden Stall entsprungen«, sagte sie, und schon schlich sich leise Skepsis in ihren Tonfall.

Ich geriet in Verlegenheit und erfand reiche Großeltern, jedoch völlig verarmte Eltern, die durch Spekulationen fast alles verloren hatten.

Meine blumige Familiengeschichte interessierte Pam wenig. »Sie wissen sicherlich, daß dieser Matisse Mitte der zwanziger Jahre entstanden sein muß? Ihr Großvater konnte ihn wahrscheinlich noch günstig erstehen. Was wollen Sie dafür haben?«

Unter Zeitdruck entschied ich mich gegen einen Verkauf, der sicherlich mit einer Expertise und der Aufdeckung des Diebstahls verbunden wäre. Eine Kettenreaktion von Ermittlungen käme dann ins Rollen, die ich auf alle Fälle vermeiden sollte.

»Unverkäuflich«, sagte ich sehr bestimmt.

In diesem Augenblick trat in Pamelas Augen ein Glitzern, das mich sofort an Coras obsessive Begehrlichkeit erinnerte.

»Ich bin reich«, sagte sie, »wir können uns sicherlich einigen.«

»Nie im Leben!« beharrte ich trotzig und bettete ein Kissen auf das Gemälde.

Pamela sah mich an wie die Schlange das Kaninchen, und ich errötete tatsächlich. »Das Bild ist echt«, überlegte sie, »da fress' ich einen Besen. Ist es am Ende gestohlen?«

»Nein!« log ich standhaft.

Aber Pamela glaubte mir offensichtlich nicht. Man könne schnell herauskriegen, ob ein Gemälde aus einem Einbruch stamme, es habe keinen Zweck, wenn ich nicht mit offenen Karten spielte. Aber da sie den Matisse unter allen Umständen besitzen und nicht weiterverkaufen wolle, sei die Herkunft sekundär. Ihrerseits würde sie sich von einem solchen Kleinod nie im Leben trennen, sondern es mit nach Amerika nehmen und dort in ihrem Schlafzimmer aufhängen.

»Natürlich werde ich Tapeten in einem passenden Muster aussuchen. Jeden Morgen, wenn mein erster Blick auf dieses Bild fällt, wird mir die Odaliske Freude und Glück für den ganzen Tag verheißen.«

Das Angebot einer risikofreien Veräußerung war zwar verlockend, aber nun war mein Ehrgeiz geweckt, den Preis durch Verweigerung in die Höhe zu treiben.

»Freude und Glück können Sie sich nicht kaufen«, sagte ich weise, »außerdem kriegt man nicht alles im Leben, was man sich wünscht!«

Anscheinend wirkten meine Worte erheiternd auf Pamela. »Sieh da, das Küken will klüger sein als die Henne!« meinte sie schmunzelnd. »Auf Menschen bezogen hat Ihre Philosophie sogar eine gewisse Berechtigung, aber Gegenstände kann man fast immer kaufen, wenn man genug dafür bietet.«

So kann auch nur eine Millionärin reden, dachte ich und versprach, über den Verkauf nachzudenken, denn ich wollte Zeit schinden.

Von da an war Pamela die liebenswürdigste Gastgeberin, die man sich vorstellen konnte, zeigte mir das gesamte Anwesen und kam erneut auf ihr persönliches Liebesdrama zu sprechen. »Wir haben uns bei einer Vernissage in Siena kennengelernt; alle Bilder, die an diesen Wänden hängen, stammen von ihm. Weil er mir als Mann so gut gefiel, kaufte ich seine gesamten Exponate auf und erkannte erst später, daß er letzten Endes bloß ein Epigone ist. Viel zu schnell habe ich mich betören lassen und dieses Landhaus erworben, nur um ihm nahe zu sein; mir schwebte ein arkadisches Dasein mit meinem Geliebten vor, aber er kam fast nie zu Besuch, und alle meine Freunde leben in den Staaten. Ich bleibe eine Fremde in einem fremden Land!«

Falls sie mein Mitleid erwecken wollte, war sie an die Falsche geraten. Vorläufig sprachen wir beide kein Wort mehr über einen eventuellen Handel, aber wahrscheinlich dachte sie – genauso wie ich – die ganze Zeit darüber nach.

Schon früh hatte Lucia den Tisch gedeckt und servierte das Essen. Eigentlich hatte ich feinste toskanische Küche erwartet, aber davon konnte keine Rede sein: Meine Gastgeberin bevorzugte eine strohige Diät aus kalorienarmen Grapefruits, Selleriesalat, trockener Hühnerbrust und einem Cracker. Allerdings schien sie bei den Getränken eine härtere Gangart vorzulegen.

Weil ich auf keinen Fall riskieren wollte, daß mich Dino beim Abholen seiner Freundin hier sitzen sah, täuschte ich kurz nach der lustlosen Nahrungsaufnahme eine momentane Unpäßlichkeit vor und verschwand im Gästezimmer. Lucia, die mir meine frustrierten Gelüste an der Nasenspitze ansah, folgte mir auf mein Zimmer und brachte mir geröstetes Brot mit Knoblauch, Öl und ein Stückchen *pecorino fresco*. Gierig biß ich hinein, und erst als ich hörte, daß ein Wagen nahte und schließlich davonfuhr, verließ ich mein Versteck und gesellte mich wieder zu Pam auf die Terrasse.

Als Folge ihres stetigen Whiskeykonsums hätte sie eigentlich betrunken sein müssen, da sie es nicht war, schloß ich auf Gewöhnung. Schon vor dem Abendessen hatte sie die langen weißen Hosen gegen ein schilfgrünes Schlauchkleid mit U-Boot-Kragen eingetauscht und ein dazu passendes Collier aus Smaragden und Diamanten angelegt. Schmuck schien sie zu mögen, wie gut, daß ich heute nicht die Granatbrosche von Coras Großmutter trug und in Versuchung geriet, sie zu verkaufen.

Die Amerikanerin kam schnell zur Sache: »Haben Sie inzwischen nachgedacht? Es muß Ihnen durchaus nicht peinlich sein, einen gesalzenen Preis zu verlangen. Außerdem können Sie mit diesem Bild doch wenig anfangen, um so mehr aber mit dem Gegenwert! Zum Beispiel eine Weltreise oder Zugang zu einem Golfklub, um sich einen reichen Ehemann zu angeln. So habe ich als junges Ding meine Karriere begonnen.«

»Ich bin bereits verheiratet«, sagte ich trotzig.

Pamela zeigte sich überrascht. »Und – hat er Geld? Ist er treu? Lieben Sie ihn?«

Nichts davon traf zu, aber das ging keinen etwas an. Ich zuckte mit den Schultern, als ob ich es selbst nicht wüßte, und konterte: »Haben Sie eigentlich Kinder?«

Mit meiner Gegenfrage hatte ich ihren wunden Punkt getroffen. Der Alkohol zeigte nun doch seine Wirkung, denn Pamela fing verhalten an zu weinen. Weil ihre einzige Tochter in Bélas Alter gestorben war, konnte ich ihre bis heute andauernde Trauer ganz gut nachempfinden. »Meine kleine Cindy wäre jetzt so alt wie Sie«, sagte sie, griff mit dürrer Hand in meinen Nacken und zog mich näher.

Um weiteren Liebkosungen zu entgehen, stand ich auf; da es erst zehn Uhr und längst noch keine übliche Schlafenszeit war, sprach ich von einer beginnenden Erkältung.

Obwohl ich es gewohnt war, bei frischer Luft zu schlafen, verschloß ich diesmal Türen und Fenster, so daß ich leider auch dem Chor der Frösche und Nachtigallen nicht lauschen konnte. Dann zog ich den seidenen Schlafanzug mit einem wilden Muster aus Drachen und Pagoden an, betrachtete mich eine Weile im Spiegel und türmte einen Büchervorrat auf den Nachttisch. Es wäre immer noch ein leichtes, Pamela beim morgigen Frühstück das Methadon in den Kaffee zu kippen, aber wie konnte ich sie zu einem anschließenden ausgedehnten Dauerlauf zwingen? Mit finsteren Gedanken im Herzen schlief ich viel zu früh ein, um bereits um drei Uhr nachts wieder aufzuwachen.

Es war stickig und stockdunkel. Leise schlüpfte ich aus den Federn und öffnete die Tür ins Freie, um tief durchzuatmen. Draußen war es frisch, aber keineswegs kalt. Barfuß huschte ich auf die Terrasse und lief um das Haus auf einen Lichtschein zu. Irgendwo brannte noch eine Lampe.

In Pamelas Schlafzimmer verhinderten keine zugezogenen Gardinen die freie Sicht auf ihr Bett. Sie schlief ebensowenig wie ich, sondern saß kerzengerade gegen einen Kissenwall gelehnt, hatte ihre Brille aufgesetzt und studierte aufmerksam einen kleingedruckten Zettel. Ich schlich näher heran.

Die Amerikanerin hatte einen Revolver nebst Munition vor sich ausgebreitet und brütete offensichtlich über der Gebrauchsanweisung. Ziemlich ungeschickt versuchte sie, Patronen in die Trommel einzulegen, was ihr aber auf Anhieb nicht glücken wollte.

Als ich begriff, was sie vorhatte, konnte ich nur müde den Kopf schütteln. Hier wurde auf dilettantische Weise ein Mord geplant, ohne auch nur im geringsten die Folgen zu bedenken. Verdrossen fragte ich mich, wie sie beispielsweise meine Leiche beseitigen würde? Das wird im Leben nichts, dachte ich und trat kurz entschlossen zu einem Gegenbesuch in Pamelas Schlafzimmer, warf dabei aber einen der beiden gefleckten Kaminhunde aus England um, die ihr Bett bewachten. Sie erschrak so, daß ihr das gesamte Arsenal aus den Händen rutschte.

Unverzüglich raffte ich Waffe und Patronen vom Boden auf, lud vorschriftsmäßig, spannte den Hahn und schwang mich auf den Kleiderberg, der über den einzigen Stuhl quoll. Anscheinend bot ich das perfekte Bild eines gemeinen Flintenweibs und jagte Pamela eine solche Angst ein, daß sie gar nicht erst versuchte, etwas von Einbrechergeräuschen zu faseln. »Es geht mir einzig und allein um den Matisse«, stotterte sie, »der Revolver sollte nur ein kleiner Scherz sein, sozusagen eine Drohgebärde...«

»Dafür braucht man ihn aber nicht zu laden«, sagte ich. »Wollten Sie mich wirklich umbringen, bloß um ein Gemälde zu besitzen?«

Wieder einmal mußte ich an Cora denken, die mir wie eine jüngere Ausgabe dieser Frau erschien: verwöhnt, skrupellos und habgierig.

»Um nur zwei banale Beispiele zu nennen: Wie wollen Sie bei einem polizeilichen Verhör mein Verschwinden erklären? Und wo können Sie langfristig eine Leiche verbergen?«

Pamela grübelte ernsthaft darüber nach, wie sie mir mit einer praktikablen Lösung imponieren könnte. »Wahrscheinlich würde ich den Gärtner nicht einweihen, der ist zu anständig. Aber Lucias Freund Dino hätte sicher keine Skrupel, eine Grube auszuheben«, schlug sie vor. »Allerdings müßte ich dann wohl beiden ein Schweigegeld zahlen.«

»So etwas kann sehr teuer werden«, gab ich zu bedenken. »Die zwei könnten Sie ein Leben lang erpressen. Ganz abgesehen davon, daß die Sache trotzdem auffliegen würde.«

»Und genau deswegen werden Sie mich jetzt auch nicht erschießen«, sagte Pamela, nicht ganz ohne Logik.

»Wissen Sie was?« sagte ich. »Da wir mit solchen Spekulationen keinen Schritt weiterkommen, sollten wir zu einer Einigung gelangen, mit der beide Teile leben können.«

»Gut. Wieviel?« fragte sie erleichtert.

»Mir schwebt jetzt eigentlich kein Phantasiebetrag vor, sondern eher ein unkonventioneller Tausch: Ihr Haus gegen meinen Matisse. Einverstanden?«

Sie schluckte und machte eine abwehrende Gebärde. »Mein Haus ist aber viel mehr wert!«

»Nicht wesentlich«, behauptete ich, obwohl ich keine

Ahnung hatte, was ein Matisse – falls er legal erworben wurde – kosten mochte.

Da sich erneut eine Pattsituation ergab, trumpfte Pamela relativ rasch mit einem neuen Angebot auf: »Honey, ich mache Ihnen einen realistischeren Vorschlag: Wenn ich demnächst endgültig in meine Heimat zurückkehre, werde ich nur noch für wenige Wochen im Jahr nach Europa kommen. Immer wenn ich in den USA bin, können Sie gratis Ihren Urlaub hier verbringen! Für Umberto und Lucia zahle ich auch weiterhin den Lohn, Sie müßten nur Strom und Telefon...«

Am Ende wollte sie mich noch als Concierge einsetzen. Ich schüttelte den Kopf.

»Der Matisse ist der einzige Wertgegenstand, den ich besitze, außerdem hänge ich sehr daran«, sagte ich. »Wenn Sie ihn einkassieren, habe ich gar nichts mehr in der Hand. Das wäre ein saumäßig schlechtes Geschäft.«

»Ach so«, meinte sie mit gespielter Naivität, »jetzt verstehe ich! Wir müssen irgend etwas schriftlich festhalten, damit ich Sie nicht einfach vor die Tür setzen lasse. In der Tat, Sie brauchen eine Absicherung. Wie wäre es mit einem Vertrag über Ihr Urlaubsrecht und einem Testament? Wenn ich sterbe, kriegen Sie den Matisse zurück!«

»Und weiter nichts?« fragte ich.

Meine Geschäftspartnerin wurde langsam ungeduldig. »Bescheidenheit ist wohl nicht gerade Ihre Stärke! Meine allerletzte Offerte: Wenn Sie immer brav den Oleander gießen, werde ich Sie im Testament als Erbin meines Hauses einsetzen, und der Matisse geht meinetwegen ebenfalls an Sie zurück.«

Einen Moment lang war sie ganz stolz auf diese großzügige Regelung, bis sie ein plötzliches Flackern in meinen Augen entdeckte, das sie vollkommen richtig deutete. »Okay, ich muß mich berichtigen. Ein solches Testament ist keine gute Idee, es könnte Ihre Phantasie allzusehr anregen. Am besten gehen wir so vor: Wir machen einen Termin beim Notar, um das Haus samt Grundstück auf Sie zu übertragen, sozusagen als vorgezogene Erbschaft. Ich selbst behalte mir für Europabesuche lebenslängliches Wohnrecht vor. Wichtig ist mir aber folgende Klausel: Sollte ich auf unnatürliche Weise mein Leben verlieren, fällt der Matisse an ein Museum; falls ich aber krankheitshalber oder aus Altersschwäche sterbe, kriegen Sie ihn zurück.«

Durch ihre drei Scheidungen hatte Pam ein solides juristisches Halbwissen erworben, womit sie mir sehr imponierte; ich schlug ein.

16

Nach dieser Nacht der Ängste, Kämpfe und der Kapitula-
tion meiner Gegnerin bescherte mir der nächste Morgen ein
gemeinsames Müsli und einen entspannten einstweiligen
Abschied. Die verkaterte Pamela nannte mich *Cindy* und
winkte mir fast wehmütig nach, als mich Umberto ins Dorf
chauffierte, wo der Wagen notdürftig repariert zur Heimfahrt bereitstand.

Unterwegs fiel mir ein, daß ich eigentlich Wein und Öl
kaufen wollte, aber ich ließ jede *azienda agricola* links liegen, weil ich es kaum erwarten konnte, meinen sensationel-
len Erfolg der kranken Cora mitzuteilen. Vor Jahren war
ich mit meinem Kleinkind auf dem Arm nach Florenz
geflohen, hatte mich von Cora aushalten lassen und seitdem
in ihrem Schatten gelebt. Sicher, ich hatte ihr in mancher
prekären Situation zur Seite gestanden, aber ich würde ihr
immer weiter verpflichtet bleiben, wenn sich nicht etwas
Grundlegendes änderte.

Bereits auf der *autostrada* schmiedete ich Pläne. Was
nützte mir das schönste Haus, der herrlichste Garten, wenn
ich keinen Pfennig eigenes Geld besaß? Strom- und Was-
serrechnung, Essen und Trinken, Kleider und Kosmetika
mußten bezahlt werden, auch mein Sohn würde von Jahr zu
Jahr höhere Kosten verursachen. Laut Vertrag durfte ich das
Anwesen nicht verkaufen, sondern mußte es für Pamelas
vierteljährliche Besuche in Schuß halten. In jenen Wochen,

in denen Cora bei mir wohnte, würde sie sicherlich die Unterhaltskosten bestreiten, aber wenn sie nur selten kam und vor allem im Winter die Stadt vorzog? Ich beschloß, zahlende Gäste aus Deutschland aufzunehmen. *Ferien in der Toskana! Lernen Sie Italienisch in einem bezaubernden Haus unter deutscher Leitung* – eine solche Anzeige in großen Wochenzeitschriften brachte sicherlich ein gutes Resultat. Vielleicht sollte man auch kunstgeschichtliche Ausflüge anbieten, schließlich hatte ich bereits Erfahrung als Stadtführerin in Florenz gesammelt; Siena lag vor der Tür, Umberto konnte die Touristen in einem Kleinbus herumfahren, abends würde ich ihnen die umliegenden Restaurants empfehlen und eine kleine Provision dafür erhalten. Mehr als sechs Gäste konnte ich ohnehin nicht beherbergen, damit noch genug Platz für Cora, Béla und mich blieb. Kathrin würde bestimmt bald vor der Tür stehen, vielleicht auch Pu, die dann endlich einmal Europas Sonnenseite kennenlernen durfte.

Auf jeden Fall wollte ich Felix einladen, seine Semesterferien in Zukunft bei mir zu verbringen. Wenn ich an ihn dachte, wurde mir ganz warm ums Herz. Was Cora wohl dazu sagen würde, wenn ich mit ihrem Vetter eine glückliche Verbindung anstrebte? Oder könnte es mir ähnlich ergehen wie Pamela, die einem Mann zuliebe dieses Podere erworben hatte und sich nun ohne seine Besuche verraten und verkauft vorkam? Müßte ich womöglich monatelang sehnsüchtig und vergeblich auf Cora oder Felix warten, so wie die Amerikanerin auf ihren Maler? War ich überhaupt dazu fähig, mein Leben allein zu bewältigen?

Aber was sollten diese negativen Gedanken, wo ich doch

allen Grund zur Freude hatte. Ganz ohne Mord und Tot-
schlag war ich zu einem Besitz gekommen, den sich Cora
mehr als alles auf der Welt gewünscht hatte. Wie würde sie
meine Heldentat aufnehmen? Ich war so gespannt, daß ich
direkt das Krankenhaus ansteuerte, ohne erst zu Hause Station zu machen. Es war früh am Nachmittag, Béla würde
nach den Strapazen einer erneuten Reise ohnehin einen
Mittagsschlaf machen, Emilia wahrscheinlich ebenso.

Vor Coras Zimmer blieb ich einige Sekunden stehen, um
Luft zu holen. Als ich eintrat, stieß ich auf ein leeres Bett
und dachte einen gräßlichen Augenblick lang, sie wäre gestorben. Der Blumenstrauß, den ich neulich mitgebracht
hatte, leuchtete mir jedoch noch frisch entgegen und ver-
scheuchte meine Vision, noch bevor ich Coras schlurfende
Schritte auf dem Flur hörte. Gleich darauf stand sie vor mir,
in Bademantel und Pantoffeln. »Mensch, Maja, so eine
Überraschung, ich dachte, du sprichst nicht mehr mit mir!«
Sie fiel mir um den Hals. »Hast du mir Zigaretten mitgebracht? Und Schokolade? Ich verhungere hier!«

Beim Einstieg ins Bett verzog sie kurz das Gesicht, weil
die Narbe wohl schmerzte. »Gut, daß du gekommen bist,
gestern hat mich kein Schwein besucht, das war absolute
Scheiße. Eigentlich möchte ich heute schon nach Hause,
aber sie wollen mich noch zwei Tage hierbehalten, diese
autoritären Weißkittel. Wie geht's Béla? Du siehst müde
aus, tanzt du die ganze Nacht auf dem Tisch herum, während ich im Krankenhaus gefoltert werde?«

»Cora«, sagte ich aufgeregt, »ich war gestern in Castellina. Es hat geklappt! Alles paletti...«

Sie kam aus dem Staunen nicht heraus. »Echt? Jetzt bin ich aber platt! Sag bloß! Du warst doch voll dagegen! Hat dich jemand gesehen? Ich werde aussagen, du hättest die ganze Nacht bei einer Todkranken gewacht. Wie hast du das nur so schnell hingekriegt?«

Wie eine Nachrichtensprecherin nudelte ich meinen Bericht herunter: »Ich habe bei der Amerikanerin übernachtet, weil sie den Ferrari angefahren hatte. Unterdessen hat sich der Gärtner um den Wagen gekümmert, und die Haushälterin hat uns eine Hollywood-Diät serviert!«

Meine Worte verfehlten nicht ihre Wirkung, Coras Miene verfinsterte sich. »Also hast du noch mit zwei weiteren Personen Kontakt aufgenommen, die dich am Tatort gesehen haben! Mit einer derart mißglückten Mission will ich nicht das geringste zu tun haben! Fehlt ja nur noch, daß man die Leiche in deiner Gegenwart aus dem Pool gefischt hat!«

Es kam mir tatsächlich so vor, als ob sie ihren eigenen Auftrag verleugnen wollte; anscheinend befürchtete sie, daß ich erwischt und sie mit hineingezogen werden konnte. Erbost beschloß ich, sie noch ein wenig zum Narren zu halten.

»Es lief ein bißchen anders als geplant. Die Amerikanerin – Pamela Lachnit heißt sie – ist nicht ertrunken; das Methadon wirkte nur insofern, als sie mordsmäßig fest geschlafen hat. Daraufhin war es keine besondere Kunst, sie im Schlaf zu erdrosseln. Nach einem einzigen grauenerregenden Schrei war es vorüber, völlig human.«

Cora konnte es nicht fassen. »Ich wußte zwar schon lange, daß du dämlich bist, aber für wahnsinnig habe ich dich noch nie gehalten. Die tote Pamela liegt also mit Würgemalen im Bett, und du hast wahrscheinlich noch seelenruhig im Nebenzimmer gefrühstückt!«

Leider war ich nicht dazu fähig, dieses Spielchen fortzusetzen, weil ich die Freudenbotschaft nicht länger zurückhalten konnte. »Du dußlige Kuh, wie kannst du mich derart unterschätzen. Lies mal!« Dabei wedelte ich mit dem provisorischen Vertrag unter ihrer Nase herum und strahlte wie ein Honigkuchenpferd.

Mit gerunzelter Stirn vertiefte sich Cora in das Schriftstück. »Soll das etwa bedeuten, daß die Frau noch lebt und ich das Anwesen gar nicht kaufen kann, weil es demnächst dir gehört?« fragte sie mißtrauisch.

Als ich nickte, sprang sie aus dem Bett, hielt sich aber gleich darauf mit einem Klagelaut die Hand auf den Bauch. Als wir trotzdem einen Freudentanz begannen, tat sich die Tür auf, und die zornige Stationsschwester warf mich zum zweiten Mal hinaus.

Kurz darauf wurde ich von Emilia nicht gerade begeistert empfangen. »Wo hast du dich herumgetrieben?« fragte sie aufgebracht. »Was soll dein Kind von dir denken, wenn du ständig fort bist und noch nicht einmal einen Zettel hinterläßt?«

Meine Entschuldigung, daß ich Olivenöl kaufen wollte, eine Autopanne hatte und nicht mehr am gleichen Tag heimfahren konnte, ließ sie nicht gelten. »Und wo ist das Öl?« brüllte sie.

Später, als ich ausgiebig mit Béla Sheriff und Gangster gespielt und so meine Befähigung als Mutter hinreichend bewiesen hatte, wurde sie freundlicher.

»Übermorgen wird Cora aus dem Krankenhaus entlassen«, erzählte ich. »Vorhin habe ich sie kurz besucht, denn gute Nachrichten soll man nicht lange zurückhalten.«

Emilia fragte belustigt, ob sich Cora tatsächlich über den beschädigten Ferrari gefreut habe. Aber nein, die Sache mit dem Auto sei nebensächlich, sagte ich, die bewußte Neuigkeit würde unser ganzes bisheriges Leben positiv verändern: Da die Besitzerin des toskanischen Anwesens nach Amerika zurückkehren werde, könnten wir unser Traumhaus endlich doch kriegen.

»Dumm geboren und nichts dazugelernt«, rief Emilia, »ich habe tatsächlich gehofft, Cora hätte sich ihre fixe Idee endlich aus dem Kopf geschlagen. Was soll man denn mit zwei Häusern anfangen! Das bedeutet Arbeit, nichts als Arbeit! Und wie ich euch kenne, ist das nicht gerade eure Lieblingsbeschäftigung. Bildet euch bloß nicht ein, ihr könntet mich dafür einspannen! Wenn Béla nicht wäre, würde ich lieber heute als morgen zu meiner Kusine ziehen.«

Gärtner, Putzfrau und Haushälterin würden in der Toskana für einen funktionierenden Haushalt sorgen, sagte ich, was ihr aber erst recht nicht paßte. »So jung und so faul! In eurem Alter mußte ich von früh bis spät schuften, und es hat mir bestimmt nicht geschadet. Aber gut, haut nur ab in die Pampa, dann seid ihr mir wenigstens aus den Augen!«

Emilias Wut hielt nie lange an. Zu Coras Begrüßung kochte sie *risotto all'agnello,* bezog alle Betten frisch und stellte Rosen in einer silbernen Jardiniere auf den Tisch. Wir feierten jetzt erst ein richtiges Wiedersehen, tranken Spumante und sangen aus voller Kehle unsere alten Lieblingslieder

Bella bimba und *Azzurro,* während Mario und Béla den Takt dazu klatschten.

Zum ersten Mal bekam Cora den Matisse zu sehen, der demnächst nach einem offiziellen Notartermin an Pamela übergehen sollte. »Schade drum«, sagte sie, »ich hätte ihn gern behalten. Wirklich ein schönes Stück. Aber zum Glück erbst du ihn ja, wenn ich richtig verstanden habe.«

»Stimmt, aber erst dann, wenn Pamela eines *natürlichen* Todes gestorben ist.«

Cora sah mich aufmerksam an. »Was ist heutzutage schon *natürlich?*« fragte sie.

Die Maurerskunst wird viel zu wenig beachtet, stelle ich fest, als ich an einem hellen Frühjahrstag das unregelmäßige Muster einer Steinwand betrachte, denn jede nur mögliche Wiederholung wurde effektvoll vermieden. Große, kleine, glatte, rauhe, graue und braune Felsstücke sind abwechslungsreich und gefällig zu einer Mauer gefügt, die meine Terrasse zu einem geschützten Hort des Friedens werden läßt. Umberto hat schwere Terrakottatöpfe mit Zitronenbäumchen aufgestellt, die ihrerseits auch eine scheckige Struktur aufweisen: An der Oberfläche des Tons hat das ausschwitzende Gießwasser einen weißen Schleier hinterlassen, während die Zitronen durch das Spritzen gegen Schädlinge blaue Flecken bekommen haben.

Ich schwinge mich auf meine geliebte, sonnenwarme Mauer und schaue ins Land hinein. Gerade ist der Himmel grau geworden, es wird ein Gewitter geben. Das bäuerliche Land ringsumher ist mit Reben bepflanzt, die mit Draht an Holz- oder Betonpfähle angebunden sind. Zwischen ihren

Reihen ist genug Platz für landwirtschaftliche Maschinen, die den steinigen Boden bearbeiten. Unermüdlich ruft der Kuckuck, ich hoffe, er wird nie von einer der hiesigen Katzen erwischt. Überall stoße ich auf Reste ihrer Mahlzeiten – zerbissene Eidechsen, Mäusekadaver, Vogelschwingen –, die ich vor Béla verstecken muß. Im Augenblick spielt er mit Umberto im Gewächshaus. Mein Sohn ist hocherfreut, daß er sich mit diesem neuen *nonno* besser unterhalten kann als mit Mario.

Von der Mauer aus kann ich mich sogar nützlich machen. Einer fleißigen Gärtnerin gleich, angele ich mir die Äste eines prächtigen Oleanderstrauchs herüber und zupfe abgestorbene Stiele, die sich in den Astgabeln leicht abknicken lassen, sowie gelbe Blätter, vertrocknete Blüten und winzige Schnecken von seinen Zweigen.

Gestern sind meine ersten Gäste wieder abgereist, weil die Osterferien zu Ende gingen; es waren zwei Ehepaare aus dem Rheinland, die wenig Interesse für Kunstgeschichte zeigten, dafür um so mehr für das Schwimmbad. Für Béla hatten sie ein österliches Hasenbilderbuch mitgebracht. Ich muß es ihm fast jeden Abend vorlesen, wir können den Text inzwischen auswendig. Der Bösewicht dieser Geschichte ist ein Fuchs, der jedoch am Ende geläutert schwört: *Ich fresse keine Hasen mehr.* Neulich habe ich über mein bisheriges Leben nachgedacht und beschlossen: *Ich morde keine Männer mehr.*

Bis jetzt vermisse ich das Großstadtangebot fast gar nicht und bin eigentlich froh, daß die zahlenden Besucher wieder abgereist sind. Tag für Tag ist mein Kind bei mir, mehr brauche ich nicht als Gesellschaft. Es kommt mir so vor, als hätte ich in dieser stillen und zauberhaften Natur eine friedliche Heimat gefunden, wie ich sie bis jetzt noch nie besessen habe.

Deswegen ist es mir gar nicht ganz recht, daß sich Cora bereits für morgen angekündigt hat und nur wenige Wochen später die Amerikanerin eintreffen wird. Bis dahin gibt es noch dies und das zu tun, aber Lucia und Umberto werden mir helfen, daß alles blüht und blitzt. Mit dem tiefen Frieden wird es jedoch vorbei sein. Ich werde mich wahrscheinlich bald entscheiden müssen, ob der Matisse weiterhin jenseits des großen Teiches in Pamelas Schlafzimmer hängen bleibt. Cora kann sehr beharrlich sein.

Ingrid Noll
im Diogenes Verlag

»Sie ist voller Lebensklugheit, Menschenkenntnis und verarbeiteter Erfahrung. Sie will eine gute Geschichte gut erzählen und das kann sie.«
Georg Hensel / Frankfurter Allgemeine Zeitung

»Wer einmal anfängt, ihre Romane zu lesen, hört nicht mehr auf, ja wird süchtig nach mehr. Sie erzählt temporeich und spannend und immer mit Ironie.«
Christa Spatz / Frankfurter Rundschau

»Weit mehr als für Leichen interessiert sich die Autorin für die psychologischen Verstrickungen ihrer Figuren, für die Motive und Zwangsmechanismen, die zu den Dramen des Alltags führen.«
Klaus Reitz / Mannheimer Morgen

»Eine fesselnd formulierende, mit viel schwarzem Humor ausgestattete Neurosen-Spezialistin in Patricia-Highsmith-Format.«
Markus Vanhoefer / Münchner Merkur

Der Hahn ist tot
Roman

Die Häupter meiner Lieben
Roman

Die Apothekerin
Roman

Kalt ist der Abendhauch
Roman

Stich für Stich
Fünf schlimme Geschichten

Röslein rot
Roman

Die Sekretärin
Drei Rachegeschichten

Doris Dörrie
im Diogenes Verlag

»Doris Dörrie ist als Erzählerin Spezialistin in diffizilen Angelegenheiten der kleinen Rache und gezielten Ohrfeigen zum Zwecke der Unterstützung des eigenen Selbstwertgefühles. Sie ist eine sehr gute Kurzgeschichten-Schreiberin mit der erforderlichen Prise Selbstironie und mit stilistischer Eleganz.«
Annemarie Stoltenberg/Die Zeit, Hamburg

»Es ist vollkommen gleichgültig, ob Sie Doris Dörrie in der Badewanne, im Intercity-Großraumwagen, im Lehnstuhl oder in der Straßenbahn lesen, nur: Lesen Sie sie!« *Deutschlandfunk, Köln*

*Liebe, Schmerz und
das ganze verdammte Zeug*
Vier Geschichten

»Was wollen Sie von mir?«
Erzählungen
Mit Fotos von Helge Weindler

Der Mann meiner Träume
Erzählung

Für immer und ewig
Eine Art Reigen

Love in Germany
Deutsche Paare im Gespräch mit Doris Dörrie
Unter Mitarbeit von Volker Wach. Mit 13 Fotos

Bin ich schön?
Erzählungen

Samsara
Erzählungen

Was machen wir jetzt?
Roman